어느 작가와의 대화

어느 작가와의 대화

2024년 10월 21일   초판 1쇄 인쇄 발행

지 은 이 ㅣ 엄동화
펴 낸 이 ㅣ 박종래
펴 낸 곳 ㅣ 도서출판 명성서림

등록번호 ㅣ 301-2014-013
주   소 ㅣ 04625 서울시 중구 필동로 6 (2, 3층)
대표전화 ㅣ 02)2277-2800
팩   스 ㅣ 02)2277-8945
이 메 일 ㅣ msprint8944@naver.com

값 15,000원
ISBN 979-11-94200-29-1

어느 작가와의 대화

엄동화 지음

도서
출판 **명성서림**

「이 이야기는 순전한 허구로, 등장인물이나 시대적 배경, 지명, 이야기의 내용 등 모두 순수한 창작이란 것을 밝힌다. 그리고 현재 세상에 만연하고 있는 '자살 풍조'에 반대하는 의미에서 쓴 것이다」

머리말

이 책은 아주 오래전에 기획된 것으로, 그동안은 인연이 부족하여 세상에 나오지 못한 것이다. 그런데 이번에 우연히 명성서림과 인연이 닿아 세상에 선보이게 되었는데, 그런 의미에서 명성서림의 박종래 대표님께 이 지면을 빌어서 심심한 감사의 인사를 드린다.

이 책에 담긴 메시지는 현재 세상에 만연하고 있는 자살 풍조에 반대하려는 것이다. 현재 인터넷 등의 발달로 인해서 세계의 벽은 모두 사라졌고, 그 때문에 세상은 더욱 바쁘게 달려가고 있다. 그런 중에 필연적으로 발생하는 소외의 문제는 인간의 존재마저 위협하고 있으며, 그런 것에 적응하지 못한 사람들은 어쩔 수 없이라도 자살을 선택하는 경우가 많은 것이 작금의 현실이다.

그러나 하나님이 주신 소중한 생명이 그런 것에 의해 희생된다는 것은 참으로 안타까운 일이 아닐 수 없다. 그런 의미에서 이 책이 그런 세태에 조금이라도 일조하길 바라고 있으며, 그것으로 세상의 모든 생명도 영원히 공존하길 기대하고 있다.

그것은 당연히 세상의 모든 생명은 하늘이 베푼 은혜의 결실이기 때문이다. 그러므로 그것을 누리는 생명들은 자신의 신성한 권리를 향유享有하는 것이 되는 것이다. 그러므로 특히 만물의 영장이라고 하는 인간 역시도 그런 권리를 충분히 영위할 권리가 있으며, 그런 것으로 해서 앞으로의 세상도 더욱 아름다워지길 기대해 본다.

차 례

1부

1991년 8월 8일 목요일 이야기

1991년 8월 8일 오후 2시경, 수원에서 서울 쪽으로 가는 '1번 국도' 변을 한 사내가 뜨거운 햇볕에도 아랑곳 않고 터벅이며 걸어가고 있었다. 사내는 힘에 겨운 듯 가끔씩 서서 자신이 걸어왔던 길을 돌아보고는 다시 주위를 둘러보며 걷고 있었는데, 그러다 '수리산修理山' 아래 어느 농가가 제법 밀집한 곳의 입구에 서서는, 자신이 들고 있던 종이를 보며 무엇인가를 확인하는 시늉을 하더니, 곧 산 쪽으로 올라가는 길을 따라서 다시 걸음을 옮기기 시작했다.

1 어떤 방문

낯선 방문객

아까부터, 저 아래에서 '김 작가'의 집 쪽으로 걸어오던 사람이 한 명 있었다. '김'은 줄곧 그것을 지켜보며 이二층 창가에 앉아서 담배를 피우고 있었는데, 김이 담배라도 한 대 피우려고 창가를 찾았다가 그 어른거리던 물체를 처음 발견한 것은 벌써 삼십 분도 전이었지만, 여느 사람이라면 벌써 왔을 길을 그는 아직도 그렇게 올라오고 있어, 김도 이젠 그런 그를 기다리기라도 하듯 호기심 어린 눈빛을 하며 내려다 보고만 있었다.

'꽤 먼 길인데, 걸어서 오기엔?'

김의 생각은 이 정도에 그치고 있었지만, 그러나 김으로 하여금 그 자에게서 눈을 떼지 못하게 하고 있었던 이유는, 그곳을 지나쳐서는 마땅히 사람들이 갈 곳이 없다는 데 있었다. 그 정도로 그곳은 '수리 산'자락 중에서도 한 구석에 위치한 외진 곳이라고 할 수 있었고, 그 걸어오고 있던 자도 김의 눈엔 안면이 전혀 없는 사람처럼 여겨져서,

김은 어쩌면 '혹시나' 하는 마음에서 그렇게 하고 있었는지도 몰랐는데, 김이 생각하고 있었다는 그 '혹시나'란 것은 '자신에게 글을 배우러 온다거나, 식객, 독자, 뭐 그런 부류의 방문이 아니겠느냐?'는 뜻으로, 김의 입장에서는 별로 달갑지 않은 사람들 쪽에 가 있는 것이었다.

그동안, 귀찮은 전화가 오기도 하고, 보잘것없는 글 꾸러미를 들고 와서는 무작정 들이미는 등, 그를 성가시게 하는 자들이 많았으므로, 그가 그렇게 생각하는 것은 어쩌면 그에게서는 당연한 일일지도 몰랐는데, 그러나 이제 그는 그런 것에는 별로 신경을 쓰지 않고 있었다. 이제는 그의 제자들이 그곳에서 기숙을 하며 글도 쓰고, 나름대로 자신들의 공부도 해가며 그의 일도 도와주고 있었기 때문인데, 그래서 좀 전의 그런 일들은 그 제자들이 먼저 확인하거나 하는 등 해서 그에게까지 닿는 일은 거의 없었기 때문이었다. 말하자면 '도중 차단'인 셈이 되어 있었던 것이다.

사실, 자신의 이름이 세상에 알려진다는 것은 귀찮은 일의 시작일 수도 있을 것이다. 왜냐하면 그 때문에 만나기 싫은 사람도 억지로 만나야 한다거나, 하기 싫은 말도 억지로 하지 않으면 안 될 때도 있을 것이기 때문인데, 설사 그것이 좋아 죽겠어서 하는 사람이라고 하더라도 그런 일이 계속된다면 신경이 쓰이는 것은 당연한 일이 될 것이라 생각하기 때문이다.

아무튼, 그는 아직도 그렇게 올라오고 있었고, 김도 이제는 아무런 생각도 없는 사람처럼 하고 앉아서는 그런 그를 죽 내려다보고만 있었다. 그런데 김이 봤을 때, 그는 마치 일부러 빨리 오지 않으려는 사람처럼 보이고도 있어서 '과연 저 사람이 여기까지 오기는 올 것인가?' 또는 '도중에 포기를 한다거나, 아니면 자신이 알 수 없는 그 어떤 목적을 저 아래 어디에서 달성하고는 그냥 가버리지나 않을까?' 하는 의문을 가지게 했을 만큼, 그는 너무도 답답하게, 그리고 아주 천천히 올라오고 있어, 그것을 지켜보던 김으로 하여금 야릇한 긴장감까지 느끼게 하고 있었다.

'더딘 걸음...'

그렇다고 아무리 지켜봐도 그냥 포기할 것 같지도 않고, 좀 더 빨리 올 것 같아 보이지도 않고 있던 그는, 마침내 김으로 하여금 조바심까지 나게 하고 있었는데...

잠시 후, 김은 앉았던 자리에서 선뜻 일어섰다. 그리고는 마치 아무 일도 아니라는 듯 가볍게 기지개를 한번 켜고는, 거실 중앙에 마련된 탁자로 천천히 걸어갔다. 그리고는 그 위에 놓인 원고지를 가볍게 집어 들었다.

김이 지금 집어 들었던 그 원고지에는 그가 새로 구상 중인 것들이 빼곡히 적혀있었다. 하지만 그는 요사이 통 글을 쓰지 못하고 있었는데, 그것은 또 마치 밑천이 바닥난 것처럼 뭔가를 끼적거려 보려 했어도 도무지 생각이 떠올라주질 않아 애를 먹고 있었던 때문이었다. 그래서 김이 그것을 들었다 놓았다 했던 것이 벌써 몇 번째인지 알 수도 없었지만, 그러나 김은 또 미련이 남는다는 듯 그것을 들고는 무엇인가를 생각해 보고 있었던 것이다.

하루라는 것은 누구에게나 꼭 같은 시간을 제공해 주는 것이어서 그에게서의 하루도 그냥 넘겨버리기에는 너무나도 지루하고 긴 시간이었다. 그럴 때마다 그는 '무엇인가를 하기는 해야 할 텐데' 하고는 책을 읽는다거나, 제자들의 글을 봐준다든지, 밖에 나가서 텃밭을 가꾸는 등 소일거리를 찾아보고는 있었지만, 그러나 그 모든 것들도 김의 마음을 잡아주지는 못하여, 김은 자신의 마음을 기댈 곳을 찾지 못한 채 계속되는 무료한 시간만 보내고 있던 중이었던 것이다.

잠시 후, 김은 들었던 원고지를 탁자 위에 던지듯 놓고는 다시 창가로 나갔다. 조금 전의 일은 자신의 일을 생각을 하느라 까맣게 잊고서 습관적으로 담배를 들고 창가로 나갔던 것인데, 그런데 그랬던 그가 눈을 가늘게 뜨고는 다시 한곳을 응시하고야 말았다.

"이런 일이!"

그때, 그의 시야에 들어왔던 것은 조금 전, 그 올 듯 말 듯 어정거리고 있던 바로 그자로, 그는 아직도 그렇게 올라오고 있었던 것이다. 그러자 그것을 본 김은 기가 찼다. 그래서 자기도 모르게 이렇게 말을 했다.

"아니, 도대체 무슨 사람이 거북이도 아니고, 아직도 저기까지밖에 못 온 거야?"

그러나 김은 그렇게 말을 해놓고도 그자에게서 눈을 떼지는 못하고 있었는데, 그의 말과 그런 태도로 보아 '그가 분명히 이곳으로 오고 있다'는 어떤 확신 같은 것을 하고 있는 것으로 여겨졌고, 그 알 수 없는 오고 있는 자의 태도가 김의 호기심을 자극한 것도 바로 그때였다.

"도대체 어떤 사람이기에?"

그러나 아무리 지켜봐도 일부러 머뭇거리는 것 같지도 않고, 그렇다고 돌아갈 것 같이 보이지도 않고 있었던 그는, 김의 눈에 분명히 남자로 보였으며, 어딘가 조금 모자라는 사람처럼 보이기도 했는데, 그러나 그런 김의 시선을 아는지 모르는지 그자는 계속해서 힘겨운 걸음을 김의 집 쪽으로 한 발씩 내딛고 있었으며, 김도 이제는 아예 생각 자체를 포기한 채, 먼 산을 보듯 그렇게 그를 내려다보고만 있었다.

인연의 향기

    그가 김의 생각대로 김의 집에 도착했던 것은 김이 그렇게 지켜보고 있은 지 거의 한 시간이나 지난 때였다. 그때 이층 창으로 내려다보이고 있었던 그는 몹시 지쳐있는 듯 보였고, 깡마른 얼굴에다 인상까지 잔뜩 찌푸리고 있어 마치 병자를 보는 듯한 느낌이 들었는데, 그리고 옷은 남루는 아니지만 마치 어디서 얻어 입은 것처럼 허름했고, 머리는 또 먼지를 덮어쓴 건지, 아니면 흰머리가 많아서인지 허옇게 보이고 있었던 데다, 언제 감았는지도 알 수 없을 정도로 몹시 헝클어져 있어 그것만으로도 걸인을 연상시키기에 충분하게 하고 있었다. 그런데다 또 그는 다리까지 심하게 절고 있었는데, 그것이 오다가 다쳐서 그렇게 된 것인지, 아니면 원래부터 불구여서인지는 알 수가 없었지만, 마치 질질 끄는 듯한 걸음은 보는 사람으로 하여금 아무런 말도 하지 못하게 만들고 있었던 것이다.

    '저 다리 때문에 그렇게 오는 것이 더디었던가?'

그가 김 쪽으로 다가올수록 그의 모습을 똑똑히 볼 수 있었던 김은, 그의 외관이 확인되자 이번에는 '그가 무엇 때문에 여기까지 오게 되었는가?'에 신경이 쓰이기 시작했다. 그때, 그는 두툼한 배낭 하나를 메고서 아주 힘겹게 서서는 방문목적을 묻는 제자들과 이야기를 나누고 있었는데, 그리고는 나름대로 제자들을 설득시키려는 것인지 가끔씩 쉬어가며 여러 가지 이야기를 하고 있었다. 그러나 무엇이 잘되지는 않는지 한숨을 쉬기도 하고, 멀리 보이던 '모락산' 쪽을 쳐다보기도 하면서 자신의 답답함을 그렇게 표현하고 있었다.

한여름 오후의 마지막 볕이 들판의 것들을 익히고 있었다.
곧 날이 저물 것이었다.

그때, 아래층에서 누가 올라오는지 계단에서 소리가 났다. 김이 돌아보자 나타난 사람은 '이성호'란 제자였고, 그는 김이 제일 나중에 받아들였던 제자였다.

"선생님, 어떤 사람이 찾아와서 선생님 뵙기를 청하고 있습니다."

그는 김의 방에 들어서자 먼저 머리를 깊이 숙이며 김에게 인사를 한 뒤 이렇게 말을 했다. 그러나 그의 정중하고도 차분했던 말과는 달리 그 태도는 약간 귀찮아하는 듯한 인상을 주는 것이었고, 그것은 또 마치 김이 결정을 내리기만 하면 바로 그를 내쫓아 버리기라도 하겠다는 듯한 의지를 보여주는 것으로 느껴졌다. 그러자 '제자들이 요즈음 약간씩 도를 넘어서고 있다'고 생각하고 있었던 김은, 그 말을 듣고는 곧 불쾌한 표정을 지었다.

사실, 그동안 김은 여러 가지 분주한 것들이 싫어져서 제자들에게 거의 모든 것들을 맡겨두다시피 하고 있었다. 그랬더니 저희들끼리 선후배를 정하고 나름대로 규율까지 잡는 모양으로, 처음에는 김도 '잘하려는 뜻으로 그러려니' 하면서 지켜보고만 있었는데, 그러나 날이 갈수록 그 도가 조금씩 넘어서고 있어, 어떤 내용인지도 모르는 전화를 자신들 판단대로 끊어버린다거나, 외부인을 필요 이상으로 경계하는 등, 거슬리는 점들이 하나씩 늘어가서 '언젠가 한번은 이야기를 해야겠구나' 하고 생각하고 있던 김이었던 것이다.

그러나 김이 그런 불쾌한 표정을 짓는 것을 본 그 제자는 '역시' 하고 생각했던 모양으로 "당장 보내버릴까요?" 하고 김에게 다시 물어왔다. 그러자 김은 "누구시라던가?" 하고 되물었다. 그러자 그 제자는 "네, 포항 어디서 온 최규제란 사람이라는데, 평소 선생님을 존경하여 작품 하나를 구해 읽고는 감명을 받아, 선생님을 한번 뵙고자 찾아온 사람이라고 합니다."라고 답을 했다.

그러자 김은 잠시 깊은 생각에 빠졌다. 평소 때 같았으면 그냥 돌려보내 버린다거나 "지금은 부재중이니 약속을 하고 다시 오라"고 하면 그만일 일이었다. 그러나 방금 도착한 그를 보자 뭔지 모를 갑갑함이 그의 가슴속에 남았던 것이다. 아마도 그 저는 다리 때문에 그렇게 하고 있었는지도 몰랐지만, 어쨌든 김은 쉽게 결정을 내리지 못하고 있었던 것이다. 그리고 또 주위는 벌써 산 그림자까지 느껴지고 있었고,

게다가 버스라도 타려면 보통 사람이라도 한참이나 걸어서 내려가야만 하는 산골짜기였다. 더군다나 그는 포항인가 하는 그 먼 데서 왔다고 하고 있고, 목적도 단순해, 그저 자신의 얼굴이나 한번 보러, 그 먼 길을, 저 다리로 왔다고 한다...

김이 이런 생각을 하느라 선뜻 결정을 내리지 못하고 있자, 그 제자는 전에 없던 행동을 보이는 김이 이상하다고 생각했던지 "그냥 보내버릴까요?" 하며 재촉하는 투로 다시 물어왔다. 그렇지 않아도 갑갑하던 참인데 제자의 재촉을 받자 김은 짜증이 확 났다.

때로는 자신의 결정이 뜻하지 않은 상황에 의해서 자신의 이성을 배신할 때도 있는 법이다.

"오늘은 너무 늦었으니 빈방 하나를 내어드려라. 그리고 아줌마에게도 말을 해서 식사도 넉넉히 대접하라고 이르고."

김의 말에 그 제자는 깜짝 놀랐다는 듯 눈을 동그랗게 뜨고는 김을 다시 쳐다봤다. 그러더니 수긍이 잘 가질 않는다는 듯 머리를 한번 갸우뚱거리고는 천천히 돌아섰는데, "예" 하는 대답은 그가 걸음을 옮긴 후에 들려왔다.

창밖으로 보이고 있던 그는 이제 무엇을 보고 있는 것인지 자신이 올라왔던 길 쪽을 보며 서 있었다. 그리고 제자들이 그에게 무슨 말을 했던 것인지 매우 낙담한 듯한 모습으로 어깨까지 축 늘어뜨린 채 꼼짝도 않고 있었는데, 그것을 보자 김은 또 이상한 생각이 들었다.

'그 먼 길을, 나 하나를 보러 여기까지 왔다?'

김은 이날따라 그런 사실이 이상하게 받아들여졌다. 그리고 '나 자신이 무어라고 그 먼 길을 여기까지 제 스스로 찾아오다니?' 하는 생각을 하며 그를 내려다보고 있었지만, 그러나 따지고 보면 그것은 이상할 것이 아무것도 없었다. 그것은 김 자신도 과거에 그랬던 적이 많았으며, 그리고 우리가 마음에 드는 책 한 권을 구하기 위해 힘들게 책방으로 뛰어간다거나, 필요한 것들을 찾기 위해 있을 만한 곳을 죄다 뒤져보는 일도 그와 무관하지 않겠으며, 그렇게 해서 구한 소중한 무엇을 기회가 있을 때마다 다시 꺼내 보며 새롭게 음미하는 일들도 다 따지고 보면 그와 대동소이한 행동으로 볼 수 있을 것이기 때문이었다.

아무튼, 김이 그런 생각에 잠겨 있던 사이 제자들이 모여서 쑥덕거리는 모습이 김의 눈에 들어왔다. 그리고 이어서 그들은 무슨 결정을 낸 것인지 그자에게로 다가가더니 무슨 말인가를 하면서 그를 거처로 안내하려는 듯 매우 정중한 태도로 이끄는 모습들이 이어지고 있었다.

아마도 제자들은 김이 내려다보고 있다는 것을 의식해서 그렇게 정중한 태도로 그를 안내해 가는 듯했지만, 그러나 그는 매우 기뻐할 줄 알았는데 그렇게 하지는 않았다. 잠시 머리를 숙이고는 한숨이라도 쉬는 것인지, 아니면 기도라도 하는 것인지, 그렇게 잠시 서 있다가 제자들이 이끄는 대로 따라갔을 뿐이었다. 그때, 그의 *끄는* 듯했던 걸음이 김의 눈에 남았다.

그믐으로 가는 달

그날 저녁, 김은 식사를 마친 후에 창가에 앉아서 담배를 피우고 있었다. 하지만 다른 날과는 달리 아무런 생각도 없는 사람처럼 고정된 시선을 밖에다 던져두고는 그렇게 앉아만 있었는데, 그 모습이 마치 혼이라도 빠져있는 사람처럼 보였지만, 그러나 그는 그런 모습으로 낮에 온 그자를 생각하고 있던 중이었다.

김은 제자들 때문에 신경질이 나서 그렇게 했든, 자기 스스로의 의지로 그렇게 했든, 일단 그를 받아들인 다음에는 한 번이라도 그를 만나지 않으면 안 될 것이라는 생각을 하고 있었다. 하지만 또 물론, 꼭 그를 만나고 싶은 마음이 없다면, 또는 마음에 없는 분주한 시간을 가지기가 싫다면, 그저 인사만 간단히 한다거나, 아무런 구실이나 대서 그냥 돌려 보내버려도 그만일 일이었다. 그러나 무엇 때문인지는 알 수 없었지만, 자꾸 그럴 수 없을 것 같다는 생각이 들어서 김 자신도 어떻게 해야 할지를 모른 채로 그렇게 앉아만 있었던 것이다.

잠시 후, 이윽고 김이 결심을 한 듯 창가에 마련된 인터폰을 들었다. 그리고는 제자에게 시켜서 그자를 이층으로 오게 했다. 그리고 자신도 탁자로 가서 앉았는데, 그러자 얼마지 않아 인기척이 나고, 그자가 올라오는지 계단에서 소리가 났다. 김은 그 소리를 듣고 자리를 고쳐 앉았다. 상대가 누구이든 자신을 찾아온 손님에게 최소한의 예의를 보이는 것이 사람의 도리였다. 그러나 나타난 사람은 그자가 아니었고, 그자를 데려오라고 시켰던 바로 그 제자였다. 그러자 김은 약간 실망한 표정을 지으며 '왜?' 하듯이 그 제자를 쳐다봤다. 그러자 그 제자는 "손님께서는 지금 주무시고 계시는지 불러도 대답을 않습니다." 라고 말을 했다. 그러자 김은 가볍게 머리를 끄덕이며 "알았다"고 하고는 그 제자를 돌려보냈다.

'너무 피곤해서일까?'

그렇게밖에 생각할 수가 없었지만, 그러나 조금은 실망이 되기도 하는 김이었다.

'여기까지 제 스스로 찾아온 사람이, 하룻저녁을 참지 못하고 벌써 잠이 들었다?'

야릇한 의문이, 그믐으로 가는 달처럼 김에게로 휘어지던 저녁이었다.

2부

1991년 8월 9일 금요일 이야기

2 짓밟힌 동산

엇갈린 해후邂逅

다음 날 아침, 김은 자리에서 일어나자마자 습관대로 바깥으로 나
갔다. 그리고는 곧장 텃밭으로 가서 키우고 있던 작물들과 주위의 것
들을 둘러보고는 익숙하게 방향을 틀어서 동산으로 걸음을 옮기기
시작했다. 김은 비가 너무 오거나 하는 날이 아닌 다음에는 매일 같이
동산을 오르고 있었다. 그리고 어떤 때는 하루에도 몇 번씩 오르는
일도 있었는데, 이슬비라도 오는 날이면 더욱 좋다는 듯 우산을 받쳐
들고 오르기도 했고, 마음이 답답해지거나 무료해지면 언제라도 찾는
곳이 그곳이 되어 있었던 것이다.

김은 주위를 이리저리 둘러보며 동산으로 올라갔다. 그러자 때 이
른 가을이 산속이라 아래보다 빨리 온 것인지 풀잎에는 벌써 이슬 같
은 것이 하얗게 내려앉아 있었다. 김은 가던 길을 멈추고는 문득 서서
그것을 내려다보았다. 그리고는 한 손을 등에 댄 채로 허리를 굽혀서
다른 손을 내밀어서 그것을 손끝으로 살짝 쓸어보았다. 그러자 그것
은 김의 손끝에서 바로 녹아 물로 변해 버렸다.

아무도 지나가지 않은 길. 그것은 깔끔하고도 자유로운 느낌을 주는 것이었다. 그리고 김이 즐기던 그 아침 산책에도 그런 것을 느끼고자 하는 것도 있었는데, 그런데 그렇게 주위를 천천히 둘러보며 동산으로 올라가던 김이 어느 순간 걸음을 딱 멈추고 말았다. 조금 전까지만 해도 몰랐는데, 조금씩 밝아져 오던 빛으로 김은 분명히 그 길을 누군가가 먼저 지나간 흔적이 있다는 것을 발견했던 것이다.

'누구지?'

하지만 아직 해도 다 뜨지 않은 그 시간에 그곳을 찾을 사람은 자기 주위에는 아무도 없었다. 그러자 김은 퍼뜩 어제 온 그자를 생각했다.

'혹시 그자가?'

하지만 그것은 아닐 것 같았다. 그것은 또 물론, 그의 몸 상태를 미리 생각한 때문이었지만, 그러나 그것이 가능하다고 하더라도 길도 선명치 않은 그런 곳을, 그 새벽에, 그것도 낯선 사람이 찾아서 올라간다는 것은 김으로서는 얼른 납득이 가질 않았기 때문이었다. 그런데다 산이 그렇게 높지는 않지만 그래도 우거진 숲이며, 간혹 조그만 계류도 여기저기에 흐르고 있는 그런 곳을 처음 온 사람이 그렇게 쉽게 오를 것이라고는 김으로서는 도저히 생각할 수가 없었던 것이다. 하지만 결과는 장담할 수 없는 일. 그리고 그가 누구이든 확인을 해본다는 것은 또 하나의 흥밋거리일 수 있었다. 그래서 김은 그때부터 서둘러서 산의 등성이로 올라가기 시작했다.

잠시 후, 김이 산등성이에 올라서자 여태 오르던 길과는 달리 확 트인 초원이 아래로 펼쳐지던 모습이 나타났고, 그 속에서 여름을 한참 먹고 있던 풀들이 완만한 경사를 이루며 풍성하게 아래로 흘러내리던 모습이 김의 눈에 들어왔다. 그리고 아래에서 쳐 올라오던 바람이 마치 아이처럼 김에게 반갑게 안겨들었으며, 그러자 김의 약간 긴 듯한 반백의 머리카락이 어지럽게 흩날리기 시작했다.

김은 흩날리던 머리칼을 아무렇게나 손으로 쓰다듬으며 주위를 살피기 시작했다. 그러나 숲에 가려져 잘 보이지 않는지 좀 더 높은 곳까지 걸음을 옮겨갔는데, 그리고 잠시 후, 그는 "아!" 하는 가벼운 탄성을 토해내고는 곧 미소를 지었다.

아니나 다를까, 그의 생각은 적중했고, 어제 온 그자가 언덕 조금 아래에 있던 한 바위에 앉아서 아래를 내려다보고 있던 모습을 김은 그때 발견했던 것이다. 그러자 김은 순간 "어이!" 하고 소리라도 치고 싶어졌다. 그것은 또 성취감이라기보다는 반가움에 가까운 것이었고, 순수한 심정에서 우러나온 진솔한 감정 같은 것이었다고 할 수 있었는데, 그러나 순간 김은 또 금방 그렇게 하려던 자신을 후회했다. 그것은 또 아직 서로 간에 일면식도 없던 처지였던 데다, 더욱이 작가인 체면에, 그리고 자신은 그를 아직 어떻게 대해야 할지 결정도 내리지 못한 상태였다는 것을 생각해 낸 때문이었는데, 그래서 그 시간 그 동산에서는 이상한 조우遭遇를 두 사람이 하고 있었고, 김의 입장은 더욱 난처해져 있었던 것이다.

하지만 그렇게 망설이고만 섰던 김이 선뜻 그 자리에서 돌아섰다. 아무래도 이런 자리는 피하고 보는 것이 상책이라고 생각해서 그랬던 것 같았지만, 그러나 그것이 그의 생각대로 그렇게 쉽게 될 것 같지는 않았다. 그것은 또 왜냐하면, 바로 그때 김이 와 있다는 것을 알아차렸던지 그가 곧 말을 걸어왔기 때문이었는데, 그래서 김의 입장은 더욱 난처해져서 엉성한 자세가 되고 말았다.

"저, 죄송합니다만! 혹시, 선생님이 아니신지요?"

그는 김이 어떤 상황에 처했는지도 모르고 이렇게 말을 하며 김 쪽으로 다가오고 있었다. 그러자 김은 마치 나쁜 짓을 하다 들킨 아이처럼 더욱 수치심과 당혹감이 일어 어쩔 줄을 몰라 했고, 이어서 엉거주춤한 자세로 그를 맞이할 수밖에 없게 되어갔다. 거기다 이른 새벽부터 자신이 아끼는 동산을 모르는 자에게 먼저 짓밟히게 하고, 도둑고양이 꼴까지 되어버린 자신. 그런데다 또 작가로서의 근엄함까지 지켜야 했던 그 경우. 그것이 바로 그 좋은 아침에 맞이했던 김의 비극이었지만, 그러나 그는 역시 작가였다. 그것도 노련한!...

"아, 어제 오셨다던 그 손님이신 모양이구려? 나는 또 누구시라고, 하하... 나는 또 내가 모르는 어떤 사람이 여기 와서 무엇을 하고 있나 생각하고는 방해가 될까 해서 자리를 피해줄 심산이었는데, 그에 손님

인줄은 몰랐구려?"

김은 좀 전의 다급했던 심정과는 달리 금방 웃음을 머금은 자상한 얼굴이 되어서는 이렇게 말을 하기 시작했다. 그리고 그의 입에서 한 번 뱉어진 말들은 자신의 의지와 상관없이 앞 뒷말 짝을 맞추기 위해 거침없이 쏟아져 나왔고, 그것으로 자신을 더욱 깊은 궁지로 몰아넣고 있었다.

변명이란 원래 많은 말을 동반하기 마련. 속을 보인 것 같았던지 김은 평소와 달리 말을 많이 하고 있었던 것이다.

"그래, 잠자리가 불편하지는 않았나요? 본시 낯선 곳에서는 잠자리가 불편한 법인데. 워낙 누추한 곳이라, 하하..."
"그렇지 않습니다. 저는 단지 선생님의 은혜를 입은 것만으로도 몸 둘 바를 몰라 하고 있습니다."
"아, 그러시다면 다행이고!"
"네, 그리고 저는 산책이나 할려고 나온 것인데, 이런 곳에서 선생님을 만나 뵙게 될 줄은 정말 꿈에도 몰랐습니다."

그의 목소리는 생긴 몰골과는 달리 맑고 경쾌하다는 느낌이 들었다. 하지만 그 순간에 그런 것은 김에게 아무런 도움도 되질 못했고, 오히려 그런 느낌으로 해서 자신의 의지가 약해질 것도 같았는데, 그래서였던지 김은 계속해서 마음에도 없는 말을 늘어놓고 있었던 것이다.

"아, 그렇죠. 그것은 나도 마찬가지지만. 그래 이곳의 풍경이 마음에 들던가요? 잠시 보니 깊은 사색에 잠겨 있던 것 같던데?"

"네, 정말 가슴이 확 트이는 느낌입니다."

"아, 그래요? 손님께서 마음에 드신다니 나도 기쁘구료? 하하하..."

"그런데 아직 인사도 드리지 못했는데, 먼저 인사부터 드리겠습니다. 저는..."

"아, 잠깐!"

김은 그때, 그와 대화를 나누면서도 '어떻게 하면 이 자리를 빨리 벗어날 수 있을까?' 하는 궁리만 하고 있었다고 할 수 있었다. 왜냐하면, 그는 여전히 김에게는 지나치는 과객過客에 불과했으며, 피하고 싶은 사람에 지나지 않았기 때문이었다. 그런데 좀처럼 그런 기회가 오지는 않았는데, 그런데 마침 그가 자신의 소개라도 할 양인지 잠시 머뭇거리는 모습을 보이자 김은 마치 그때가 기회라는 듯 서둘러서 그의 말을 막았던 것이다. 그리고는 손까지 내저어 가며 "아, 긴 이야기는 나중에 천천히 하기로 하고, 일단 여기서 내려갑시다."라는 말까지 해버렸다.

하지만 긴 이야기라니?

그리고 천천히?...

그러나 김은 그때까지 그와 '긴 이야기'를 할 마음이 전혀 없었다. 그래서 김은 단지 그자를 어떻게 대할 것인가에만 신경이 쏠려있었다고 할 수 있었고, 그를 보낼 방법에 대해서는 아직 생각조차도 못하고 있었던 것이다.

그런데 긴 이야기라니!
게다가 천천히?...

하지만 이미 뱉어버린 말을 다시 주워 담을 수 없는 일. 그리고 김
의 입장에서는 뭔가 꼬이는 듯한 느낌이 들었지만, 그러나 아침이라도
먹이고, 차茶나 같이 한잔하면서 간단히 인사나 한 후에 그를 돌려 보
내버린다면, 모든 일은 어제 아침과 같이 없었던 일로 될 것이었다.

이해利害의 그늘

잠시 후, 이층으로 허겁지겁 돌아온 김은 기분이 몹시 좋질 못했다. 난데없는 불청객 하나가 자신의 아침 기분을 다 망쳐버렸던 것이었다. 그러니까 김은 아침 산책이라도 하면서 마음의 정리도 좀 하고, 그리고는 아침을 먹고는 기분 좋게 그자를 불러서는 자상한 얼굴을 하며 "이렇게 찾아주어서 정말로 고맙다"는 인사나 하고는, 차비나 조금 주어서 보내버릴 심산을 그때까지 어렴풋이나마 하고 있었던 것이다.

그것은 또 김이 생각했을 때, 그의 행색으로 보아 어쩌다 자신의 책 한 권을 사서 읽고는 '감명 어쩌고' 하면서 찾아온 그자가, 지금까지 자기가 귀찮게 여겨서 제자들로 하여금 저지하려 했던 부류 이상은 아니라고 판단했던 것이다. 그런데 그러했던 자에게 자신의 속마음까지 다 들킨 듯한 느낌을 받았으므로 김은 심히 불쾌할 수밖에 없었고, 그리고 또 자신은 적어도 작가이며, 그자보다도 나이도 훨씬 많은 사람이, 조금 전 동산에서 보였던 허둥거렸던 모습은 김의 자존심까지 상하게 하기에 충분했던 것이다.

그러자 김은 갑자기 자신自身이 없어져 버렸다는 생각이 들었다. 그러나 그렇게 자책하고 있던 사이에 식당아줌마가 식사를 가지고 와서 그는 식사를 하느라 그 일을 잊을 수가 있었으며, 식사를 마친 후에는 자신의 생각대로 차茶를 시키면서 그자를 이층으로 오게 했다. 그리고 얼마 있지 않아 그자가 먼저 올라오고, 뒤이어서 차가 따라서 올라왔다.

그자는 어제 김에게 찾아왔던 때와는 달리 좀 씻고 배도 채워서 그런지, 그리고 옷도 다른 것으로 갈아입고 제법 말쑥하게 차리고 와서 조용히 김이 권하던 자리에 앉아 있어서 그런지, 김은 '이자가 어제 그자나, 오늘 아침의 그자가 아닌 게 아닌가?' 하는 착각이 잠시 일었다.

하지만 그것은 단지 김의 느낌일 뿐이었고, 그는 김이 차를 권할 때까지 꼼짝도 않고 자리에 가만히 앉아만 있었다. 그러자 김은 그에게 차를 마실 것을 권했다. 그러자 그는 차를 마시는 대신 "죄송합니다만, 아직 인사도 드리지 못했는데, 먼저 인사부터 드리면 안 될까요?"라고 말을 했다. 그러자 더 이상 마다할 이유가 없었던 김은 그렇게 하라고 가볍게 허락을 했다.

김의 생각으로, 그가 하려는 인사라는 것이 먼저 자신의 소개 같은 것을 하고, 여기까지 오게 된 동기 같은 것을 이야기하고, 뭐 그런 정도가 아니겠느냐는 뜻으로 그렇게 가볍게 허락했던 것인데, 그런데 그는 김의 허락이 있자 갑자기 자리에서 벌떡 일어서더니 바닥에 무릎을 꿇고 앉아서 김에게 큰절을 올렸다. 그리고는 자신의 소개를 하기 시작했다.

　그의 이름은 어제 제자로부터 들었기 때문에 생소하지는 않았지만, 그러나 외우지는 않고 있었던 김이었기에 그의 입으로 직접 듣는 것은 새로운 느낌을 주고 있었고, 그렇게 해서 밝힌 자신의 이력 겸 소개란 것은 대충 이름은 최규제, 나이는 32세, 고향은 포항이고, 현재 직업은 없다는 것이 전부였다. 그리고 자신의 소개를 마쳤던 그는 김의 권유대로 다시 자리에 올라앉았는데, 그런데 참으로 이상한 일이었다. 김은 아침 내내 그렇게도 기분이 나빴으면서도 그의 이야기를 듣고 있던 순간부터 그런 기분이 눈 녹듯이 사라져 감을 느끼고 있었으며, 그가 자신의 소개를 다 끝내고 다시 자리에 올라앉았을 때는 오히려 마음이 편안해지는 것까지 느끼고 있었던 것이다.

　'참으로 알 수 없는 일이군?'

　그리고 또 그 사이, 그는 자신이 찾아온 이유도 밝혔는데, 그러나 어제 제자에게서 들은 것 이상은 이야기하지 않았고, 그것으로 그의 방문은 김 자신을 한번 만나는 것 외에는 아무것도 없다는 것도 확인이 되었다. 그러자 김이 생각했을 때, 그것은 정말이지 간단하게 끝이 난 만남이었다. 이제부터는 그가 돌아가는 일만 남아 있었던 것이다.

　하지만 너무나도 간단하게 끝나버린 만남이 허탈했던 것일까? 김은 마치 그 간단한 만남을 위해서 어제저녁부터 투자했던 자신의 고심이 아깝고 억울하다는 듯, 그때부터 또 다시 마음에 없는 소릴 하기 시작했다. 그것은 또 어쩌면, 그가 자신의 찾아온 이유만 설명하고는 그 다음부터는 마치 '뜻대로 하소서' 하는 식으로 계속해서 침묵만 지키고 있었기 때문에, 그래서 김이 그 침묵에 말려 들어가 자신이 주인으로서 무엇인가 이야깃거리라도 만들어 내야 도리라고 생각해서 그랬는지는 몰라도, 아니면 그의 그 알 듯 모를 듯했던 공손한 태도가 김의 마음을 움직여서 그랬는지도 모르겠지만, 하여튼 김은 계속해서 금방이라도 후회할 이야기를 이렇게 했던 것이다.

"사실, 아무것도 아닌 나를 그 먼 데서 이렇게들 찾아와 주시니 나로서는 얼마나 미안하고 또 기쁜지 모르겠어요. 그래, 지금은 실직 중이라 하니 시간은 많겠구려?"

하지만 또 시간이 많다? 그러나 이 말은 듣기에 따라서는 시간이 많이 있으니 천천히 있다가 가라는 뜻으로도 들릴 수 있는 말이었다. 그러나 그는 그런 것에는 관심이 없는지 그저 "네." 하고 짧게만 답을 했을 뿐이었다.

"아, 그래요! 그럴 때는 이런 한적한 곳에서 좀 쉬었다 가면 좋기도 할 텐데 말이지?"

김의 입장에서는 이야기가 자꾸 빗나가고 있다는 느낌이 들었지만, 그리고 또 김이 그렇게 말을 했던 것은 그를 위로라도 한답시고 한 말이라고 생각은 되었지만, 그러나 김의 그런 이야기에도 그는 단지 "네." 하고 짧게만 답을 하고는 머리를 반쯤 숙인 채로 다시 침묵으로 들어

갔다.

　도대체가 이야기가 먹히지 않는 경우가 있다. 아마도 이런 경우를 두고 그런 말도 생긴 것 같지만, 그래서 김은 무슨 말로 어떻게 이야기를 풀어나가 그 상황을 해소할지에 고민했지만, 그러나 그 방법은 좀처럼 떠오르질 않고 있었다.

　그냥 "이젠 됐으니 그만 가보세요" 하고 자리를 끝내버린다면 그에게 너무 야속할까? 그렇다고 "여기 남아서 푹 쉬다 가세요" 하고 말할 처지도 김은 되질 못했다.

　사실 그즈음부터 김은 금전고金錢苦에 조금씩 시달리고 있었다. 그 것은 또 물론, 아내의 투병 생활로 인해서 지출된 돈이 많았던 것도 문제였지만, 그런데다 얼마 전에 사비私費로 낸 책의 반응이 영 형편없어서, 그 책이 기대한 것만큼 돈을 벌어주지 못한 때문이기도 했고, 거기다 약간의 무리를 했던 탓으로 김의 상태는 빠듯해져 있었기 때문이었다. 그리고 제자들과의 생활도 보통 일은 아니었는데, 물론 제 먹을 것들은 알아서 가져온다고는 했지만, 그래도 김의 지출이 전혀 없었던 것은 아니었기 때문에, 그래서 그런저런 이유로 김의 상태는 점점 더 나빠져 가고 있던 참이었고, 입이 하나 더 느는 것도 김으로서는 신중할 수밖에 없게 되어있었던 때문이었다.

　"사실, 내 마음이야..."

그때, 김의 이야기가 또 이렇게 이어지고 있었다.

"손님 같은 분을 여기 며칠 정도는 더 머물렀다 가세요, 라고 말을 하고 싶기도 하지만, 그러나 사실 요즘은 나도 조금 힘이 드는지라, 하하...."
"네, 그러시겠지요."

역시 간단한 그의 대답이 있었다. 그러자 그때, 김은 갑자기 생각이라도 났다는 듯 "아! 근데, 어제 여기 올 때 어디서부터 걸어서 온 거요? 굉장히 힘이 들어 보이던데?" 하고 말하고는 너그럽게 웃어 보였다.

그것은 또 김은 그런 답답한 분위기에서 긴장이라도 풀어볼 생각으로 그렇게 말을 한 듯했지만, 그러나 그는 "네, 터미널에서요."라고 답을 했다. 그러자 그 말을 들은 김은 깜짝 놀랐다.

"뭐, 뭐라고? 터미널? 아니, 그 길이 얼만데! 그리고 저 아래까지는 버스가 다니는 걸로 알고 있는데, 왜?!"

그러나 김은 여기서 말을 끊었다. 그것은 또 더 이상 물어볼 필요도 없었던 것이, 이야기가 뻔했던 것으로 돈이라도 넉넉했더라면 택시라도 잡아타고 왔을 것인데 그냥 걸어서 온 사람에게 그렇게 물어본다는 것은 아무래도 비상식이며, 가치가 없는 질문이라고 생각했기 때문이었다.

그러자 두 사람 사이에 또 다시 침묵이 흘렀다. 그리고 급하게 마시지도 않고 홀짝거리며 마시던 그의 찻잔도 마침내 바닥이 보였다. 그러자 만남의 자리는 이제 끝이 났다. 더 이상 있어 봐야 서로 간에 할 말도 더는 없어 보였기 때문이었다. 그래서 김은 자리에서 먼저 일어났다. 물론 예의가 아닌 것은 알았지만, 그러나 더 이상 진전도 없는 이야기를 자기 혼자서 계속해서 떠들고 있을 수만은 없다고 생각했기 때문이었다. 그러자 그도 자리에서 일어나며 머리를 숙여 김에게 인사를 했다.

"정말 고맙습니다. 저 같은 사람을 이렇게 만나주시기까지 해주셔서."

그리고는 다시 무릎을 꿇고 김에게 큰절을 올렸다. 그러자 어딘가 음울한 분위기를 풍기며 그가 하고 있던 그 절은 뭔가 모르게 김에게는 무겁게만 느껴지고 있었고, 마치 주위를 압도하는 듯한 느낌마저 받을 수가 있었는데, 그리고 또 그 모습을 보고 김은 황급히 손을 흔들며 그를 제지하려 들었지만, 그러나 그는 이미 무릎을 꿇은 뒤여서 김으로서는 헛손질만 하는 꼴이 되고 말았다.

"한번 했으면 됐지, 무슨 또 하하... 정말로 예의가 바른 젊은이구먼?"

조금 전의 불쾌했던 심정은 이미 다 사라진 김이었다. 그리고 김은 그가 다시 일어서는 것을 보고 "그래, 이젠 어디로 가는 거요? 고향으로 돌아갑니까?" 하고 웃으면서 말을 했다.

마지막 인사였다. 그렇게 헤어지고 나면 언제, 어디서, 어떻게 다시 만나게 될지는 아무도 모르는 것이 인생인 것이다. 그러나 그는 김의 그런 물음에 약간 망설이는 듯한 표정을 짓더니, 그러나 곧 결심이 섰던 것인지 이렇게 답을 했다.

"죄송합니다만, 저는 지금 죽으러 갑니다."
"뭐, 뭐라고?! 방금 한 말, 내가 잘못 들은 것은 아니겠지! 지금 죽으러 간다고 한 거요?"

그러자 김은 그런 말은 정말 뜻밖이라는 듯 이렇게 외치듯 하고는 눈을 크게 뜬 채로 그를 바라보았다. 그러자 또 그가 이렇게 말을 했다.

"네, 제 소원이 선생님을 한번 만나 뵙는 것이고, 이제는 그 소원도 풀었으니 이젠 제 갈 길로 가야겠지요."

그리고는 다시 한번 머리를 깊이 숙이며 김에게 인사를 하고는 아래로 내려가려는 듯 몸을 돌렸다. 그러자 또 그때였다. "아니 잠깐! 방금 한 말이 사실이라면 도대체 그 이유가 뭐죠?!" 하는 다급한 목소리가 김의 입에서 터져 나왔다.

그것은 또 김이 일부러 그를 잡아두려고 했던 말은 아니었지만, 그러나 결과는 그렇게 되어버려 그는 더 이상 내려가지도 어쩌지도 못하는 상태로 잠시 그렇게 서 있어야만 했다. 그러자 김이 또 이렇게 말을 했다.

"아니 잠깐! 무엇 때문에 죽으려고 생각을 한 것이오? 혹시 뭐, 비관되는 것이라도?"

그러나 이런 김의 물음에도 그는 여전히 망설이는 눈치만 보였다. 그리고 그 망설임이 김에게 피해를 줄 수 있다고 생각해서 그렇게 하는 것인지, 아니면 또 다른 이유가 있어서 그렇게 하는 것인지에 대해서는 김으로서는 알 수가 없었지만, 그러나 무엇인가 그가 할 말이 있는 것만은 확실하다고 생각했다. 그러자 김은 어느새 그의 '자살 동기' 같은 것에 관심이 가기 시작했다. 그래서 "아니, 잠깐만 여기 앉아 보시오. 그리고 뭔가 할 말이 있는 것 같은데, 할 수 있다면 어디 내게 한 번 해봐요!"하고는 손짓까지 하며 그를 다시 불렀던 것이다. 그러자 그는 잠시 머뭇거리더니 그러나 이내 마음을 굳혔던 것인지 김에게 간단한 목례를 한 뒤에 김이 권하던 자리에 다시 와 앉았다.

"그래, 무슨 문제가 있나요? 아니면!..."

김은 그가 자리에 앉자 마치 그 이유를 꼭 알아야 되겠다는 듯 그에게 깊은 관심을 보이는 얼굴을 하면서 이렇게 물었다. 그러나 그는 김의 그런 말에도 "네, 단지 저는 살기가 싫어서 그렇게 하려는 것뿐입니다."라고 단도직입적으로 답을 한다는 듯, 딱 부러지게 말을 했다.

하지만 또 사실, 이런 이야기에는 파고들어 갈 틈이 없다. 본인 스스로가 살기 싫어서 죽겠다는데야 하느님도 어쩌지 못하는 것이 아닐까?

하지만 그때, 김은 이미 그의 '자살 동기' 같은 것을 알고 싶다는 충동을 느끼고 있었다. 그리고 또 그것은 약간 잔인한 이야기가 될 수도 있었지만, 어쨌든 그의 모습에서 풍기는 느낌과 '도대체 무엇이?' 하는 궁금증이 결합 되어 김을 자극하고 있었으며, 그것은 또 약간 비약되는 감이 없지 않지만, 호기심의 차원을 넘어선 어떤 흥밋거리가 될 수도 있는 것이었고, 그리고 또 이런 경우도 있을 수 있겠다는 '간접경험' 같은 것도 될 수가 있었기에, 그동안 마땅한 소재素材를 찾지 못하고 있던 김으로서는 충분히 관심을 가질만한 일이 되고 있었던 것이다.

하지만 또 그런 것은 민감한 문제에 속할 수도 있었다. 더욱이 남의 고통으로 나의 만족을 구하려 든다는 것은 아무래도 양식良識 있는 사람으로서는 할 짓이 아니었던 것이다.

그러나 따로 또 생각해 본다면 세상에는 그와 같은 일이 비일비재非一非再하다고 할 것이었고, 더불어서 그런 김을 합리화시켜 주지 못할 이유도 없다고 할 것이었는데, 그것은 또 물론 흔한 예는 아니라고 하겠지만, 어떤 기자記者가 사람이 죽어가는 참혹의 현장에 있으면서도 그 사람을 살리려 들기는커녕 마이크를 잡고 그 죽어가는 현장을 생생하게 보도하기 위해서 혈안이 되어있다고 한다면, 그리고 또 소설가나 영화를 찍는 사람, 어쩌면 의사들까지도 모두 그러한 사실에 기인해서 살아가고 있는 사람일 수도 있다고 생각을 해본다면, 그래서 김 또한 합리화시켜 주지 못할 이유가 없었다는 것이 그것이었는데, 그러니까 그 기자는 사람이 죽어가는 것을 보면서도 그 상황에서는 그 사람을 살리려 드는 것보다 세상에 알리는 것이 더 가치가 있는 일이라고 생각해서 그 일을 계속해서 한다고 한다면, 어떤 면에서는 그 한 생명보다 세상이 더 상위가치일 수 있기 때문에 더 높은 가치를 위해서 취재를 계속하겠다는 그를 우리는 비난할 수 없을 것 같고, 그리고 또 어떤 소설가가 남의 고통을 논하면서 약간의 양념을 섞어서 사실보다 좀 더 잔인하거나 비극적으로 그려서, 작품을 좀 더 흥미롭게 만들어서 대중으로 하여금 한 사람이라도 더 읽게 만들어서 전체의 공감대를 형성시켜 나가겠다는 의도를 가졌다고 해서 그 역시 우리는 비난할 수 없겠으며, 그것은 영화도 마찬가지일 것 같고, 그리고 또 어떤 의사가, 남의 상처를 치료해 주면서 먹고사는 데 있어 당장 직면된 생활에 당해, 특히 개인병원이라도 낸 어떤 신출내기 의사가, 환자가 오지 않아 병원 문을 닫을 지경에 처하고 말았다면, "왜 손님" 즉 "아픈 사람이 오지 않는가?" 또는 "왜 사람들이 아프질 않아서 병원으로, 특히 나의 병원으로 오지 않아서 내가 병원 문을 닫을 지경에까지 만드는가?"라고 말을 한다고 해서, 우리가 그의 직업상 이야기하는, 또는 할 수 있는 말을 두고 어떻게 "야, 너는 이 세상 사람들이 안 아프고 잘 사는 게 그리 배가 아프냐?"라고 말을 할 수가 있겠는가 하는 것이다. 그런 의미로 볼 때 그 합리화는 정당화될 수 있을 것 같고, 김도 그런 죄의식에서 자유로울 수 있을 것이기 때문에, 그래서 김으로서도 당연한 생각을 한 것이 될 수도 있었다고 이야기해 볼 수도 있었던 것이다.

어쨌든 그때, 김은 그에게서 죽음의 그림자를 보았는지 어쨌는지는 모르겠지만, 그를 한참이나 쳐다보고 있다가 이윽고 결심을 한 듯 그에게 이런 제안을 하나 했다.

"사실, 내가 이런 말을 하는 것이 조금 이상하기는 하지만, 여기서 좀 더 머물면서 나와 이야기를 좀 더 해보는 것이 어떻겠어요?"

그것은 또 아마도, 김은 자신의 궁금증이 해결되는 것에 초점을 맞춰서 그런 제안을 했을 것이었지만, 그러나 그는 김의 그런 이야기에 처음으로 반응을 보였다. 그리고는 김의 말이 끝나기가 무섭게 머리를 번쩍 들어서 김을 뚫어져라 쳐다보더니, 그것도 잠시 "정말로 감사합니다. 그렇게 하겠습니다." 하면서 눈물까지 글썽였던 것이다.

그러자 김은 그 눈물이 무엇을 의미하는지 정확히 알 수는 없었지만, 그러나 최소한 자신의 말이 그에게 어느 정도의 희망을 준 것은 확실하다고 생각했다. 그래서 "그래요, 지금은 일단 내려가서 좀 쉬세요. 나중에 내 다시 부를 테니. 그리고 그때까지 마음의 정리도 좀 하시고. 아무튼 나중에 다시 만나 우리 그 이야기를 좀 더 진지하게 해보기로 합시다."라고 말을 하는 것으로 그 자리를 끝냈던 것이다. 그리고 그렇게 해서 그는 다시 아래로 내려갔고, 두 사람의 첫 만남도 끝을 맺게 되었던 것이다.

그렇게 해서 다시 혼자가 된 김은 갑자기 자신이 무엇인가에 홀린 것 같다는 느낌을 받고 있었다. 그러나 그에게 속고 있다는 생각은 추호도 없었으며, 적어도 여태껏 살아온 자신의 경험과 판단에 비추어, 비록 막연하기는 하지만 충분히 가치가 있는 일일 거라고만 생각하고 있었다.

그러니까 그때, 김은 자신의 궁금증은 그렇다고 치더라도, 어쩌면 한 사람의 목숨을, 그것도 자신의 설득으로 건져보겠다는 달콤한 생각을 하고 있었는지도 몰랐다.

볕이 따갑게 쪼이고 있는지 바깥의 공기가 몹시 건조할 것 같으면서도 눈이 부신 느낌이 있었다. 그리고 밖에서는 제자들이 모여서 무슨 이야긴가를 주고받고 있는지 두런거리는 소리들이 들려오고 있었는데, 그것은 아마도 그가 가지 않고 다시 남게 되었다는 것에 대한 이야기를 하고 있는 것 같았지만...

'사람은 아무리 고고한 지성과 품위를 지니고 있다고 하더라도, 자신의 이해利害 앞에서는 나약한 모습을 보이는 벌레 같은 존재인지도 모른다...'

김은 그 시각 이층에 홀로 앉아서 이런 생각을 하고 있었다. 그리고 '너무 오래 산 것일까? 이제 겨우 지명知天命. 글을 쓰고 있는 나로서도 그 부분에서만큼은 자유로울 수가 없다니' 하는 생각을 하며, 자신의 초라한 모습을 새삼 느끼는 듯 착잡한 심정이 되어서는, 가을로 물들어 가고 있던 들녘을 내려다보며 아무런 표정도 없이 이층을 지키고 있었다.

긴 하루

저녁이 되자 김은 다시 그를 이층으로 불러올렸다. 그러자 그는 아침과 달리 얼굴에 생기가 있는 듯 보였는데, 아마도 지쳐있던 몸이 하루 푹 쉬고 나니 그렇게 보였겠지만, 그러나 그것보다는 아무래도 김의 긍정적인 이야기가 더욱 그를 그렇게 만든 것이라고 여겨졌다.

"그래, 밥도 많이 자시고, 푹 쉬었어요?"

김은 그가 자리를 잡고 앉자 웃으며 이렇게 물었다.

"네, 선생님의 크신 은혜에 저는 단지 감사만 드릴뿐입니다."
"흠, 아무튼 다행이구려. 비록 누옥陋屋이라도 싫지는 않으신 것 같아 보이니?"
"그럴 리 없습니다."
"음..."

김은 고개를 끄덕이며 그를 지그시 바라보다가 '이야기를 어떻게 풀어가야 좋을까?' 하고 생각하다가 우선 그의 방문 동기부터 물어보는 것이 순서라고 생각하고는 이렇게 말문을 열었다.

　"그래, 나를 한번 만나고 싶어 여기까지 오시기는 했는데, 그러나 그렇게 하게 된 데에는 또 다른 무슨 이유 같은 것도 있을 것 같은데?"
　"네."
　"오, 그래요. 그럼, 우선 그것부터 들어보기로 할까?"

　김은 마치 오랜 지기知己라도 만난 듯 그를 편히 대해주면서 말까지 낮추어 가고 있었지만, 그러나 그는 그런 것에는 관심도 없는 듯 보였고, 마치 김의 말에 순종이라도 하듯 그때부터 자신이 그곳까지 오게 된 동기 같은 것을 말하기 시작했다.

　"제가 실직을 했던 것은 몇 년 전이었습니다."
　"아, 그게 벌써 몇 년이나 되었구면?"

　김은 이렇게 말을 하고는 무척 안타깝다는 표정을 지었다.

　"네. 그런데, 그 이후로 저는 아무 데서도 취직을 할 수가 없었습니다."
　"음, 그럼 혹시 다리가 조금 불편해 보이던데, 그것 때문에 그런 것은 아니었나요?"
　"네, 그런 것도 문제가 되었을 것으로 생각은 합니다만, 그러나 그 당시에는 이 정도까지는 아니었습니다."

"아, 그럼 처음부터 그랬던 것은 아니었구먼?"

"네."

"그럼, 무슨 사고라도 있었던가요?"

그러나 그는 여기서 대답 대신 한숨을 한번 내쉬었다. 아마도, 이야기에 앞서 스스로 마음의 다짐 같은 것이라도 하는 것으로 여겨졌다.

"혹시 담배 태워요? 태울 줄 알면 마음 놓고 태워요."

김은 그가 갑자기 망설이는 듯한 태도를 보이자 이렇게 말을 하며 그에게 담배를 권했다.

"아닙니다, 저는 괜찮습니다."

"아, 내가 어려워서 그러는 모양인데, 괜찮으니까 피울 줄 알면 사양 말고 피워요!"

김은 그런 어색한 자리에서 조금이라도 그를 편히 해줄 양으로 그렇게 담배까지 손수 권하고 있었던 것 같았지만, 그러나 그것은 김 자신으로서도 놀랄만했던 일로, 그것은 김으로서는 가히 파격적인 일이라고 해도 과언이 아니었기 때문이었다.

"감사합니다. 그러나 저는 얼마 전부터 담배를 끊고 있습니다."

"아, 그래요? 거참 잘한 일이군. 근데 난 잘 안되더라고? 그리고 내

친구 중에 의사醫師하는 사람이 한 명 있는데, 그 사람도 나만 보면 빨리 담배를 끊으라고 성화지만, 근데 이게 생각대로 안 된단 말이거든..."

김은 이렇게 말을 하며 머리를 한번 가볍게 젓고는 담배에 불을 붙였다. 그러자 파란 연기가 피어올라 곧 이층을 푸르게 채우기 시작했다.

"사고 같은 것은 없었습니다."

그때, 그의 이야기가 다시 이렇게 이어졌다.

"그리고 아마도 제가 스물댓 살 때쯤의 일로 기억합니다만, 어느 날 일을 갔다 와서 발을 씻고 있었는데, 여는 때와는 달리 다리가 조금 이상하다는 것을 느끼게 되었습니다. 그래서 저는 다리를 이곳저곳 만져보게 되었는데, 그때서야 처음으로 제 다리에 문제가 있다는 것을 알게 되었던 것입니다. 하지만 그 당시에는 별로 심각하게 생각하지는 않았고, 특별히 아프다거나 하는 일도 없었기 때문에 그냥 방치해 버리고 말았던 것인데, 그런데 그것이 나중에는 점점 더 심해졌고, 지금에까지 이르게 된 것입니다."

"음, 그럼 병원에도 한번 가보지도 못하고 병을 여태까지 키워왔다는 이야기가 되겠구먼?"

"네, 그렇게 말씀드릴 수도 있겠습니다."

"저런!..."

그러자 김은 더 할 말이 없다는 듯 의자에 등을 기대고는 마치 혀라도 찰 듯한 얼굴을 하며 그를 물끄러미 바라보았다.

 "그럼, 아직 그것에 대해서 원인조차도 모르고 있다는 이야기가 아닌가?!"
 "네, 그러나 그것은 단지 의학적으로만 그렇다는 것이고, 저 나름대로 생각하고 있는 것은 있습니다."
 "아, 나름대로 생각하는 것은 있다?"
 "네."
 "그럼, 그 말은 의학적인 판단을 배제하고, 본인 스스로 그것을 진단했다는 이야기로 이해해도 되는 건가?"

 김은 이렇게 말하고는 도저히 믿을 수 없다는 얼굴로 그를 빤히 쳐다보았다.

 "네, 그렇습니다."
 "그렇다! 꽤 확신을 하고 있는 것 같은데, 그럼 그건 또 뭔지 어디한번 들어볼까?"
 "네, 제가 생각하고 있는 것은 바로 업業이란 것입니다."
 "뭐, 업?!"

 김은 이렇게 말을 해놓고 잠시 입을 닫았다. 그리고는 무엇인가 생각하는 얼굴로 있더니 "그럼, 그 업業이란 것이 자네를 그렇게 만들었다?"라고 재차 물었다.

"네."

그러자 여기까지 대화를 나눈 김은 더욱 믿을 수 없다는 얼굴로 쓸쓸하게 웃으면서 머리를 좌우로 흔들었다. 김의 생각에, 요즘 세상에도 그런 것을 믿고 있는 사람이 있다는 것이 과히 상쾌하지는 못했던 것이다. 그런데다 또 이 자는 아예 그 선을 넘어서 그것에 대해 확신까지 하고 있는 눈치로, 그 모든 이야기들이 김을 노곤하게 만들고 있었다.

'대책 없는 주제로 사람을 피곤하게 만들려는 자로구먼?'

하지만 그것은 일단 그의 문제였다. 그래서 현재 자신이 아무리 그에게 무엇을 베풀고 있는 입장이라고 하더라도 그런 것에까지 간섭하거나 할 처지는 되지 못했던 것이다. 그런데다 또 그것은 누구의 입장에서도 개인의 자유에 관한 문제였다. 그래서 김은 인내심을 가지고 그 이야기를 조금 더 들어보기로 했다.

"그럼, 그것을 그렇게 생각하게 된 이유는 또 무엇인가?"
"네, 제가 그렇게 생각하게 된 이유는, 그것이 아무런 원인이 없이 발병했다는데 그 첫 번째 이유를 두고 있습니다. 그러니까 자각증상 같은 것도 없었고, 그렇다고 다친 적이 있었다거나, 그렇게 될 만한 어떤 경우도 없었기 때문인데, 그리고 또 그 두 번째라 할 수 있는 것으로 저는, 제가 알아본 바에 의하면 세상에는 저와 유사한 현상現象을 가진 사람들이 많이 있다고 들었는데, 그러나 현대의학도 그들을 모두 불치不治로 본다는 것이었습니다. 그래서 그런 이유 등으로 해서 저는 이것이 병이 아니라 어떤 현상으로 보는 것이 옳다고 생각하게 되었고, 나름대로 궁리를 거듭하다 생각이 그에까지 미치게 된 것입니다."

김은 그의 해명에도 가타부타 말도 없이 인상만 찡그린 채 앉아 있었다. 그러다 한숨을 한번 내쉬고는 의자를 탁자 쪽으로 끌어당겼다.

"흠, 그런 이유들이 있었다. 아무튼, 그 이야기는 기회가 되면 다시 한번 들어보기로 하고, 일단 하던 이야기를 계속해 보게!"

김은 여기서 시간을 많이 쓸 필요가 없다고 생각했다. 그것은 현재까지도 그는 여전히 자신에게서는 지나치는 과객에 불과했으며, 지금까지 들은 이야기로 미루어 봐서도 깊이 파고들 중요성 같은 것은 느껴지지도 않았기 때문이었다. 그런데다 또, 그런 모호한 주제를 가지고서는, 특히 자신의 관심 밖의 문제였던 사이비 무속적인 이야기 같은 것에는 관심도 가지 않았기 때문이었다.

"사실, 저는 선생님께서 쓰신 글들을 전부 다 읽어보았습니다. 그리고 많은 감명도 받았습니다."

그때, 김의 요구가 있자 그는 자신이 그곳에 오게 된 이유를 다시 말하기 시작했다.

"그러다 저는 선생님을 한 번만이라도 만나 뵙고 싶다는 생각을 하게 되었습니다. 그러나 정작 생각은 그렇게 했어도 선생님이 계신 곳이나 연락처 같은 것은 알지 못해 그렇게 생각만 하며 지낼 수밖에 없었습니다. 그런데다 하루 벌어 겨우 먹고사는 처지라 몸을 마음대로 움직일 수가 없어 더욱 그럴 수밖에 없었는데, 그런데 그즈음, 그러니까 약 삼 년 전쯤 됩니다만, 그때 저는 실직을 하게 되었습니다. 그것은 또 저의 자의 반 타의 반으로 이루어진 일이라 뭐라 말씀드릴 속 시원한 이유는 없습니다만, 몸이 자꾸 나빠져가자 자신감을 점점 잃어간 때문이기도 했고, 그동안 정신적인 고통으로 너무도 많이 시달려왔던 터라 좀 쉬고 싶기도 해서였는데, 그런데 또 마침 그때 회사에서도 경기가 좋지 못하다는 이유로 감원 이야기가 나오고 있던 차라 제가 자발적으로 그만둔 것이 그 이유라면 이유라고 말씀드릴 수가 있겠습니다. 그렇게 해서 저는 그 회사를 그만두고 쉬게 되었는데, 그러나 산 입을 어쩌지 못해서 저는 다시 일자리를 구해야만 했고, 그때부터 또 직장을 구하기 위해 백방으로 뛰어다녀야만 했던 것입니다. 그러나 그때는 이미 모든 문이 다 닫혀버린 듯 더 이상 저를 받아들이려는 회사는 없었습니다. 그래서 저는 일당을 받는 막노동이라도 할 수밖에 없었는데, 그러나 그 일도 쉽지는 않아서 저는 거의 연명하듯 힘들게 살아야만 했고, 그러던 중에 저는 나름대로 많은 생각을 하게 되었던 것입니다. 그 생각의 주제는 여러 가지로 주로 반성이 많기는 했습니다만, 그러나 그동안 제가 살아온 환경이나 생활들, 그리고 앞으로의 문제 등 여러 각도에서 많은 생각을 하게 되었던 것이 바로 그것이었는데, 그러다 저는 내내 궁금해했던 하나의 문제에 집착하게 되었고, 그것에 대해서 나름대로의 결론도 내리게는 되었습니다만, 어쨌든 그것이 좀 전에 말씀드린 바로 그 업業이란 것이었습니다."

"음. 그랬구먼?"

"네, 그래서 저는 그것을 그렇게 결론 내리고 나자 오히려 마음이 편해짐을 느꼈습니다. 그것은 또 내내 궁금해 왔던 것이라 그렇게 스스로 그 문제를 풀었다는데 만족을 해서 그렇게 느끼기도 했습니다만, 그러나 그보다는 더 이상은 제가 그것에 대해서는 고민을 하지 않아도 된다는 데 그 이유가 있었다고 생각합니다. 그리고 그런 다음에 저는 저를 죽이기로 결심하게 되었던 것입니다. 그것은 또, 그것이 그렇게 결론이 난 이상 제가 더 이상 살아야 할 이유가 없다고 판단했기 때문이었는데, 그래서 저는 그때부터 제 주변을 정리하기 시작했고, 마지막으로 죽을 자리를 물색하러 다녔습니다. 그런데 그러던 중에 우연히 선생님의 근황이 실린 잡지를 보게 되었던 것입니다. 그때는 정말로 이상하다는 생각이 들었습니다. 그렇게도 찾으려 애썼을 때는 도저히 알아낼 수도 없더니만, 하필이면 그런 때 그것을 알게 되었으니 말입니다. 그러자 저는 그때부터 오히려 갈등이 되었습니다. 물론 기쁘기는 했지만, 그러나 이런 모습으로 선생님을 찾아뵐 수는 없다고 생각했기 때문이었는데, 하지만 또 이 마당에 그런 것이 무슨 소용이나 있겠느냐고 생각을 하자 다시 용기가 생겼습니다. 그래서 내친김에 문전박대를 당하더라도 한번 찾아가 뵙기나 하자는 생각을 하게 되었고, 그래서 여기까지 찾아오게까지 된 것입니다."

김은 그의 이야기를 다 듣고 탁자를 내려다보며 머리를 끄덕였다. 그것으로 그의 자신을 찾아온 동기도 확실하게 밝혀졌던 것이다. 그러자 김이 또 이렇게 말을 했다.

"근데, 그렇게까지 해서 나를 찾아온 것은 그냥 나를 한 번만 보고

가겠다는 것만은 아닌 것 같은데, 그것은 또 어떤가?"

"네, 그렇습니다."

"음, 그럼 그 이야기도 어디 들어볼까?"

김은 여기까지 말을 하곤 눈을 게슴츠레 뜨고 그를 쳐다봤다.

"네, 사실 제가 이곳을 찾기로 결심하게 된 이유는 앞서 말씀드린 것도 있지만, 기회가 된다면 선생님께 제 이야기를 꼭 한번 들려드리고 싶다는 생각을 했기 때문입니다."

"음, 그런 이유가 있었다. 그럼, 그건 또 어떤 이야긴가?"

"네, 그것은 그동안 제가 고민했던 것들과, 제가 이렇게까지 하지 않으면 안 될 이유 등에 관한 것입니다."

"그런 것이라…"

"네."

그러자 김이 또 잠시 생각하는 표정을 지었다. 그러나 곧 "좋아, 그럼 그 이야기도 한번 들어보기로 하지. 그러니 어디 자네가 하고 싶다는 그 이야기를 내게 속 시원하게 한번 털어놔 봐." 하고는 다시 담배를 집어 들었다.

그것으로 김은 그의 이야기를 들을 준비가 다 되었다는 것으로 보였다. 그러자 그는 김에게 다시 머리를 깊이 숙이며 인사를 한 후에 김에게 들려주고 싶었다는 그 이야기의 문을 열기 시작했고, 그렇게 해서 '김과 최의 대화'는 비로소 그 막幕을 열게 되었던 것이다.

"저는 포항에서 태어났습니다. 그러나 포항이라고는 하지만 당시였던데다 이름조차 변변치 못했던 변두리 산골이어서 산촌이나 다름없던 곳이었습니다. 그리고 저는 그곳에서 어린 시절을 보냈고 중학교를 다니다 대구로 전학을 갔습니다. 그래서 중학 생활의 나머지와 고등학교는 대구에서 다녀야만 했는데, 그리고 여기까지가 제 학력의 전부입니다만, 그 후로 저는 당분간 고향으로 돌아가지는 못했습니다."

"음..."

"그리고 제가 태어났을 당시 저의 친가親家는 대구에 있었는데, 저의 할아버지는 거기서 무슨 사업인가를 하고 있었다고 했고, 아버지는 제가 태어나기 전부터 병이 들어서 요양을 하던 중이었다고 했습니다. 그리고 저의 어머니는 그때 외가에 계셨는데, 저를 낳기 전에도 외가에서 사셨고, 그 근처에 있던 빵 공장엘 다니시며 생활하고 있었다고 했습니다. 그리고 여기까지가 저의 중요한 가족에 대한 당시의 소개이며, 그 나머지 사람들은 이야기를 하면서 그때그때 소개해 올리도록 하겠습니다."

김이 말없이 고개만 끄덕이자 최는 다시 이야기를 이어 나갔다.

"저는 날 때부터 고생을 많이 하고서야 태어나게 되었다는데, 그 이유는 저의 어머니가 처녀處女의 몸으로 저를 가졌던 때문이라고 했습니다."

"아!..."

그러자 김이 처음으로 이런 반응을 보였다.

"네, 물론 지금이야 그런 일이 흔하다지만, 그러나 그 당시야 집안의 흉이고, 당사자들은 얼굴도 제대로 들고 다니지도 못했을 테니 어머니의 그 심정도 이해는 갑니다만, 당시에 어머니는 마을에 있던 무슨 교회에 나가고 있었던 모양이었고, 거기서 요양 차 이리저리 떠돌고 있던 아버지를 만나게 되었다고 합니다. 그리고는 인연이 되려고 그랬던지 두 사람은 금세 친해져서는 저까지 가지게 되었다는 것이 그 이야기의 대강이라고 말씀드릴 수 있겠습니다. 하지만 그것으로 저의 비극 悲劇은 시작되었고, 그것이 또 끝내 그 상황에 걸려있던 사람 모두에게 불행을 가져다주는 계기가 되기도 했습니다만, 그러니까 서로 만나기만 하고 저를 가지지 말았다든지, 아니면 차라리 그러다 헤어져 버렸다면 모두에게 좋았을 것인데 말입니다. 그러나 두 사람은 그렇게 해서 힘든 출발을 하게 되었고, 나름대로 사랑이란 것도 하게 되었던 모양이었지만, 그러나 결과가 예상되었듯 그 좋은 시절은 오래갈 수가 없었던 것입니다. 그리고 그 이유의 첫 신호는 외할머니로부터 시작되었고 했으며, 마침내 그 사실을 알게 된 외할머니께서 노발대발했기 때문이라고 했습니다."

"음, 당시라면 그랬겠지?"

"네, 그리고 여기서 이야기가 나온 참에 저의 외할머니에 대한 소개도 잠시 하고 넘어가면, 외할머니는 생전에 틈 없이 사셨던 분으로, 외할머니를 아는 사람들은 모두 그것을 인정했었다고 하니 그 성품 같은 것은 능히 짐작하실 수 있으리라 생각되며, 그런데 그러하셨던 분이 그런 일을 당하셨으니 그리 쉽게 용납되지 않으셨던 관계로 그러셨지 않았겠는가 하는 생각도 듭니다만, 그러나 그런 이유가 아니더라도 그런 일이 생긴다면 누구라도 동네에서 망신당하게 될 것이 뻔했을 것이므로 외할머니의 그런 역정은 충분히 이해가 되며, 더욱이 남달리 꼿꼿한 성품을 가지셨던 외할머니였기에 더욱 그렇게 하시지 않았겠는가 하는 생각도 할 수 있겠는데, 그러나 그때 외할머니께서 더욱 그렇게 하셨던 데는 외할머니 나름대로의 또 다른 이유 같은 것도 숨겨져 있었던 때문으로 그렇게 하시지 않았겠는가 하는 생각도 저는 하고 있습니다."

"흠, 숨겨진 또 다른 이유라, 궁금한데?"

"네, 그것은 저의 외할머니께서 겪으셔야 했던 '과거사'에 관계된 것인데, 흔한 말로 팔자八字에 관계되었던 일이었을 것이라고 저는 생각하고 있습니다."

"음, 이번엔 팔자라, 그런데 자네는 지금 추측으로만 이야기하고 있는 것 같은데, 그 당시의 사실은 잘 알지 못한다는 건가?"

김이 여기서 무언가 석연치 않다는 듯 이렇게 질문을 하고 나섰다. 그러자 최가 금방 그에 대한 설명을 하기 시작했다.

"그렇지는 않습니다. 그러나 그 당시의 일을 제가 겪지는 못했기 때문에 그때 일어났던 사건들과 제가 들은 것들을 바탕으로 해서 이야기를 하다 보니 그렇게 말씀드리게 된 것입니다. 그리고 추측이 전혀 없는 것은 아니지만 개연성도 충분하고, 또 사실에도 거의 거리가 없다고 생각되어서 이렇게 말씀드리고 있는 것입니다."

그러자 김이 알아들었다는 듯 고개를 끄덕이며 계속하라고 손짓을 했다.

"네, 아무튼 외할머니에게는 재혼의 경력이 있었습니다. 그것도 두 번씩이나 말입니다."
"아, 그런 일이!..."

최의 말이 끝나기도 전에 김은 마치 뜻밖이라는 듯 다시 짧은 탄성을 내지르며 미간을 좁혔다.

"이 세상에 행복하게 살고 싶지 않은 사람이 어디에 있겠습니까? 그리고 여자라면 더욱 본능적으로 그렇게 생각할 것인데, 그래서 좋은 곳에 시집가서 아들딸 낳아 잘 키우며 남편과 함께 백년해로하는 것이 어쩌면 여자에게서는 평생의 꿈일 수도 있겠습니다. 그러나 세상에는 그런 사람보다는 그렇지 못한 사람들이 더 많고, 분명한 이치인데도 오히려 그것을 취한 사람들을 행운아라 부르기도 하는가 본데, 외할머니의 경우도 그 후자로, 그런 삶과는 거리가 조금 있었습니다."
"음, 그 당시의 재혼이라. 그것도 여성의 신분으로 두 번씩이나?"
"네, 그리고 저의 외할머니는 원래 유복한 가정에서 태어나서 별 어려움 없이 사셨던 분이셨다고 합니다. 그러나 시집을 가게 되면서 조금씩 어려움을 겪게 되셨다는데, 그것은 또 저의 외할아버지에게 시집가게 된 것이 그 어려움의 시작이었다 하고, 당시 시댁은 외할머니의 친정과는 달리 조금 어렵게 살고 있었던 모양으로, 그런 일을 전혀 겪어본 적이 없었던 외할머니였던지라 처음에는 많은 고생을 하셨다고 하며, 더욱이 당시 외할아버지는 이二대 독자였던 데다 편모슬하여서 그랬던지 그에 따른 문제들도 외할머니를 힘들게 하는 이유가 되었다고 합니다."

"음, 그런 일이 있었군. 그런데 당시 외할머니의 친정은 살기에 어려움이 없었다고 했는데, 그럼 어떻게 해서 외할머니 댁에서는 그런 외할아버지 댁으로 시집을 보내기로 결정을 했을까? 대부분 딸을 시집 보내려 할 때는 좀 더 나은 곳으로 보내려고 한다거나, 고생을 시키지 않는 집으로 보내려 하기 마련이고, 그 당시라면 더욱 그랬을 것 같은데 말이지?"

김은 이야기를 듣는 도중에 궁금한 점이 있다고 생각되면 즉각 묻는 것으로 최의 이야기 듣는 것에 대해 나름대로의 성의를 표했다. 그런데다 또 습관인지 처음부터 종이와 필筆을 준비해 두고는 최가 하는 이야기에서 중요한 것들을 메모까지 하고 있어, 그 태도가 자못 진지해 보이기까지 했다.

"네, 제가 듣기로 외할아버지는 당시에 공무원이셨다고 했는데, 그 직급은 변변치가 않았으나 그 사람됨이 마음에 들어서 외할머니 댁에서는 그렇게 하기로 결정을 했다고 합니다. 아마도 장래가 있을 것이라고 보고 그런 결정을 하셨던 것이 아니었겠는가 하고 생각은 합니다만, 그러나 죄송하게도 그것에 대해서도 제가 알고 있는 것은 이 정도가 전부입니다."

"음, 당시에 외조부님께서 공무원이셨다면, 다른 문제가 좀 있었다고 하더라도 시집을 보낼 수도 있었겠군? 알았네, 계속해 보게."

"네, 그래서 외할머니는 그때부터 '시집살이'란 것을 하게 되셨고 또 많은 어려움도 겪게 되었다고 하셨지만, 그러나 생각보다는 그 고생이 일찍 끝났다고 하셨고, 그것은 또 외할머니의 말씀에 의하면 '시어머니께서 일찍 돌아가 주신 때문'이라고 하셨습니다."

"음, 일찍 돌아가 주신 때문이라?"

"네, 아마도 외할머니는 나름대로 호된 시집살이 같은 것도 하셨기 때문에 그런 말씀도 하셨던 것이 아니었겠는가 하고 생각은 합니다만, 그러나 그 상세한 내막에 대해서는 말씀이 없으셨던 관계로 제가 들은 것을 그대로 옮겨드린 것입니다."

"그래."

"네, 그리고 그 이후, 역시 그 내막에 대해서는 제가 상세히 알지 못합니다만, 외할아버지께서는 도일渡日을 결심하셨던 모양이었고, 그렇게 해서 외할머니는 일본으로 가게 됩니다."

"아, 일본으로?"

"네."

"음, 하기야 당시에는 일제강점기 때였으니 그런 일이 많았겠지?"

"네, 그리고 거기서 어머니와 외삼촌을 낳으시며 열심히 사셨던 모양이었지만, 그런데 또 거기서 갑작스러운 사고로 외할아버지께서 사망하셨고, 그 후에 다시 귀국하셨다고 합니다."

"뭐? 그럼 그 할아버지는 어떻게 해서 돌아가신 거지? 당시라면 아직 젊으셨을 텐데 말이지?"

"네, 그러나 죄송하지만 그것도 저는 잘 알지 못합니다. 외할머니 생전에 제가 그 일에 대해서 여러 번 여쭤본 적도 있었고, 또 궁금해하기도 했습니다만, 유독 그 부분에서만큼은 할머니께서 밝히시지 않으셨기 때문입니다."

"뭔가, 숨기고 싶은 부분이 있으셨나 보군?"

"네."

"아무튼 알았네. 계속해 보게."

"네, 하여튼 그렇게 해서 외할머니는 그곳에 홀로 남겨졌고, 광복이 되면서 다시 귀국하게 되셨다고 합니다."

"그럼, 바로 오지는 않으셨던 모양이군?"

"네, 그러셨다고 합니다. 그리고 그 이유도 제가 상세히는 모르고 있습니다만, 그러나 저의 추측으로, 아마도 그곳에는 외할아버지 외에도 인척이나 지기知己 등, 그런 외할머니께서 의지할 만한 사람들이 있었기 때문에 그렇게 하시지 않았겠는가 하고 생각하고 있습니다. 만약 그렇지 않았다면 아이를 둘이나 가졌던 여인이 혼자서 살기에는 불가능했을 것이라는 생각이 있어서이고, 그리고 또 언젠가 외할머니께서는 제게 낯선 사진들을 보여주신 적이 있었는데, 그리고 그때는 제가 아직 어렸던 때라 기억은 잘하지 못합니다만, 그러나 언뜻 듣기로 외할머니의 친척 되시는 분들이란 말씀을 들었던 것 같고, 그때 일본 이야기를 잠시 하셨기 때문에 그런 것들을 유추해서 드린 말씀입니다."

"음, 그렇군. 그것도 일본 땅이었으니."

김이 고개를 끄덕이자 최가 이야기를 다시 이어나갔다.

"네, 아무튼 그렇게 해서 다시 귀국했던 외할머니는 친정인 '서산西

山'으로 가서서 얼마간 지내셨다고 합니다. 그리고 이내 자리를 옮기신 곳이 '포항'이었는데, 당시 포항에는 외할머니의 언니 되시는 분이 살고 계셨다고 하셨고, 그 언니란 분의 도움을 받아서 '새 출발'을 해보려고 그곳으로 내려가셨던 것 같았습니다. 하지만 그 언니란 분이 친언니인지 친척 누구인지에 대해서는 알지 못하고 있으며, 외할머니께서 그곳으로 가시려 결심하시게 된 그 상세한 내막에 대해서도 저는 알지 못하고 있기 때문에 그 정도로만 말씀드리는 것인데, 그러나 일이 그렇게 쉽게 풀리지는 못했던지 처음부터 외할머니는 많은 어려움을 당하셨다고 하셨고, 또 고생도 많이 하셨던 것으로 저는 알고 있습니다. 그리고 그러던 중에 그 언니란 분의 권유로 재혼을 하시게 되었다고 합니다."

"음, 그렇게 된 일이었군."

"네, 하지만 외할머니는 처음에는 그런 제안을 받으시고 펄쩍 뛰시며 반대하셨던 것 같았는데, 그것은 또 당시의 시대 상황으로 볼 때, 여자가 절개를 지킨다거나, 지조를 지켜야 한다는 생각이 아직도 강했던 때여서 외할머니도 그렇게 하려고 하셨던 것 같았지만, 그러나 외할머니는 혼자 벌어서 아이 둘까지 키워가며 살아야 한다는 부담감 때문에 하는 수 없이 재혼을 결심하시게 되셨다고 하셨고, 그래서 결국에는 재혼까지 하셨다지만, 그러나 그 후에도 그리 편한 삶은 살지를 못하셨던 것입니다."

"아, 그렇게 어렵게 재혼하셨으면 그 이후에는 행복한 삶을 사셨어야 했는데, 그렇지 못하셨던 모양이구면?"

"네, 처음에 외할머니는 그런 결심을 하고 나서도 그 남자에 대해 자세히 알아보고자 여러 방면으로 노력도 하셨던 모양이었습니다. 그러다가 비록 그 사람이 가진 것은 없지만 그래도 성실히 살아가고 있는 사람이란 것을 아시고는 그렇게 하기로 마음을 정하셨다고 합니다. 그리고 또 그것은, 예나 지금이나 사람은 성실誠實을 우선으로 치는 것이 당연한 관례처럼 여겨지고 있기 때문에 외할머니도 그때 그러셨던 것 같았지만, 그리고 또 아무래도 당시의 외할머니 입장에서도 그것보다 더 솔깃한 조건은 없었을 것이기에 그러셨을 것으로 생각은 합니다만, 그러나 사람이란 알 수 없는 존재였던 것입니다."

"왜? 뭔가 잘못된 일이 있었던 모양이군?"

"네."

"그럼 또 무슨 일이 있으셨지?"

"네, 외할머니는 그렇게 해서 재혼을 하게 되셨지만, 그래서 또 그때부터는 다른 성姓을 가진 다른 사람의 가문家門에서 또 다른 삶을 시작하게 되셨는데, 그리고 또 여기서 잠시, 제가 비록 외할머니의 입장을 대변하다 보니 외할머니를 치켜세워 드릴 의도도 있어서 그렇게 가문家門이란 표현까지 썼습니다만, 그러나 그 사람은 가문이고 뭐고 내세울 그 무엇도 없었던 사람이었다고 합니다. 그 사람은, 아니 그 할아버지는 당시에 막노동을 하며 겨우 하루 벌이를 하며 살고 있었던 그런 사람이었다고 했는데, 외할머니를 만났던 당시에도 일가친척 하나도 없이 그곳에서 외톨이로 살고 있었다고 했고, 언제부터 그곳에 들어와서 살게 되었는지도 아는 사람이 별로 없었을 정도였다고 하니 대충 이해가 가시리라 생각은 합니다만, 그러나 어쨌든, 그러다 그저 무던히 일 잘하고 또 열심히 살고 있었으니 별 문제 없이 그렇게 외할머니까지 만나게 되었던 것으로 압니다만, 그러나 그렇게까지 해서 다시 시작되었던 그 생활이란 것이 그리 행복하지는 못했던 것입니다."

"흠, 그 이유는 또 무엇이었지?"

"네, 그 이유는 바로 그 사람이 그렇게 산 지 얼마 되지도 않아 술을 먹고 들어와서는 가족들을 학대했기 때문이라고 했습니다."

"아!"

"네, 그러자 외할머니는 당신의 결정에 대해서 많은 후회도 하셨다지만, 그러나 또 이미 결정 난 일을 두고 외할머니로서도 어쩌실 수가 없어 그렇게 사실 수밖에 없었다고 하셨습니다. 그래서 '팔자는 아무나 바꾸는 것이 아니라' 듯, 그것으로 인해 외할머니와 가족들은 모두 험한 세월을 살아야만 했으며, 이제는 더 이상의 희망 같은 것도 없어 보였던 것입니다."

"아, 잠깐만!"

여기서 또 김이 갑자기 이야기를 끊었다.

"아, 이야기가 자꾸 끊어져서 미안하기는 한데, 하지만 여기서는 한 가지 의문이 생기는데? 그럼, 그 외할머니의 언니란 분은 어떻게 해서 그런 사람을 소개하게 되었지? 그렇지 않아도 힘들어하시던 외할머니에게 적어도 정상적인 사람이긴 했었어야 옳았을 텐데 말이야?"

김은 이렇게 말해놓고 최가 무슨 답을 할지 기다리기라도 한다는 듯 그를 지그시 노려보았다.

"네, 그 이유는 또 이랬습니다. 그러니까 그때, 그 언니란 분도 그 사람에 대해서는 잘 알지 못했던 것 같았습니다. 그것은 또 물론, 그 당시의 생활상으로 점잖은 집 부인이 어디로 돌아다니며 동생의 남편 될 사람을 물색하러 다닐 수도 없었을 테고, 혹 그랬다고 하더라도 외간 남자들을 직접 만나 이러쿵저러쿵 이야기를 나눌 수도 없었을 테니 더욱 그랬을 것으로 생각은 됩니다만, 그러나 그 언니란 분은 외할머니가 그렇게 사시는 것이 보기가 딱해서 주위의 아는 사람들을 통해서 마땅한 배우자를 찾으려 애쓰셨던 모양이었고, 그러던 중에 그 사람이 선택되어서 그 언니란 분에게 소개까지 되었던가 본데, 그러나 외할머니는 그런 제안을 받게 되자 그에 만족하지 않으시고 따로 또 그 사람에 대해서 알아보기도 하셨던 모양으로, 그 사람이 사는 곳을 알아다가 직접 찾아가서 그 사람이 어떤 사람인지를 숨어서 엿보기도 하는 등 나름대로 노력도 다하셨다는 것입니다. 그리고 또 그것은 아무래도 당신 자신은 물론이고 아이들에게도 좋은 사람이 아니면 안 되었을 것이기에 그렇게까지 하셨던 모양이었지만, 그러나 역시 소문대로 그 사람은 무척이나 성실했던 사람으로, 집이라고 해봐야 오막살이 한 채에다 살림도 변변히 없었다지만, 그러나 외할머니께서 보셨을 때도 '저 정도면' 하는 생각도 있었기에 그런 결심까지 하게 되었던 것 같았는데, 그러나 그때 외할머니나 주위 사람들이 보지 못했던 것은, 그리고 또 어쩌면 그 사람 자신도 몰랐던 일이었을지도 모르겠습니다만, 어쨌든 그것은 바로 그 사람의 술 마시는 것과 그 후의 주사 酒邪였던 것입니다. 하지만 남자가 술을 조금 한다고 흥이 되던 시절은 아니었기에 외할머니께서 그것을 미리 아셨다고 하더라도 어쩌실 수는 없었을 것이라고 생각은 합니다만, 그러나 그 사람이 술을 마신 뒤에 어떤 주사까지 있는지까지는 알아낼 도리가 없었던 모양이었고, 더욱이 그 사람이 자신의 아내와 그 딸린 자식들을 그렇게 학대할지에 대해서는 당시의 그 누구도 알 수가 없었을 것이기에 그랬지 않았겠는가 하는 것이 저의 생각인 것입니다."

"흠! 그래, 참으로 답답한 일이군."

김은 고개를 절레절레 흔들고는 계속하라고 손짓을 했다.

"네, 그렇게 그 사람은 일을 마친 후에 술을 먹고 집으로 들어와서는 가족들에게 손찌검과 욕설을 하며 집안을 온통 공포의 도가니로 만들어 놓고는, 다음날이면 태연하게 특유의 성실성을 유감없이 발휘해 나가는 생활을 계속해서 해나갔다고 합니다. 그런데다 또 그 일은 주위 사람들도 잘 모를 정도로 은밀하게 이루어져서, 모르는 사람들은 그런 일이 있은 후 외할머니께서 밖엘 잘 나오지 않으시면 '깨가 쏟아져서 그렇다'고 놀려대기까지 했다고 하니, 외할머니의 그 말 못 했을 심정이 얼마나 답답했을지 저는 능히 짐작이 가고도 남는 것입니다. 하지만 아무리 그렇다고 주위에 소문을 내고는 다시 파혼할 외할머니도 아니었기에 당시 외할머니와 그 가족들이 겪어야 했던 고초는 이루 말로 다 할 수가 없었던 것입니다."

"음, 그랬겠지."

"네, 하지만 죄도 없이 휘둘려지는 매가 그리 단단할 수는 없는 법입니다. 그것은 또 그런 일을 보다 못한 운명運命이란 것이 결국에는 외할머니의 손을 들어주었기 때문이었는데, 그것은 또 마치 '아무리 힘들어도 선택이란 함부로 하는 것이 아니야' 하고 주의를 받은 것처럼, 그 결과는 외할머니에게 정당하게 나타져 왔던 것입니다."

"아! 그럼, 이번엔 좋은 일이 있었던 모양이군?"

그러자 이번에는 김이 반색을 하며 이렇게 말을 했다.

"네, 그러나 그 사람의 입장에서는 어떨지 모르겠습니다만, 아무튼 그 '성실자'는 그러던 어느 날, 만취 상태로 귀가하던 중에 다리에서 떨어져서 죽어버렸다고 하는 것이 바로 그것이었던 것입니다."

"뭐? 또 그런 일이? 아니, 어째 그런 유類의 일들만 외할머니에게 계속해서 일어나는 거지?"

"네, 그것은 아마도 간접적이거나 침해적인 업의 형성적 영향 때문이 아닐까 하고 생각은 합니다만, 그러나 그 증명은 제가 해드릴 수 없습니다."

"간접, 침해? 그건 또 어떤 이야기지?"

"네, 그것은 주업主業이 형성되기 위해서 다른 경우를 미리 준비해둔다는 것쯤으로 말씀드릴 수 있겠습니다."

"흠, 조금 애매한 이야긴데?"

"네, 그러나 저도 그렇게만 생각할 뿐이므로 여전히 확언을 드린다거나 증명해 드릴 수는 없습니다."

김은 여기까지 최의 이야기를 듣고는 무언가 석연치 않다는 듯 약간 떨떠름한 표정을 지었다. 그러나 시간을 오래 끌지는 않았고 곧 최의 이야기를 진행시켰다.

"아무튼, 자네가 그것을 그렇게 생각한다고 하니 그것도 기회가 되면 나중에 다시 한번 정리해 보기로 하고, 일단 하던 이야기를 계속해

보게!"

"네, 그렇게 해서 그 '성실자'가 죽고 외할머니에게는 또 다른 삶이 시작되었는데, 하지만 그때 외할머니는 그 '성실자'의 주검 앞에서 많이 우셨다고 했습니다. 그래서 속 모르는 주위 사람들로부터 많은 동정도 받았던 것 같았는데, 그러나 그 눈물의 진정한 속뜻은 '아마도 외할머니 당신 자신의 팔자에 관한 한울림 같은 것이 아니었을까?' 하고 저는 생각한다는 것이며, 그것은 또 '도대체가 나아질 기미가 보이지 않는 그 현실에서 끈을 놓아버리고는 싶지만, 그러나 아이들과 모진 목숨 때문에 어쩔 수가 없다는 절규 같은 것이 아니었을까?' 하고 저는 생각하는 것입니다."

"그래, 그런 일을 계속해서 당하게 된다면 누구라도 그런 심정이 될 수밖에 없겠지. 아무튼, 그 다음부터는 조금씩 나아지시겠지?"

"네, 그 '성실자'가 죽으므로 해서 일단 그런 지옥에서 벗어나게는 되었으니까요. 그러나 고난이 거기서 끝나지는 않았습니다."

"아, 그럼 이번에는 또 무슨 일이지?"

김이 예상 밖이라는 듯 이렇게 질문을 해오자 최가 갑자기 머뭇거렸다. 마치 이것만은 이야기하고 싶지 않다는 듯, 좀 전과 달리 약간 망설이는 듯한 표정을 보였던 것이다.

"우리 조금 쉬었다 할까?"

그 모습을 보고 김은 마치 아무 일도 아니라는 듯 이렇게 말을 하고는 담배를 집어 들었다. 그러자 최는 곧 가녀린 한숨을 내쉬며 머리를 아래로 떨어뜨렸는데, 그것은 또 아마도 그는 처음에 그곳으로 올 때의 마음과 달리, 그리고 또 비록 존경은 한다고 했지만, 그래도 생판 남인 김 앞에서 자신의 가족들에 대한 이야기를 그렇게 상세히 한다는 것이 어떤 면으로는 그 사람들에게 죄를 짓는 일이 될지도 모른다는 마음에서 그렇게 했던 것으로 생각되었다.

그러나 그것을 본 김은 오늘 이야기는 이것으로 그만하고 싶다고 생각했다. 그것은 또 벌써 시간도 꽤 되었던데다, 그에게 마음의 정리 같은 것을 할 시간도 주어야 한다고 생각했기 때문이었는데, 그래서 김은 "오늘은 이만 하지."라고 말을 하고는 들었던 담배를 껐던 것이다.

그러자 최는 그 말이 끝나기가 무섭게 머리를 번쩍 쳐들었다. 하지만 이내 머리를 숙이고는 다소곳이 일어서서 김에게 인사를 했는데, 그것을 본 김은 또 조금 의아하다는 듯 "왜? 무슨 할 말이라도 있나?" 하고 최에게 물었다. 그러자 최는 "아닙니다. 선생님의 말씀에 따르겠습니다." 하고는 조용히 자리에서 일어섰던 것이다.

아마도 그는, 자신의 이야기를 빨리 끝내고 다음 날이라도 그곳을 떠나려고 생각해서 그렇게 했던 것 같았지만, 그러나 그곳은 김의 집이었다. 그러므로 불청객不請客인 자신이 아무리 하고 싶다고 해서 마음대로 할 수는 없었던 것이다. 그리고 또 이야기를 하든 말든, 그리고 가고 싶으면 스스로 가버리면 그만이지 그런 것으로 김에게 억지를 부릴 형편은 더더욱 아니었던 것이다. 그런데다 또한, 그때까지 김은 자신에게 최상의 배려와 친절을 베풀어 주고 있었으므로, 자신이 그에 보답한다는 의미로라도 김의 생각을 백번 존중해서 김의 말을 따라주는 것이 자신이 지켜야 할 도리라고 생각해서 그렇게 했던 것으로 생각되기도 했다.

"저, 그럼 내려가 보겠습니다."
"그래요, 내일도 시간은 많으니까. 오늘은 내려가서 푹 쉬도록 해요."

최가 인사를 하고 내려가자 김은 그와 나눈 이야기들을 다시 음미해 보기 시작했다. 그리고 그가 했던 말들이 모두 사실이라면, 그 역시 역사의 한 희생자라고 볼 수도 있을 것이라고 생각했다.

하지만 또 물론, 그것이 꼭 역사 운운하고, 희생에다 초점을 맞춰서 할 이야기는 아니라고 할 수도 있었지만, 그러나 분명했던 것은 그런 과거를 가진 역사는 우리에게 분명 존재했었고, 그 속에서 살았던 많은 사람들이 그 시대의 구속에 의해 그런 희생을 강요당했다는 것만은 확실했으므로, 그래서 그 이야기에 빗대어서 그도 그 굴레에 휩쓸렸던 한 사람이라고 볼 수도 있겠다고 판단했기 때문에 김은 그런 생각까지 하게 되었던 것이다.

그리고 또한, 어느 시대든 그 나름대로의 아픔이 없었던 것은 아니었지만, 그러나 유독 그 시절만큼은 우리에게서 더욱 아팠던 시대였으므로, 그래서 김에게서는 그것이 더욱 애착이 가 그렇게 생각한 면도 있었는데, 그래서 그 아픔들 속에 최의 가족도 있었다고 생각하니 그가 더욱 동정이 되어서 가슴까지 아려오던 김이었던 것이다.

그러나 김은 곧 생각의 초점을 다른 곳으로 옮겼다. 어렵고 힘들게
만 살아왔던 민초들의 삶. 그리고 그중에 겨우 한 사례에 불과했을 뿐
인 최의 가족이야기는 과거 또는 지금도 얼마든지 일어나고 있는 이
야기에 불과하다고 할 수 있었으므로, 다시 한번 냉정히 생각했을 때
그것은 전혀 새로울 것도 없는 이야기일 수도 있다는 쪽으로 김의 생
각은 옮겨졌던 것이다.

그것은 또 물론, 김이 그것을 외면하고자 그랬던 것은 아니었고, 단
지 흔히 일어날 수 있는 일이란 것에 초점을 맞춘 그런 생각이었다고
할 수 있었는데, 어쨌든 김은 여기서 다시 자신의 계획을 접근시켜 보
려 시도하고 있었고, 그것은 또 즉 '그런 일들이 그를 죽음으로 내모는
것인가?' 또는 '그런 일들이 그의 죽음과 어느 정도 관련이 있는 것인
가?' 하고 생각해 보려 하고 있었다는 것이 바로 그것이었던 것이다.

그러나 김은 여기서 생각을 다시 멈췄다. 아무래도 그런 이유들로
는 그의 결심決心에 도달할 수 없을 것 같다는 생각이 들었기 때문이
었다. 그것은 또 왜냐하면, 오히려 그런 고난을 겪은 사람일수록 삶에
더 적극적일 수 있으며, 더욱 도전하는 마음으로 그런 것들을 극복하
려 들 것인데, 그런데 그의 이야기와 태도 또는 모습 등을 종합해서 생
각해 봐도 자신의 생각과는 거리가 있다고 느껴졌기 때문이었다.

'그럼, 과연 무엇이 그를 죽도록 내모는 것인가?'

아니, 김은 다시 생각을 했다. 그리고는 '왜 나는 못 죽는가?' 또는 '왜 나는 저 사람처럼 죽으려 하지 않는가?!'라는 질문을 자신에게 던져 보았다. 그러나 이 자문自問에 대해서도 자신은 아무리 생각해 봐도 별로 대답할 것이 없었다.

그러니까 죽기 싫은 것은 생물의 본능이다. 그리고 그런 본능이 있기 때문에 세상의 모든 것들은 어떻게든 살아보려고 노력할 것이므로, 그래서 그 죽음이란 단어는 본능이란 단어 앞에서는 부질없는 헛소리에 불과해지게 되는 것이었다. 그러므로 자신 또한 그 본능에서 자유롭지 못한 이상, 그것을 이해하기란 불가능하게 되어 있었던 것이다.

'그렇다면 자살을 했거나, 하려 하고 있는 사람들은 그런 본능이란 단어를 어디에서 잃어버리기라도 했기 때문에 그렇게 했거나 하려 한다는 것일까?!'

'아니면, 그것을 누구에게 빼앗겨 버렸다거나, 그것도 아니면 본인 스스로 그것을 어디에다 내팽개쳐 버리기라도 했기 때문에 그렇게 한다는 이야기일까?'

김의 생각은 끝이 없을 듯 이어지고 있었지만, 그러나 아무리 생각해 봐도 죽고 싶지 않은 한 인간이 죽으려는 또는 그렇게 죽어간 사람들의 마음을 이해하기란 너무도 힘이 든다는 것에까지 생각이 미치게 되자, 김은 어쩌면 자신은 영원히 그 의문을 풀지 못할지도 모른다는 생각이 들었다.

"생각할수록 골치 아픈 문제로구먼?"

김은 담배를 피워 물고 창가로 나갔다. 그리고는 여태 별로 심각하게 생각지 않았던 문제에 관심을 가지게 되자 마치 수렁으로 빠져들듯 집착이 이어짐을 느끼면서 밖을 내다보았다. 그러자 그때 마당은 정원의 등燈에 의해 노랗게 물들어 있었다.

'나에게 이런 열정이 아직도 남아있었던가?'

그것을 보며 김은 잠시 이런 생각을 하고는 쓴웃음을 지었다. 아무래도 집착 같게만 느껴졌기 때문이었다. 그러나 그것을 꼭 그렇게 생각할 필요는 없었다. 왜냐하면 그것이 무엇이든 자신이 그렇게 느꼈다면 그럴 수도 있는 것이기 때문이었다. 그래서 김은 한 발짝 더 나아가 나이는 생각만으로 먹는 것이므로 미리 좌절할 필요는 없다고 자신을 격려하듯 하고는, 단말마斷末魔라고 해도 좋을 이런 느낌을 조금이라도 더 유지해 나가야 한다고 자신의 생각을 다시 이끌어 나갔다.

그것은 또 왜냐하면, 벌써 얼마간 이렇다 할 자극도 없는 건조한 생활로 인해서 자신이 자꾸만 왜소해져 간다는 느낌이 든 때문이었는데, 그래서 이런 기회로 해서 그런 기분을 말끔히 씻어내야 한다는 생각도 들었고, 더불어서 자신이 아직도 건재健在하다는 것을 다른 사람들에게도 보여주어야 한다는 생각도 들었기 때문이었다.

그때, 어디선가 귀뚜라미 한 마리가 목 놓아 울기 시작했다. 그리고 보이지 않는 마당 저쪽에서 제자 중 누군가가 체력단련을 하고 있는지 센 숨소리를 내며 그 소리에 보조를 맞추고 있었다.

'죽으려고 찾아온 최와 이제 갓 모습을 드러낸 저 귀뚜라미. 그리고 체력단련에 열중인 저 제자...'

'저렇듯 삶과 죽음이 공존하는 것이 이 세상이고, 떠나고 오며, 지고 이기는 것이 세상의 섭리일 것인데, 우리들은 이런 간단한 이치에도 불구하고 너무도 어렵게들 살아가고 있는 것은 아닐까? 최처럼...'

최의 출현으로 갑자기 생각이 많아지게 된 김은 밤이 깊어 가는 줄도 모르고 이런 생각을 하며 창가에 서 있었다. 그리고 '이리도 길게 느껴진 하루가 근래 나에게 있었을까?'라는 생각을 하며, 김은 '하루가 그렇게 길 수도 있는지?'에 대해서 의아해하고 있었다. 그러나 '내일은 또 얼마나 긴 하루가 될지?' 벌써부터 설레어 보던 김이기도 했다.

3부

1991년 8월 10일 토요일 이야기

3 무지개를 부르는 비

떠나는 자, 남는 자

그렇게 맑던 날이 새벽부터 비를 뿌리기 시작했다. 어제저녁까지만 했어도 그렇게도 맑고 밝게 빛나던 별들이 하늘을 가득히 채우고 있었는데. 산속이라 날씨가 변덕을 부리는 건지, 아니면 때 이른 가을비인지...

그 시각 김은 창가에 서서 촉촉하게 젖은 마당을 내려다보며 밖으로 나갈지를 고민하고 있었다. 다른 때 같았으면 우산이라도 받쳐 들고 벌써 나섰을 길이었지만, 그러나 오늘만큼은 영 내키지 않는다는 듯 그렇게 서서 망설이고만 있었던 것이다.

비는 생각만큼 많이 내리는 것 같지는 않았지만, 새로 산 신발을 젖힐까 두려워하는 어린아이처럼 김은 결정을 내리지 못하고 그렇게 서 있기를 얼마, 결국 밖으로 나가기를 포기한 듯 창가의 의자에다 자신의 몸을 앉혔다. 그리고는 담배에 불을 붙였다.

그때 창밖은 안개까지 뿌옇게 내려앉아 있어 가까운 곳도 잘 알아볼 수가 없었는데, 그래서 김은 마치 자신이 구름 위에 떠 있는 것 같다고 생각했다. 그리고 이슬비까지 내리고 있던 그 새벽, 안개로 인해 운치가 더했는데, 그래서인지 김은 마치 신선神仙이라도 된 것 같은 착각에 빠져들고 있었던 것이다.

그리고 또한, 그런 느낌은 쉬운 것이 아니었으므로, 그는 내심 산책을 포기한 것은 잘한 일이었다고도 생각하고 있었는데, 하지만 시간이 지나면서 빗줄기가 굵어졌다 가늘어지기를 반복해 그 느낌은 점점 바래져 갔으며, 비가 오는데도 해가 떠오르자 주위까지 점점 밝아져와 신비감도 함께 떨어져 갔고, 그로 인해 하나둘씩 숨어있던 사물들이 제자리를 찾아가는 것을 지켜보며 김의 의식도 점차로 현실로 돌아오고 있었던 것이다.

'사라져 가는 것들은 무엇이든 아쉽다. 그러나 그것들을 언제까지라도 곁에 두게 된다면, 나는 있었는지도 모를 만큼 그것들에 냉정해질 것이다...'

김은 점점 희미해져 가던 꿈같은 환상을 애써 놓으며 스스로를 위로하듯 이렇게 생각하고는 '오늘 해야 할 일들'로 생각을 옮겨갔다. 그러나 김은 이내 그것이 쓸데없는 짓임을 깨닫고는 그만두어 버렸다. 그것은 또 불과 얼마 전까지만 했어도 자신을 찾는 전화가 간간이 오고, 독자들에게서 안부를 묻는 편지 같은 것도 오곤 했지만, 그러나 이제는 그런 사람들에게서조차 잊혀가는 것인지 그런 것은 이제 구경조차도 하기가 힘들어져 있었고, 거기다 그렇게도 쓰려고 애썼던 글들도 내팽개쳐 있는 것이나 다름없게 되어 있어, 이제는 자신이 해야 할 일도 거의 없게 되었다는 것을 깨달았던 때문이었다.

쓸쓸한 마음이 꼭 바깥 풍경 같게 느껴져서 침울해져 버린 김은, 그런 저조해진 기분을 바꿔볼 양으로 어제 최와 나누었던 대화들을 다시 생각해 보기 시작했다. 그리고 '그의 말과 결심이 사실이라면 자신이 어떻게든 그를 살려볼 길은 없을까?' 하는 생각도 해보았다. 그리고 또한 '자기가 태어나서 아직 한 번도 남을 위해서 좋은 일을 해본 적이 없었음에, 어쩌면 하늘이 나로 하여금 이런 기회를 주어서, 이번에 제대로 좋은 일 한번 하라고 그를 나에게 보내주신 것은 아닐까?' 하는 생각도 계속해서 해보고 있었다.

'정말로 그런 것일까?'

한번 그렇게 생각하니 정말로 그런 것 같다는 생각이 들었다. 그러나 또 '내가 무슨 수로?' 하고 생각하니 또 자신은 아무것도 할 수 없다는 생각도 들었다. 그러자 김의 머릿속이 갑자기 혼란스러워졌다. 그리고 또 그것은 '도대체 이 세상에 확실한 것이 하나라도 있는 것일까?' 또는 '진실이라거나 진리, 정의 뭐, 그런 것이 정말로 존재하기나 하는 것일까?' 하는 생각에까지 이어지게 했고, 그러나 그것에서조차 자신이 답하지 못하는 경우를 당하자 김은 잠시 정신적인 아수라장까지 경험해야만 했던 것이다.

그것은 또 마치 갑자기 머릿속이 텅 비어버린 것 같아 아무것도 판단할 수 없다는 일시적인 정신의 공백 상태와도 비슷했는데, 그런 것은 간혹 쇼크를 받았다거나, 전혀 예상치 못했던 것을 갑자기 접하는 경우에 흔히 경험할 수 있는 것으로, 그럴 때는 우선 주위부터 환기시키고 시간만 조금 보내고 나면 대부분 회복되는 것이지만, 그러나 그런 일을 당하는 본인의 입장에서는 그런 것은 생각할 여력이 없을 경우가 많을 것이므로, 그래서 또 그런 혼란에서 벗어나려 애쓰는 가운데 더더욱 그것에 빠져드는 결과로 이어지게 되고 마는 것 또한 그런 것이라고 할 수가 있었던 것이다.

그래서 김은 그때 불행하게도 그쪽 길로 가고 만 듯했는데, 그러나 김은 거기서 그만두질 않고 더욱 많은 의문에 자신을 빠뜨려서, 이제는 자신이 여태껏 살아오면서 '이것이 진실이다!' 또는 '이것은 분명한 것!' 그리고 '누구도 움직일 수 없는 진리!'라고 굳게 믿어왔던 것들에까지 회의를 느껴가기 시작했고, 그것에 의심이 들기 시작했으며, 계속해서 자신이 없어져 가는 혼란에까지 빠져들고 있었던 것이다.

"허, 나이를 먹으니 별게 다 신기해지는군?!"

하지만 가까스로 자신의 이성을 추스른 김은, 순간적이나마 자신이 그런 지경까지 가게 되었다는 것이 우스워졌던지 이렇게 말을 하고는 억지로 미소를 지었다. 그러나 자신의 연륜과 노련함으로 조금이라도 일찍 그 마굴魔窟에서 탈출한 것은 다행이었다고 할 수 있었지만, 그러나 그 생각의 찌꺼기는 여전히 머릿속에 남겨둔 채였고, 최의 문제도 미결인 채로 두게 되어, 김의 가슴은 오히려 그것을 생각하기 전보다 더 답답해져 버리고 말았다.

'언제쯤 최와의 대화가 끝이 날지 모른다. 어쩌면 오늘일 수도 있고, 내일일 수도 있다. 하지만 길어야 사오일을 넘기지는 못할 것이다. 그러면 그때, 나는 그를 떠나보내야만 하는가? 그리고 또 그것은, 내가 그를 죽음으로 내모는 것이 될 수도 있는 것인가?'

김은 자꾸 답도 내지 못하는 의문에 자신을 스스로 유기遺棄시키듯 해놓고, 그것으로 인해 우울해져 버리자 갑자기 그런 자신을 발견하기라도 했다는 듯 언뜻 털듯 자리에서 일어났다. 그리고는 그런 망상에서 벗어나기 위해 서둘러서 아래로 내려갔다.

김이 내려간 그 '아래층'은 그 집의 세워진 목적이 되는 장소라거나, 본관本館이라고 할 수 있었던 곳으로, 그곳에다 김은 자신의 자랑거리라고 할 수 있을 여러 가지의 것들을 전시해 두고 있었다. 그리고 손님이 오면 언제라도 그곳을 둘러보며 자유롭게 이야기도 할 수 있게 꾸며놓고 있었는데, 딴은 객도 받고 손도 초대할 요량으로 그렇게 준비해 둔 것들이었지만, 그러나 그때까지 그것들은 김의 의도와 달리 빛을 내주질 못하고 있었고, 이제는 오히려 그곳을 찾는 사람조차 없어져서 썰렁하니 방치된 채로 자리만 지키고 있었을 뿐이었다. 하지만 어쩌다 지인知人들이 찾아와서 겨우 체면은 세워주고 있었지만, 그러나 대부분의 시간은 그렇게 남겨진 채로 있게 되어 김에게는 오히려 아픈 기억만 상기시키게 하는 그런 곳으로 전락되어 있는 곳이기도 했던 것이다. 하지만 또 그나마 다행이라고 할 수 있었던 것은, 언제 손님들이 찾아올지 몰라선지 식당 일을 하는 아줌마가 매일 그곳을 쓸고 닦으며 관리를 하고 있어 창고 같은 신세만은 면하고 있었다는 것인데, 그래서 김은 겨우 그런 것에서 희망 같은 것을 가져보는 것이 고작이었던 것이다.

김은 언제쯤 그곳이 자신의 의도대로 제 빛을 드러내 줄지를 생각해 보며 안을 한번 죽 둘러보았다. 그러나 이제 막 스며들기 시작했던 밝음에 수줍은 듯 모습을 드러내던 그것들에서 김은 희망이란 것을 발견할 수는 없었다. 오히려 유령처럼 스멀거리며 피어나던 그런 모습들에서 한기寒氣 같은 것만 느낄 수 있었을 뿐이었다.

'근화일일자위영槿花一日自爲榮이라.'

'오래가는 권력 없고, 열흘 붉은 꽃 없다더니, 결국 인기란 것도 그런 것일 뿐이었던가?'

김은 문득, 그동안 자신이 인기를 위한 책들만 써온 것이 아닐까? 하고 생각해 보곤 심한 부끄러움을 느꼈다. '진실로 위대한 작가라면 스스로 찾아오는 사람들이 언제까지라도 끊이지 않을 것인데!'라고 생각했기 때문이었는데, 그러나 자신은 언제부터 작가였다고 귀찮은 독자라거나, 시간을 빼앗는 객이라 해서 그들을 등한시하고, 물리치고, 피하듯이 하며 살아왔던 것이다.

　그것은 정말이지 부끄러운 일이었다. 그리고 사람이란 꼭 당해봐야만 아는 건지, 그러한 인과因果에 의한 이러한 응보應報는 마땅한 것일 수밖에 없었는데, 그래서 김은 그때서야 그런 것을 깨닫는 자신이 너무나도 어리석었다는 생각이 들었지만, 그러나 그는 그렇게 좌절하고 있지만은 않았다. 바로 그때, 이미 그의 가슴속에서는 '이제부터라도'라는 말이 각인되고 있었기 때문이었다.

　잠시 후, 밖으로 나온 김은 비를 맞으면서 곧장 텃밭으로 향했다. 그리고는 여기 저기로 눈길을 보내며 파랗게 오른 작물들을 살펴보았다. 그것은 또 옆에서 지켜보았을 때, 마치 귀여운 손자를 자상하게 살펴주는 할아버지의 모습처럼 보이기도 했는데, 그래서인지 그것을 알아주기라도 하는 듯 김의 손길이 닿자 더욱 싱싱하게 잎을 펴며 생기를 찾는 듯한 작물들의 모습에서, 사는 세계가 다른 두 존재가 그런 만남으로 인해 서로 융합하는 듯 보여 보기에 무척 좋았다.

　그러나 김은 곧 그 자리를 떠나야만 했다. 비록 아쉬움이 남는 눈길까지 다 거둘 수는 없었지만, 그러나 이미 걸음은 안채로 향하고 있었고, 그것은 다시 굵어져 가던 빗줄기 때문이었다. 그러자 김은 짓궂은 비를 원망이라도 해볼 양인지 하늘을 한번 올려다보고는 집 안으로 들어가기 위해서 몸을 돌렸다.

하지만 또 그 순간, 김은 다시 걸음을 딱 멈추고 말았다. 그리고는 이제 더욱 세어지기 시작한 비에 옷이 다 젖는 줄도 모르고 그렇게 선 채로 잠시 움직이지도 못했는데, 그것은 또 극히 짧은 순간이었지만, 그러나 김은 머리카락이 쭈뼛 설만큼 놀란 때문이었고, 그 원인을 제공한 사람은 바로 최였다. 최는 언제부터 그곳에 나와 있었던지 그런 김을 지켜보며 아래층 입구에서 조용히 서 있었던 것이다.

"아니, 자네! 언제부터 거기 서 있었던 거야? 깜짝 놀랐잖나! 인기척 이라도 했어야지!"

김은 대수롭지 않다는 듯 말은 이렇게 했지만, 그러나 또 다시 그에게 자신의 은밀한 부분을 들킨 것만 같아 불쾌해졌다.

"조금 전에 나왔습니다. 그런데 선생님께서 무엇에 열중하고 계신 것 같아 방해가 될까 해서 이렇게..."

물론 좋은 뜻이었다. 그리고 그것을 모를 김도 아니었다. 그러나 그런 일로 해서 자신이 그에게 감시를 받는 듯한 느낌을 갖는 것은 자신의 자격지심이거나, 근래 너무 예민해진 때문은 아닐까? 하고 생각해 보던 김이었다.

그러니까 김은, 이상하게도 불과 이틀 전에 온 최가 마치 옛날부터 그곳에 있었고, 그리고 산처럼 늘 그곳에 자리 잡고는 있었지만, 그러나 자신이 여태 그것을 못 느끼고 살다가 어느 날 갑자기 그 존재를 문득 알아차리고는 깜짝 놀라는 것과 같이, 마치 그런 존재인 것처럼 느껴졌다.

하지만 그것 역시 김의 생각이거나 느낌일 뿐이었고, 최는 엊그제 그에게로 문득 다가왔던 것이 사실이었으며, 그래서 결국 그렇게 생각한다는 것은 자신의 과민일 뿐이란 것을 새삼 느끼며 최를 지그시 바라보았다. 그러자 최는 여전히 머리를 반쯤 숙인 자세로 마치 시동侍童이기라도 한 것처럼 두 손을 앞에 가지런히 모으고는 김의 분부만 기다린다는 듯 그림처럼 서 있었다.

김은 그런 그를 보고는 뜻 모를 웃음을 한번 피식 웃고는 그를 데리고 안으로 들어갔다. 그리고는 마치 손님을 접대하듯 자신이 준비해둔 것들에 대해서 설명을 하며 그를 이끌었고, 최는 또 처음 보는 그것들에 놀라움을 감추지 못하면서 김의 설명을 진지하게 경청하는 것으로 김에게 존경을 표해갔다.

김은 그런 최의 태도가 마음에 들었던지 미소가 스민 따스한 눈길로 잠시 그를 바라보다가 한쪽 구석에 마련된 응접 소파에 그를 앉혔다. 그리고는 일상의 잡다한 이야기를 하며 아침 시간을 보내고 있었는데, 가끔씩 김의 웃음소리가 바깥에까지 크게 흘러나와 그 분위기가 제법 훈훈하다는 것을 알 수가 있었고, 그래서 근래 보기 드물게 김의 집에서는 훈기가 도는 듯 느껴지기도 했던 것이다.

그러나 그 두 사람 사이에는 그렇게 화기애애한 분위기가 조성되어서 즐거운 마음으로 아침 시간을 보내고 있었는지는 몰라도, 그 소리를 듣고 놀란 사람은 바로 식당아줌마와 제자들이었던 모양으로, 김의 웃음소리가 바깥에까지 크게 흘러나오자 그들은 깜짝 놀란 채로 달려 나와, 혹시 귀한 손님이 자신들도 모르는 사이에 찾아와 선생님과 담소를 나누고 있는가? 하듯이 서로들의 얼굴을 쳐다보며 의아해했고, 그중에 한 제자는 현관에까지 살며시 다가가서 김이 누구와 이야기를 나누고 있는지를 확인하는 등, 그들 사이에는 잠시 동요까지 일기도 했던 것이다. 하지만 곧 그 상대가 최란 것을 알게 되자 전부는 또 더욱 놀라는 눈치를 보이며 허탈해하기까지 했는데...

그것은 또 사실, 김이 그때 최에게 베풀고 있었던 그러한 친절은 다른 사람들이 볼 때는 필요 이상의 것일 수도 있었기 때문이었다. 그리고 또 "이것은 좀 지나치지 않은가!"라고 주위 사람들은 말할 법도 했는데, 그것은 또 물론 평소에 김이 그런 태도를 보인 적이 전혀 없었기 때문에 그런 추측도 가능했던 것이지만, 그러나 무슨 이유에서인지 김은 계속해서 최를 끼듯이 대하고 있었고, 그런 모습에서 또 얼마 전과 달리 김의 모습이나 태도가 많이 달라져 있다는 것도 느낄 수가 있었던 것이다.

어쩌면 그것이 '마지막 가는 자'에 대한 김의 배려에서인지, 아니면 김의 본심이 원래 그런 것이었는지에 대해서는 아직 알 수는 없었지만, 그리고 또 최로서는 '원래 김이 그렇게 따뜻한 사람이려니' 하고 생각하고는 당연하게 받아들였을 수도 있었겠지만, 그러나 주위의 제자들이나 식당아줌마에게는 그러한 김의 모습이 이상하게 비춰졌음을 부정할 수는 없었던 것이다. 그래서 적어도 자신들도 아직 한 번도 받아본 적이 없었던 그러한 예우를 지나가는 비렁뱅이에게 쏟아붓는 김이 그들로서는 이해가 가지 않았을 것임이 분명했는데, 그래서였던지 그런 감정은 기어이 불만으로 나타났으며, 그 시간도 그리 오래 걸리지 않았다.

최를 보내고 아침을 먹고 난 김은 창가에 앉아서 담배를 피우고 있었다. 그런데 그때 아래층에서 인기척이 나고 누군가가 올라오는지 계단에서 소리가 났다. 김이 돌아보자 나타난 사람은 '김상철'이란 제자였고, 김이 제일 처음 받아들였던 제자였다. 그는 이층에 들어서자 먼저 김에게 공손하게 인사를 한 뒤에 "저, 선생님. 드릴 말씀이 있습니다." 하고 자신의 찾아온 용무를 밝혔다.

"응? 그래 무슨 얘긴데?"

그러자 김은 가볍게 답을 하고는 탁자 쪽으로 걸음을 옮겨가서 자리에 앉았다. 그리고는 그 제자에게도 앉기를 권하고는 무슨 이야기인지를 물었다.

"저, 다름이 아니라 엊그제 온 사람 때문에..."

그러나 여기까지 말을 한 그 제자는 막상 말을 꺼내놓고 보니 갑자기 자신이 없어졌다는 듯 말꼬리를 흐렸다. 하지만 김이 계속하라는 듯 그를 빤히 쳐다보고 있자 "저, 그 사람이 여기에서 계속해서 살게 되는 것입니까?" 하고 김에게 다시 물었다.

"그건 왜?"

그러자 그 제자는 다시 우물거리며 잠시 시간을 끌었다. 그러다가 다시 용기를 냈던지 "그 사람이 여기에 계속해서 있게 된다면, 선생님께 불편을 드리지 않게 하기 위해서 규칙 같은 것도 알려주어야 하고..." 하고 계속해서 자신 없는 투로 말을 했다.

그러자 김의 미간이 확 찌푸려졌다. 그러니까 이 제자는 지금 그들의 대표로 자신을 찾아와서는 최와 같은 사람을 제자로 받아들였다는 것에 대해서 항의를 하고 있다고 생각되어졌기 때문에 김은 가슴이 답답해졌던 것이다. 그러나 김이 그런 감정을 삭이느라 말없이 가만히 앉아만 있자 그 제자는 다시 용기를 내서 이렇게 말을 했다.

"제가 보기에 그 사람은 여기에 맞지 않는 사람처럼..."

그러나 그는 여기서 더 이상 말을 잇질 못했다. 바로 그때 김의 제지가 있었기 때문이었다.

"아, 잠깐!"

아마도 김은 제자들이 최의 몰골만 보고는 자신들과 수준이 틀린 다고 예단하고는, 그런 사람과 함께 있게 된다면 자신들도 그와 같은 모습으로 전락되고 만다고 생각해서 자신에게 그를 여기서 빨리 내보내달라는 이야기를 하러 왔다고 생각을 해 더욱 불쾌해진 마음에 그렇게 강경하게 나왔던 모양이었지만, 그러나 김은 그에 그치질 않고 "그 사람은 내가 알아서 할 거니까 너희들은 너희들 공부나 하도록 해. 그런 것은 신경 쓰지 말고. 그리고 내가 어떤 사람을 데리고 있든 그것은 너희들이 간섭할 문제도 아니고, 그리고 또 너희들이 무얼 안다고 그 사람이 이 집에 맞니 안 맞니 하면서 평가를 해 하기를. 그럼, 너희들은 어째서 이 집에서 꼭 있어도 좋을 사람들일지 내가 알아들을 수 있게 어디 한번 설명해 봐!" 하는 말까지 해버렸다.

약간 지나친 감이 없진 않았지만, 그리고 미리 벼르기라도 했다는 듯 거침없이 내뱉어진 일갈이었지만, 그러나 어쨌든 그 제자에 대한 김의 견해는 이렇게 피력되었다. 그러자 그 제자는 더 이상 말을 잇질 못했다. 그것은 또 예상치 못했을 김의 완강한 반응에 기가 죽은 탓도 있었겠지만, 그러나 그 질문에 대답할 말도 자신에게는 준비되어 있지 않았던 때문으로 보였다.

그러니까 '어째서 나는 이 집에서 꼭 있어도 좋을 사람일까?!' 아마도 그 제자는 이 질문에 대답할 수 없었을 것임이 분명했다. 그러니까 아무도, 김을 제외한 그 누구도 그 집에서 꼭 있어도 좋을 사람일 수는 없었던 것이다.

그때서야 자신을 되돌아보고 반성을 했는지 어쨌는지는 모르겠지만, 그 제자는 이날 오후 김의 집을 떠났다. 그리고 자신이 떠나는 이유는 "능력이 부족해서 더 이상 공부를 계속할 수가 없다"는 것이었는데, 그러나 그 속마음은 김으로서도 알 수가 없는 것이었다.

그는 사실, 김이 아꼈던 제자임에는 분명했다. 그에게는 소질도 있었고 목표에 대한 추진력도 있었다. 그리고 약간 모가 난 듯은 했지만 나름대로 뚜렷한 소신 같은 것도 가지고 있어 가는 길이 정확한 듯 보이고 있었으며, 그것을 받쳐줄 고집 같은 것도 충분히 있다고 판단되었기에 김으로서도 적잖은 기대를 하고 있었던 것도 사실이었던 것이다. 그래서 어느 날 김은 그를 불러서 조금이라도 더 용기를 줄 마음으로 그런 자신의 마음을 그에게 전해주었고, 격려까지도 아끼지 않았던 것이다. 하지만 그것이 화근이었던 모양이었다. 그 일이 있은 후 그는 점점 변해가는 모습을 김에게 보이곤 했는데, 그래서 또 그와 관련된 이야기를 해보면 다음과 같았다.

사실, 그가 김의 문하門下랄 것도 없었지만, 어쨌든 김의 집으로 들어와서 같이 생활하게 된 것은 순전히 김의 후배에 의해서였다. 김은 상처喪妻 후 서울에서 그곳으로 옮겨가 혼자서 살고 있었는데, 그런데 그곳으로 간 지 얼마 되지도 않았던 어느 날, 대학 후배였던 박朴이란 자가 연락도 없이 갑자기 그를 데리고 찾아와서는 "괜찮은 아이니 한 번 지켜봐 주십시오. 똑똑한 아이라 선배님을 성가시게 하는 일은 없을 것입니다." 하며 무작정 맡기는 바람에 엉겁결에 김이 승낙을 했고, 그렇게 해서 이루어지게 된 소위 '억지 사제지간師弟之間"이었고 할 수 있었던 것이다. 그리고 또 그때, 그 박이란 후배는 많은 염려를 하던 김을 설득시키고자 여러 가지 이야기를 늘어놓으며 그를 거두어 줄 것을 부탁했는데, 그러나 당시 김도 아내를 보낸 지 얼마 되지도 않았던 데다 자식도 없어 적적하던 차여서, 집에 젊은 사람 하나 있는 것도 괜찮겠다 싶어서 "그럼, 데리고 있는 데까지 한번 데리고 있어 본다"는 조건으로 그를 맡게 된 것이 그 시작이었다고 할 수 있었던 것이다. 그런데 그것이 인연이 되었던지 그 후로 다른 제자들도 여러 이유로 그곳으로 들어오게 되어 현재에까지 이르게 되었는데, 그런데다 또 그 제자는 처음부터 자신이 먹을 것은 자신이 해결한다면서 "선생님께서는 그런 것에 대해서는 일체 신경을 쓰지 마십시오." 하고는 비용 일체를 스스로 조달하는 경우 있는 행동을 보였고, 조석으로 김을 찾아와 문안을 드리는 성실성과 함께, 매일이다시피 글을 써서 김에게 보이는 열성까지 아끼지 않았던 데다, 김이 또 어떤 때 바람이라도 쏘일까 해서 밖으로 나와 보면 그의 방에 밤늦도록 불이 켜져 있어 그 노력하는 모습까지도 김의 마음을 흡족하게 했던 것이다. 그래서 김은 그를 더욱 신뢰하게 되었고, 자신이 한 일이 잘한 일이라 생각하며 매우 만족해했던 것인데, 그리고 또 그러던 중에 들어온 다른 제자들도 그를 본받아 나름대로 열심熱心히 하는 모습을 보여서 김은 그에게 고마움까지 느끼게 되었으며, 그래서 그를 불러서 격려까지 하게 되었던 것이다.

그러나 그 다음부터 그는 태도를 조금씩 변화시켜 나갔다는 것이었고, 그리고 또 그 태도 변화의 사례라면 수도 없이 많았지만, 우선으로 그 일이 있은 후 그는 갑자기 거만해져서는 오히려 오만이라 할 수 있는 모습까지 보이기 시작했다는 것이 그 첫 번째였으며, 그것은 또 잘 지내던 다른 제자들을 불러놓고 자신의 위치를 간접시사하며, 자신이 마치 김의 수제자라도 된 양 공공연히 발설하는가 하면, 자신이 선배라는 이유로 그들을 지나치게 간섭한다거나 군기를 잡는 등, 김이 볼 때는 조금 심하다는 느낌을 주는 행동으로 그런 일들은 표현되었던 것이다. 거기다 또 그는 다른 제자들을 지휘하듯 해서 김을 편하게 해준다는 이유로 김이 하던 일들을 차례로 접수해 나가, 김이 조금이라도 성가셔할 만한 일들은 자신이 독단으로 전결해 버린다거나, 나름대로 취사선택해서 김에게 보고하는 식으로 집안일의 방향을 잡아갔고, 그리고는 집안의 잡다한 일들에까지 자신이 간여干與하는 것으로 자신의 위치를 확고히 해나갔다는 것 등이 그런 것이었다고 할 수 있었는데, 그러나 김은 그런 그를 보면서도 오히려 '잘하려 그러려니' 하면서 지켜보는 위치를 잃지 않았고, 처음의 마음 그대로 그를 계속해서 믿어주어 그의 기를 살려주려 했으며, 그런 자세가 스승이라는 사람이 제자에게 베풀어야 하는 도리 같은 것이라고 믿어, 김은 그 모든 것을 긍정적인 방향으로만 해석하려 노력해 왔던 것이다.

그런데 또 얼마 전의 일이었다. 동산에서 내려오던 김은 저희들끼리 모여서 하던 이야기를 우연히 엿듣게 되었는데, 그때 그 제자는 다른 제자들 앞에서 당당하게 김을 평가하면서 "이젠 한물간 것이 아닌가?!" 그리고 "우리가 여기서 성공할 수 있을까?!"라는 말을 거침없이 해댔고, 김은 또 본의 아니게 꼼짝도 못 하던 상황에서 그 이야기들을 고스란히 듣고 말았던 일이 있었던 것이다. 그때의 실망감이 김에게는 아직도 큰 흔적으로 남아있었다. 그리고 그 후로부터는 남 앞에 나서는 것도 더욱 자제되었으며, 제자들에게도 소홀해지게 되었던 것도 사실이었던 것이다.

그러니까 아마도 사람이 제일로 큰 배신을 느끼는 것은 당연히 가장 믿었던 사람으로부터일 것이다. 그러나 김은 그 제자의 판단이 틀렸다고 생각하지는 않았다. 아니, 오히려 그의 말이 옳을 수도 있다고 생각했는데, 그것은 또 누가 봐도 이제는 자신을 찾는 사람도 없다는 것이 현실이었으므로, 그래서 그가 그렇게 생각하고 또 그렇게 판단을 내렸다고 해서 '제자의 도리' 운운하면서 그를 탓할 수만은 없다고 생각했기 때문이었다.

김은 그때의 일을 다시는 기억하고 싶지 않았지만, 그러나 본의 아니게 이번 일이 그로 하여금 그 일을 다시 기억하게 만들었고, 그 기억은 또 김의 머릿속을 기어다니면서 여기저기를 마구 헤집고 다니고 있었다.

'이젠 잊혀진 사람, 이것이 나의 현주소...'

그 모습이 너무 진지해서 생각을 들여다볼 엄두도 나지 않았지만, 그러나 아마도 그는 이런 생각을 하며 그런 자세를 고수하고 있는 것으로 생각되었고, 그리고 또 '이런 날은 아무래도, 그리고 무얼 해도 잘되지 않을 것이다'라는 생각을 하며 그저 자리만 지키고 있었던 것으로 생각되기도 했다.

그러나 김은 그렇게 앉아서도 집안의 돌아가는 어수선한 분위기만은 충분히 느끼고 있는 듯했는데, 그것은 또 그 제자가 떠나고 바로 최가 올라와서 "자신의 탓"이라며 송구함을 표했지만, 김은 간단한 말로 일축해 버린 것으로 보아 그렇게 생각해 볼 수가 있었고, 그때 김은 "신경 쓸 것 없어!" 하고는 바로 최를 아래로 내려보냈던 것이다. 그래서 그런 것으로도 그때의 김의 심정을 조금이나마 짐작해 볼 수가 있었다는 것이고, 그리고 또 자신과 마찬가지로 최든, 다른 제자든, 거기다 식당아줌마까지도 무거운 마음일 것이라는 것은 숨길 수가 없었던 현실이었기에, 그런 추측도 다 가능했다고 할 수가 있었던 것이다.

어쨌든 그때, 김은 그 제자가 떠나고, 최가 그렇게 힘겹게 올라왔던 그 비 젖은 길을, 마치 최를 기다릴 때처럼 하고 앉아서는 말없이 계속 내려다보고만 있었다.

개는 오후

오후가 되면서부터 날이 개기 시작했다. 우중충하게 흐려있던 하늘은 언제 그랬냐는 듯 푸르게 변했고, 아직 산을 다 넘지 못한 비구름들이 여기저기에 조금씩 남아있기는 했지만, 그러나 그 사이로 태양은 다시 얼굴을 내밀어서 깨끗하게 씻어놓은 초록 자연에 빛을 더해주고 있었으며, 마침내는 앞산 위에 무지개까지 떠올려 놓았던 것이다. 그러자 김은 최를 다시 불렀다.

'무엇인가를 하는 동안에는 머릿속의 걱정들이 사라진다!'

김은 갑자기 무엇인가가 하고 싶어졌다. 그러나 최의 이야기를 들어주는 것이 자신의 입장에서 최선일지에 대해서는 아직도 확신이 서지 않고 있던 김이었고, 그렇게 함으로 해서 자신은 그것으로 인해 무엇을 얻게 될지 어떨지에 대해서도 아직은 알 수 없던 김이었지만, 그리고 또 그렇게 된다고 하더라도 그것이 과연 옳은 일일지 어떨지에 대해서도 여전히 판단을 내리지 못하고 있었던 김이었기에, 비록 그를 부르기는 했어도 마음속에서 우러나는 대화까지는 기대하지 못하고 있던 김이었다.

그것은 또, 그만큼 김에게서 최는 아직도 확신이 서지 않는 인물이었기 때문이었고, 그의 모든 것은 추측조차도 할 수 없을 만큼 베일에 싸여진 것으로 김에게는 인식되고 있었기 때문이었는데, 그래서 김은 그가 아직 모습을 나타내기 전 자신을 다그치듯 이렇게 격려를 했다.

'마음을 다 비워버려야 한다. 마음속에 약간의 찌꺼기라도 남아있다면 최의 속심에 도달할 수가 없다. 그리고 그것이 가치가 있는 일이든 아니든 그런 것은 따지지 말기로 한다. 어차피 나는 지금 마땅히 해야 할 일도 없는 처지. 아니 그것도 그렇든 아니든 일단 그의 이야기를 들어주기로 했다면 그 들어줌에 최선만 다하면 그만일 뿐, 그 평가나 가치 매김 따위는 나중에 해도 늦지가 않다.'

김이 이렇게 여러 가지 생각에 잠겨 있던 사이 최가 다시 올라와서 인사를 했다. 그러자 김은 그를 반갑게 맞이하고는 바로 이야기할 것을 요구했는데, 그것은 또 아마도 지체遲滯란 할수록 늘어지는 것이라고 생각해서 김은 그렇게 서둘렀던 모양이었지만, 그러나 한번 다잡은 마음을 유지하려면 집중보다 더 좋은 것은 없다고 생각해서 그랬던 것도 같았고, 어쨌든 그렇게 해서 최의 이야기는 다시 이어지게 되었던 것이다.

"어제, 저는 외할머니께서 재혼을 하시게 된 연유와 그 결과까지 말씀을 드렸는데, 아직 그 부분에 대해서는 말씀드릴 것이 더 남아 있기 때문에, 그 이야기를 마저 하고 앞의 이야기를 이어가겠습니다."

"음, 근데 어제 이야기 끝에 다시 고난이 닥쳐왔다고 이야기하다 만 것 같은데, 그 이야기는 이어지는 건가?"

"네, 그것이 나머지 이야깁니다."

김이 알았다고 고개를 끄덕였다.

"네, 아무튼 그런 일을 당하시고 괴로워하시던 외할머니에게 다시 고난이 닥쳐왔는데, 그것은 또 바로 저의 어머니에게 닥쳤던 고난과 일치하게 됩니다."

"뭐? 이번엔 어머니?"

김이 또 깜짝 놀라서 되물었다.

"네."

"어머니에게 닥친 고난이 외할머니의 고난이 되었다?"

"네."

"당시라면 모친께서도 아직 어린 나이셨을 텐데 말이지?"

"네, 그렇습니다."

"음, 알았네. 계속하게."

"네, 외할머니께서는 그 '성실자'가 죽자 다시 생업에 전념하셔야만 하셨는데, 그러나 그것이 그렇게 쉽지가 않았다고 하셨습니다. 그 당시에는 외할머니뿐만 아니라 다른 사람들도 먹고살기가 어려웠던 때여서 외할머니로서도 일거리를 구하기가 너무 힘드셨다고 하셨고, 게다가 어린아이까지 둘이나 딸렸으니 몸을 마음대로 움직일 수가 없어더욱 힘이 드셨던 모양이었습니다. 그래서 외할머니는 쉬운 차에 재혼하기 전에 하셨던 일을 다시 시작하셨다고 하셨는데, 그러나 그런 일이래야 겨우 부잣집에 불려 가서 허드렛일이나 한다거나, 들일 밭일등 주로 임시방편적인 것일 수밖에 없었고, 그나마도 동네 사람들에게서 동정이라도 받았기 때문에 가능했다고 하셨는데, 아무튼 그렇게힘들게 사시던 외할머니에게 어느 날 청천의 벽력과도 같은 일이 생기고야 말았다는 것이었고, 그것은 바로 저의 어머니가 소아마비란 병에걸렸기 때문이라고 했습니다."

"아! 그런 일이. 그럼, 어머니께서도 몸이 조금 불편하셨던 모양이군?"

김이 여기서 갑자기 힘을 냈다.

"네. 그러나 그 때문에 저도 이렇게 되었다고 생각하지는 않습니다. 물론, 그 병이 어른이 되어서도 걸릴 수 있다는 이야기를 저도 듣기는 했습니다만, 그러나 저의 경우는 다르다고 생각하며, 그 원인은 다른 곳에 있다고 생각하기 때문입니다."

"그 업이라는 것 말인가?"

"네, 그렇습니다."

그러자 김이 또 고개를 끄덕였다. 최의 말에 약간 실망한 듯은 했지만, 그러나 이제는 그것에 대해서 익숙해지기라도 했다는 듯, 그리고 또 그것은 이미 앞에서 이야기가 된 것이기 때문에 일단은 긍정하고 넘어가겠다는 뜻으로 보였다.

"알았네, 계속해 보게."

"네, 아무튼 그런 일이 생기게 되었는데, 그러자 처음에 외할머니는 너무도 놀라서 어머니를 들쳐업고는 여기저기 좋다는 약국이나 침방鍼房, 병원들을 전전하며 뛰어다니셨다고 합니다. 물론, 그런 일을 처음 당하셨던 외할머니라 우선 생각나신 것이 그것이어서 그러셨던 모양이었지만, 그러나 훗날 외할머니는 그때의 일을 회상하시며 '그때는 그렇게라도 하지 않으면 나 스스로 미쳐버릴 것만 같아 그렇게 할 수밖에 없었다'고 짧게만 말씀하셨던 것이 전부였는데, 하지만 그런 일에도 한계는 있기 마련이었고, 그래서 결국에는 그 일도 포기하시고 마셨다는데, 그 이유는 역시 돈 때문이었던 것입니다. 사실, 가진 돈이 넉넉했더라면 그렇게까지 뛰어다닐 필요도 없었을지도 모르고, 또 어머니의 그 병도 쉽게 고쳤을지도 모르지만, 그러나 돈이 없으니 형편에 맞는 방법을 찾게 되고, 그러다 보니 그렇게 분주하실 수밖에 없으셨겠지만, 그러나 처음부터 안 되는 일은 아무리 노력해도 이루어질 리가 없는 것처럼, 결국에는 그 모든 노력도 다 허사가 되었고, 소득도 보람도 없게 되어 그렇게 하시고 마셨다는 것입니다. 그래서 외할머니는 그동안 벌어놓으셨던 약간의 돈을 어머니의 치료비와 약값 등에 다 써버리고 나머지 돈을 구해보려고 여기저기로 뛰어다니셨다지만, 그러나 당시 외할머니의 처지를 잘 알고 있던 사람들은 선뜻 그 돈을 빌려주려 하지 않았다고 하셨던 것입니다. 그것은 또 물론, 처지야 딱해서 이해야 갔다지만, 그러나 그 돈이 한번 들어가서는 언제 다시 나오게 될지는 아무도 알 수가 없었던 것이 그때 외할머니의 형편이었으니까요. 그러나 그나마도 주위 사람들이 그런 외할머니가 안 되었다고 쌀 같은 것을 집에 두고 가기도 하고, 찬거리며 헌 옷 같은 것을 챙겨주어서 버틸 수가 있었다고 하셨고, 또 정 급하면 그 언니란 분에게 달려가 하소연해서 얻어온 것들로 겨우 목구멍에 풀칠이나 할 수 있었다지만, 그러나 더 이상의 치료비를 구한다는 것은 당시의 외할머니로서는 불가능했다고 하셨으니까요."

"흠, 그랬었군. 하지만 자네는 어제 외할머니의 친정이 잘살았다고 했는데, 그럼 그 언니란 분은 그렇다고 치더라도, 그 친정에서는 어떻게 도움 같은 것을 받지는 못했던가 보지? 아마도 그런 외할머니였다면 친정에라도 가서 도움을 받으려고 했을 것 같은데 말이야?"

김이 여기서 무언가 의심스럽다는 듯 이렇게 묻고 나왔다.

"네, 그런 일이 전혀 없지는 않았을 것이라고 저도 생각은 합니다. 그것은 또 제가 외할머니와 살던 중에도 외할머니의 친정에서 손님들이 자주 다녀가시는 것을 보았기 때문에 그렇게 추측하는 것인데, 그러나 그것은 아주 나중의 일이었고, 그래서 어머니의 발병 당시에는 그럴만한 형편은 되지 못했던 것 같았으며, 그리고 또 설사 도움을 받았다고 하더라도 크게 받지는 못했다거나, 또는 내놓고 도움을 주고받을 형편은 되지 못했기 때문에 외할머니는 당신 스스로 그 일을 처리하실 수밖에 없으셨기 때문에 그랬던 것이 아니었겠는가 하고 저는 생각을 하는 것입니다. 그리고 또 외할머니는 그 당시, 그 '성실자'가 죽자 다시 일을 본격적으로 시작하셔야 하셨으므로, 그것만 봐서도 그런 것은 아실 수가 있을 것이라고 사료되며, 그리고 또 그것은 이미 결과 된 것을 바탕으로 제가 그렇게 생각한다는 것인데, 아무튼 외할머니께서는 제게 '당시에 나는 어느 곳에서도 도움을 받을 수가 없었다'라고 말씀하셨던 것으로 그렇게 생각을 해보는 것입니다."

"음, 그런 이유가 또 있었군. 알겠네."

"네, 그래서 더 이상 어쩌실 수가 없으셨던 외할머니는 그 길로 어머니를 방치하게 됩니다. 속으로야 눈물이 동이 동이로 흐르셨다지만, 그러나 불가능이란 벽 앞에서 아무리 강하셨던 외할머니도 어쩌실 수가 없으셨던 것입니다. 그리고 외할머니는 그 길로 다시 일터로 나가셨다고 합니다. 걷지 못하던 어머니는 밖으로 나오지 못하게 방에다 끈으로 묶어두고는 밖에서 문을 잠가버리고, 외삼촌만 데리고 밖으로 나가서서 이를 악물고 일을 하셨다고 하셨고, 아무 데서라도 집안일들일 가리지 않고 불러만 주면 열심히 일을 해서 주위 사람들로부터 동정과 인정認定을 동시에 받아나가셨다는 것입니다. 그리고 그렇게 해서 외할머니는 당신의 신용을 높여나가셨다는데, 외할머니께서는 후일 '그렇게 한 일은 앞으로의 삶에 많은 도움이 되었다'고 저에게 말씀하셨던 것입니다. 그래서 외할머니는 그렇게 사신 덕에 나중에는 동네에서도 무시할 수 없는 사람으로 되었다고 하셨고, 외할머니의 말씀 한마디는 바로 신용이 되어서 그 말에 감히 토를 달고 나서는 자가 없었다고 하셨습니다."

"음."

"네, 그런데 바로 그즈음에 외할머니에게 다시 청혼이 들어오기 시작했다고 합니다. 아직 연세가 있으셨으니 주위 사람들이 동정해서 그랬던 것 같았지만, 그러나 한번 호되게 당하셨던 외할머니는 죽으면

죽었지 더 이상은 그런 일은 없다시며 그런 이야기를 하는 사람들에게 퇴짜를 놓았다고 하셨습니다. 그동안 이를 악물고 사신 덕에 그 '성실자'가 남기고 간 조그만 초가집 한 채와 약간의 돈을 모으고 계셨던 외할머니께서는, 더 이상 바랄 것이 없다는 식으로 모든 유혹을 뿌리치며 사셨던 것이었지요.'

"그럼, 나중 할아버지는 어떻게 해서 만나시게 된 거지? 그렇게 완고하시게 사셨던 외할머니셨는데?"

"네, 그것은 그 이후의 일이었습니다. 그렇게 살고 계시던 외할머니에게 또 다시 청혼이 들어오고 또 그것을 거절하던 가운데 이번에는 같은 동네에 살고 있던 한 청년을 상대로 청혼이 또 들어왔다는 것입니다. 아마도 동네 분들이 주선했던 관계로 그렇게 된 듯했는데, 어쨌든 사람에게서 인연이란 따로 있는 것인지도 모르겠습니다. 외할머니는 그동안 살아오시면서 그 청년에 대해서 자세히 알고 계셨던 모양으로, 물론 한 동네에 살았으니 알 수밖에 없었겠지만, 하여튼 처음에는 다른 뜻이 있어서가 아니라 그냥 '좋은 사람이다'라는 정도로만 생각하고 계셨던 것 같았고, 그래서 그 청년에 대해서 반감 같은 것은 없었던 모양이었습니다. 그리고 그분도 고향이 충청도 어디라 외할머니하고 동향이라 할 수 있어 그랬던지 친근감 같은 것도 느껴지셔서 그러셨는지도 모르겠습니다만, 어쨌든 그분은 '한국전쟁韓國戰爭'으로 가족을 모두 잃고 혼자서 피난 내려왔다가 거기까지 흘러들어와 정착해서는 나름대로 열심히 살아가고 있던 그런 사람이었다고 하셨는데, 그런데 이번에는 그 사람을 상대로 또 청혼이 들어오자 외할머니도 무척 난감해하셨던 모양이었지만, 그러나 결국에는 인연이 되려고 그랬던지 외할머니도 그 완강하시던 생각을 접으시고는 그렇게 하시기로 결정을 내리시게 되셨던 것입니다."

"흠, 그렇게 된 것이었구먼? 그럼 외조모께서는 그 길로는 순탄하신 삶을 사신 건가?"

김은 계속해서 이어지던 최의 외조모에게 닥쳤다던 불행했던 이야기들을 듣게 되자 마치 자신이 그 일을 겪기라도 한다는 듯, 그래서 그 이야기에서 조금이라도 빨리 벗어나고 싶다는 듯 이렇게 말을 했다. 그러나 안타깝게도 최는 그 말에 고개부터 저었다.

"그렇지는 않았습니다. 물론, 그 할아버지야 외할머니를 믿고 모든 것을 다 외할머니의 뜻대로 하게 하시며 열심히 사셨지요. 그래서 두 분은 여생 동안 정답게 사시게 되셨지만, 그러나 외할머니의 고난이 거기서 끝나지는 않았던 것입니다. 그리고 또 그것은 우선 그 할아버지와 재혼하기 몇 해 전에 일어났던 사건이 하나 있었는데, 그래서 일단 그것부터 먼저 말씀드리고 넘어가면, 그 당시, 그러니까 외할머니에게 청혼이 들어오고 또 외할머니께서 그것을 물리치고 하시던 그 당시의 일로, 어머니는 광복 후에 귀국했을 때 이미 여덟 살이 되어 있었고, 또 여자라 학교에 보내지 않았다고 하셨지만, 그리고 또 그 당시 외할머니의 형편으로 그런 것은 생각도 할 수 없었던 때라 그랬던 것도 있었다고 하셨지만, 그러나 외삼촌은 사내라 때가 되어 학교에 넣어주었다고 합니다. 그런데 하루는 그 삼촌이 체육 시간에 철봉을 하다가 낙상落傷하는 사건이 있었다는 것입니다. 그래서 다리가 골절되었던 모양이었는데, 그러자 사는 것이 우선 급했던 외할머니는 '부러진 다리, 며칠이면 낫겠지' 하는 식으로 방치해 버리셨고, 그래서 그

삼촌도 결국에는 다리를 못 쓰게 되고만 일이 있었던 것입니다. 그 때문에 그 삼촌은 돌아가실 때까지 내내 외할머니를 원망하기도 했습니다만, 어쨌든 그것으로 외할머니는 둘이나 되는 병신자식을 데리고 살아야만 했다는 것이 그 또 하나의 시련이었던 것입니다."

"아, 그런 일이. 그럼, 그때도 외할머니께서는 충격이 컸겠군?"

"네, 그러셨던 것으로 압니다."

"그래. 그런데 말이야. 어떻게 한 형제, 그러니까 누나와 동생이 똑같이 그런 일을 당할 수가 있는 거지? 그런 일은 아무래도 흔한 일은 아닐 것 같은데 말이야? 그리고 확실히는 알 수 없지만, 자네의 이야기 추세로 볼 때 자네까지도 그 범주에 든 것 같고 말이야?"

김이 또 여기서 이렇게 의문을 표했다. 그러자 또 최가 그에 대한 설명을 하기 시작했다.

"네, 그렇게 생각하시는 것이 당연하시리라 생각합니다. 그것은 저 자신도 그렇게 생각했던 적이 한두 번이 아니었기 때문인데, 그래서 그것에 대해서 저도 많은 의문을 품었던 적도 있었고, 그리고 저 또한 그것이 남의 이야기였다면 의심부터 먼저 생겼을 거란 생각이 있지만, 그러나 그것은 사실이었고, 그리고 그것에 대한 저의 견해란 또 이런 것입니다. 그러니까 그것은 두 경우 다 자연적으로, 즉 일종의 사고였거나 재수가 없어서 걸렸던 병이 그렇게 되었던 것이라고 생각하실 수도 있겠지만, 그러나 저의 이야기 관점에서 다시 말씀드리면 그것은 업의 작용에 의한 것이고, 그 작용이 현실적으로 그렇게 나타나졌던 것이라고 말씀드릴 수 있겠으며, 그것은 또 그냥 보기에는 두 현상으로 나타나진 것으로 생각하실 수도 있겠지만, 그러나 그것은 하나의 현상으로, 그러나 두 가지의 형태로 나타나졌던 것에 불과했던 것이라고 말씀드리고 싶은 것입니다. 그리고 그것은 또 한 형제에게서 나타났던 것이므로 그렇게 생각한다는 것인데, 그러나 그것보다 그 현상 자체가 동일한 현상이라고 할 수 있고, 그것은 또 경중輕重을 떠난 '장애 상태'였으며, 그것은 또 좌절을 의미한다고 할 수 있기 때문에 그렇게 말씀드릴 수가 있겠다는 것입니다. 그러니까 여기까지를 다시 한 번 더 정리해 드리자면, 그 업은 미리 결과를 의식한 준비행위로 그 희생양으로 삼았던 것이 바로 저의 어머니였으며, 그 표적에 대한 영향의 미침 또는 그 여파가 그 삼촌에게까지 전해졌다는 것으로 말씀드릴 수가 있겠다는 것입니다. 그리고 이것은 다시 의미 없는 피해자가 하나 더 는 것으로 생각할 수도 있겠지만, 그러나 그 업의 작용에서는 의미가 없다는, 즉 하나의 작용으로밖에는 인식되지 않았다는 것으로 설명을 해드릴 수가 있겠다는 것입니다. 그리고 그 주된 피해자라고 할 수 있었던 저의 어머니의 경우에서는 다른 여러 가지의 경우들을 상정해 볼 수도 있겠지만, 그러나 그중에서 가장 신빙성이 높다고 여겨지는 한 이유를 들어서 그 전체를 대변해 드리자면, 이미 그때 나중에 그런 상태로 아버지를 만나게 할 조건으로 그렇게 준비시켜 둔 것이 어머니의 그런 상태였다고 할 수 있겠으며, 그런 것으로 아버지의 동정심을 유발시켜서 자연스럽게 인연을 맺게 할 의도로 그것은 그때 이미 그렇게 준비해 둔 것이었다고 말씀드릴 수가 있겠는 것입니다."

"음, 그렇다면 몇십 년 후에나 일어날 수 있을 그런 일을 그것은 그때 미리 준비시켜 두기 위해서 그랬다?"

"네, 저는 그렇게 생각하고 있습니다."

"거 참! 그럼 여기서 말하는 주업主業이란 아버지 쪽의 것인가?"

"네, 저는 그렇게 생각을 합니다."

"그럼, 이것은 또 어떻게 설명할 수 있나? 그러니까 왜 하필이면 자네의 어머니인가 하는 것인데? 그리고 자네의 말에 의하면 외할머니에게 일어났던 일들도 다 그 업의 영향에 의한 것 같은데, 그럼 그것은 또 어떻게 설명할 수가 있지?"

"네, 그것에 대해서는 제가 여전히 증명해 드릴 수는 없지만, 그러나 아마도 어떤 연유이든 어머니란 존재가 그 업의 영향권 안에 들어있었던 때문이라고 말씀드릴 수 있겠습니다. 그러니까 그 업이 형성되면서 영향이 점점 더 커져갔는데, 그 영향권 안에 어머니와 또 다른 많은 것들이 있었고, 그러다 그중에 선택되었던 것이 어머니였을 것이란 것이 저의 생각인 것입니다. 그리고 이것으로 외할머니의 경우도 해석이 가능할 것이라 생각하며, 외할머니께서는 시집을 가시기 전에는 아무런 문제도 없이 사셨다가, 시집을 가시면서 그런 액운이 따르게 되고, 또 나중에는 재혼까지 하시게 되는데, 그 시점 그러니까 외할머니께서 시집을 가셨던 그 시점이, 물론 이것은 나중에 다시 말씀드리게 되겠지만, 아무튼 친가 쪽의 업이 완숙기에 접어들었던 그 시기와 거의 일치하고 있었다는 데서 그렇게 말씀드릴 수가 있겠다는 것입니다. 그러니까 이것은 다시 그 업은 이미 숙성해서 언제 터질지도 모르는 상태에서 마치 블랙홀처럼 주위의 것들을 무작위로 빨아들이다 그때 걸려들었던 것이 바로 외할머니였으며, 그러나 그 외할머니란 객체는 그 업이 자신의 목적을 백 퍼센트 달성하는 데는 무리의 대상이었다고 할 수 있었으므로, 그래서 그것이 자연적으로 어머니에게 옮겨지게 되었고, 그러던 중에 외삼촌도 그 과정에 끼게 되었으며, 그 여파가 나중에 이야기되어질 저에게까지 온 것이라고 말씀드릴 수 있겠다는 것입니다."

"하지만 업이란 것은 어떤 연緣과 관계되어서 형성되는 것이라고 나는 알고 있는데, 그렇게 무작위적無作爲的이라는 것으로 설명하는 데는 문제가 조금 있지 않을까?"

"네, 하지만 업이란 것은 태초에 생명이 탄생 되면서부터 생겨난 것이므로, 그것은 수 억 년을 거쳐서 내려오면서 서로 얽히고설키게 되어서 이 지구상의 생명이라면 그 어떤 식으로든 그와 관련되어 있지 않는 것이 하나도 없다고 말씀드려도 과언은 아니라고 할 수 있겠는데, 그래서 그것은 비록 강약의 차이라거나 또는 어떤 정도의 차이는 있을지라도 서로 무관한 것은 전혀 없다는 의미인 것이며, 그래서 또 어떤 경우만 생기게 되면 그것은 그대로 관계 되어버릴 수도 있다고 말씀드릴 수 있기 때문에, 그러므로 그 무작위의 경우에서도 그 관계는 당연히 성립한다고 저는 생각한다는 것이며, 그리고 어머니의 경우도 그런 경우에 해당 되었을 것이라고 저는 생각한다는 것입니다."

"흠, 그렇게 설명할 수가 있다? 그럼, 그것은 또 그렇다고 하더라도, 그럼 이런 것은 또 어떻게 설명할 수 있나? 그러니까 만약에 그 당시에 외할머니께서 그 삼촌의 그러했던 상태를 호전시키려는 노력, 즉 모친께서 처음 그런 일을 당하셨을 때와 마찬가지로 그렇게 백방으로 뛰어다니시며 외삼촌의 상처를 고치려고 노력했더라면 그렇게 되지 않았을 수도 있었겠는데, 그런데 마침 또 그때 그 할머니께서는 그것을 포기하신 듯이 보이고 있고, 그래서 결국 그 태만이 그런 일까지 가게 했던 것이라고도 할 수 있겠는데, 그래서 그때 왜 그 할머니께서는 그 어머니의 경우와 같은 노력을 하지 않으셨고, 그래서 결국에는 그런 결과까지 나게 하셨던가 하는 것인데?"

"네, 하지만 그것은 더욱 간단한 문제이며, 그 답도 간단하다고 말씀 드릴 수 있겠습니다. 그리고 그것은 당시 외할머니의 주변 상황이 좋지 못했다는 것과, 당시 '한국전쟁'이란 국가 위기 상황도 한몫을 해서 그랬을 것이라는 데는 이견이 없으실 것으로 생각은 합니다만, 그러나 그런 중에서라도 조금만이라도 노력을 하셨어도, 그러니까 어머니에게 기울이셨던 노력의 반 정도만이라도 하셨더라면 그런 일은 면할 수 있었을 것으로 추측은 되나, 하지만 또 외할머니께서 그때 그렇게 하지 않으시고 차라리 삶을 선택하고 마셨던 것은, 당시 외할머니께서는 이미 어머니로부터 그런 일을 미리 경험하셨기 때문에 그 상황이 어머니의 경우보다 못하고, 또 흔한 일로 아이들이 자라면서 다치는 것은 항다반사恒茶飯事라고 할 것이어서 그렇게 하셨던 것이 아니었겠는가 하는 생각도 해볼 수가 있겠지만, 그러나 그 내면에는 역시 그 업의 작용, 즉 업의 방해妨害가 있었고, 그래서 결국 그런 결과까지 나게 되었다고 말씀드릴 수 있겠다는 것입니다. 그리고 여기서 또 그 '방해'라는 것은 어떤 행위의 문제가 아니라 '기피忌避'의 문제라고 할 수 있겠으며, 그것은 또 마치 우리가 흔히 겪는 일 중의 하나로, 아닌 줄 뻔히 알면서도 다른 결정을 해나가는 경우가 있는 것과도 같이, 어떤 결과에 대한 설명할 수 없는 이유 등과도 유사할 수 있겠다고 저는 생각한다는 것입니다. 그리고 이것으로 우리는 우리도 모르는 사이에 어떤 형태나 이유의 것이든 그 업의 영향 아래 항상 노출되어 있다는 것을 말씀드리려 한다는 것이며, 인간인 이상 그것에서 도저히 벗어날 수 없다는 것 또한 말씀드리려는 것입니다."

"음, 그렇다면 여기서의 업이란 것이 구체적으로 인간이 짓는 죄罪와 관련된 것인가?"

"네, 그렇게 생각할 수도 있겠습니다. 그러나 그 반대로 선행善行을 쌓았을 때는 선업善業이나 정업淨業이 생길 수도 있는데, 그러나 그것은 증명하거나 결과를 보기가 조금 힘들지만, 그러나 악업惡業의 경우는 분명히 그것이 나타나기 때문에 여기서의 업은 주로 그런 유類를 의미한다고 말씀드리겠습니다."

"그렇다면 자네가 직접 그 업의 결과를 경험한 적은 있는가?"

"네, 여기서 구체적인 사례를 다 말씀드릴 수는 없지만, 저는 그동안 그런 것을 많이 경험했고, 그리고 저의 이야기에서도 권선징악勸善懲惡적 요소가 많기 때문에, 그것도 모두 업의 결과라고 말씀드릴 수 있겠습니다."

"음, 알았네. 일단 그것도 다음 기회에 한 번 더 정리해 보기로 하고, 하던 이야기를 계속해 보지."

김은 최의 이야기를 듣고 계속해서 미덥지 못하다는 느낌은 들었으나, 그러나 이야기는 이제 겨우 시작에 불과하다고 할 수 있었기 때문에 그 이야기의 방향을 알기 위해서라도 최의 이야기를 조금 더 들어봐야 한다는 생각을 했다. 그래서 이야기를 계속하게는 했지만, 그러나 떨떠름한 마음은 계속 유지되고 있던 채였다.

"네, 아무튼 그런 일이 있었고, 그래서 외할머니는 더욱 낙담하셨던 것으로 압니다만, 그리고 또 어쩌면 '그런 일들이 외할머니를 더욱 힘들게 해서 그 청혼을 빨리 받아들이게 했지 않았겠는가?' 하는 생각도 합니다만, 그러나 어쨌든 외할머니는 그 할아버지와 다시 재혼하셔서 아들 셋과 딸 한 명을 더 낳으셨습니다. 그리고 그렇게 대가족이 되다 보니 두 분은 더욱 열심히 일을 하셔야 했고, 그 일이 끝이 없었다는 것입니다. 그런데다 또 아무리 일을 해도 더 나아지는 것은 없었고, 게다가 식구가 하나씩 늘 때마다 일도 그만큼 더 늘려가야만 했는데, 그러나 촌에서 할 수 있는 일이란 것이 뻔했던 것이라 그것이 마음대로 되지는 않으셨던가 봅니다. 그래서 외할머니는 그런 상황을 극복해 보고자 당시 흔했던 계契란 것을 모아보기로 결심하셨다는 것입니다."

"계를?"

"네, 그것은 또 당시에 그 마을에서도 그런 것은 있었다지만 그러나 별로 신통치가 못했던 모양으로, 사람들의 호응도도 낮았고 또 이런저런 이유로 중도에서 깨지기 일쑤라 없는 것이나 다름없게 되어 있었던 모양이었습니다. 그래서 이번에는 외할머니가 직접 나서서 그것을 해보기로 마음을 정하셨다는 것이고, 그리고 또 그때 외할머니께서 내거신 슬로건 같은 것이라고 할 수 있었던 것은 '뼈 빠지게 일해서 모은 돈을 장롱 속에 그냥 썩혀놓느니 약간이라도 부풀려 보자'는 것이었다고 하며, 물론 당시에 넉넉하게 살아서 돈을 재어놓고 살은 사람이야 드물었겠지만, 그러나 그래도 집집마다 비상시에 쓰기 위해 조금씩 숨겨둔 것들이 제법 있었다고 하고, 저도 외할머니께서 습관적으로 쌀 단지 속이며 장롱 밑바닥, 심지어는 땅에까지 돈을 묻어서 숨기시는 것을 본 적이 여러 번 있었기 때문에, 외할머니는 아마도 그런 돈들을 이야기하셨던 것이라고 생각이 되며, 그리고 또 쓰고 남은 것을 저축한다는 것은 누구에게나 힘들었던 때여서 십시일반 식으로 한다거나, 일한 삯에서 얼마씩을 미리 제한다거나 해서 그 곗돈을 모아가는 방법을 택하셨던 것 같았는데, 그런데 그것이 제법 설득력이 있었던지 곧 사람들이 관심을 보이기 시작했고, 그리고는 얼마 가지 않아 꽤 많은 돈을 모으실 수가 있었다는 것입니다. 그러자 그때부터 외할머니는 외지外地로 돈다거나 동네를 순찰하다시피 하면서 그 일에 열의를 보이셨고, 또한 그렇게 일하셨던 만큼의 성과도 있었던가 본데, 아마도 그때 외할머니는 그렇게 해서 모으신 돈으로 상인商人이나 급전急錢이 필요한 사람들을 상대로 사채놀이를 하셨던 것 같았고, 그렇게 해서 이득 보신 것을 다시 동네 사람들에게 재분배하는 식으로 그 계를 꾸려나갔던 것 같았습니다. 그러자 그동안은 멀리서 지켜보고만 있던 사람들도 점점 관심을 보이기 시작해서 그 후로 외할머니의 신용과 수완은 더욱 빛이 나기 시작했었던가 본데, 어쨌든 그렇게 해서 몇 해를 외할머니는 순조롭게 그것을 잘 꾸려나갔다고 하셨고, 더불어서 이제는 밭이나 남의 잔칫집에 나가서 일을 하시는 시간보다는, 집에서 돈을 센다거나 '어디에다 투자할까?'를 고민하는 시간이 외할머니에게는 늘어갔던 것입니다."

"음, 그러면 그 할머니께서 하셨던 것이 요즘에 말하는 그런 일반적인 계契라기보다는, 사금융私金融 같은 그런 성격이었던가 보군?"

"네, 그랬던 것 같았습니다. 그것은 또 왜냐하면, 일반적인 계는 목돈만 모을 목적으로 하는 경우가 많지만, 외할머니는 그것에다 투자를 얹어서 운영하셨기 때문에 계원들에게 조금이라도 이득을 보게 해주었고, 그래서 인기가 아주 많았다는 것입니다."

"하! 그 당시에 그 정도셨다면, 외할머니께서 수완이 대단하셨던 모양이군?"

"네, 저도 자세히는 모르지만 그렇게 생각하고 있습니다."

"그러면 그것을 자네는 어떻게 이해하고 있나? 그러니까 당시의 상황으로 그런 일은 쉽지가 않았을 것 같은데 말이지? 그것도 여염집 여성의 신분으로는?"

그러자 여기서 김이 또 최의 이야기가 약간 의심이 간다는 듯이 이렇게 말을 했다. 그러자 또 최가 그에 대한 설명을 이렇게 했다.

"네, 그것도 제가 정확히는 알지 못합니다만, 그러나 한가지 추측할 수 있는 것은, 외할머니께서 시집을 가시기 전에 어떤 식으로든 친정에서 미리 경제經濟나 상업商業적인 교육을 받았던 것으로 생각된다는 것입니다. 그것은 또 외할머니께서 주판珠板을 사용할 줄 아셨다는 것으로 그런 추측을 해보는 것입니다만, 당시에 저는 외할머니께서 돈 계산하실 때 주로 주판을 사용하시던 것을 보았기 때문에 드리는 말씀입니다."

"아, 주판을?"

"네."

"음, 그 당시에 여성의 신분으로 주판을 사용하셨을 정도였다? 물론, 당시에 일본에서는 그런 여성이 조금 있었다는 것으로 알고는 있었지만 말이야?"

"네, 그래서 아마도 사채私債 같은 것도 일본에 계셨을 때 배웠던 것이 아닐까 하고 저는 생각하고 있습니다."

"음, 그럴 수도 있었겠군, 알겠네, 하던 이야기를 계속해 보게."

그러자 김이 약간의 궁금증이 풀렸다는 듯 최에게 이야기를 계속시켰다.

"네, 아무튼 그렇게 했는데, 그러나 호사다마好事多魔라고, 그러던 또 어느 날이었다고 합니다. 그날은 마침 동네 어느 집에서 무슨 잔치가 열리고 그 집에서 외할머니를 찾으셨다는데, 워낙에 부잣집이라 외할머니께서도 가보지 않으실 수가 없었다는 것입니다. 과거 그 집에서 자주 일을 하셨던 외할머니는 그 집 노마님으로부터 음식 만드는 것을 인정받아 무슨 일이 있으면 꼭 외할머니를 불러주셨기 때문에 외할머니로서도 바쁘다는 핑계로 가보지 않으실 수가 없었다는 것이었지요. 하지만 또 그날은 어디에다 돈을 갖다주어야 했던 날이었다고 하셨는데, 그래서 그 때문에 외할머니는 무척 난감해하셨다고 합니다. 그런데 또 마침 그때였다고 합니다. 그때 갑자기 같은 동네에 살던 동생뻘 되던 여자 한 분이 집을 찾아왔다고 했고, 그런데 일이 잘 안되려고 그랬던지 그 동생뻘 되던 여자는 돈을 방바닥에 깔아놓고 고민하고 있던 외할머니에게 '왜 그러느냐?'고 물어보았다고 합니다. 그러자 외할머니는 그 일에 정신이 뺏겨 무심결에 그 사정 이야기를 그 동생에게 하고 마셨다는데, 그러자 그 동생 여자는 마치 기다렸다는 듯이 이렇게 말을 했다고 합니다. '성님, 그러면 그 돈은 내가 갖다 주고 올게요. 마침 내가 그 근처에 볼일이 있어 지금 가봐야 되는데' 하고 말입니다. 그러자 외할머니는 마치 구세주를 만난 듯 귀가 번쩍 뜨였다고 하셨습니다. 그만큼 그때 외할머니에게는 그 일이 그렇게도 부담이 되었다고 하셨고, 물론 걱정이 되기는 했지만, 그래도 싶어서 외할머니는 그 여자에게 그렇게 해 달라고 부탁하고는 그 돈을 맡기고 마셨다는 것입니다."

"저런!..."

"네, 외할머니의 말씀으로 그 동생뻘 된다던 여자는 평소에 외할머니를 잘 따랐다고 했고, 남편과 아이들도 있었던 데다, 동네에서도 나쁜 소리는 듣지 않고 살고 있었던 터라 외할머니께서도 크게 의심을 하지 않아 그렇게 하시고 마셨다지만, 그리고 또 돈이란 것은 예나 지금이나 한번 신용을 잃으면 돌이킬 수가 없는 것이므로 그래서 외할머니께서는 어쩌실 수가 없어 그렇게 하시고 마셨다지만, 그러나 역시 사람은 알 수 없는 존재였던 것입니다. 그 여자는 그렇게 돈을 쥐고 나가서는 다시는 그 동네에 나타나지 않았다고 하니 말입니다."

"흠!..."

"네, 그러자 외할머니께서는 '내가 뭐에 홀린 것이지' 하고 스스로 한탄도 하셨다지만, 그러나 그래도 그 여자는 정말로 너무했다는 생각이 듭니다. 그것은 또 돈은 그렇다고 치더라도 '어떻게 남편과 자식까지 내팽개치고 도망을 갈 수 있었던가?' 하는 것이지만, 어쨌든 그 후로 외할머니께서는 계도 그만두게 되셨고 큰 빚만 지게 되셨던 것입니다. 그리고 또 사실, 제가 그 일을 이렇게 간단하게만 말씀드려서 그렇지 그 당시에는 정말로 대단했던 모양이었는데, 외할머니께서는 그런 일이 있자 곧장 그 여자의 집으로 뛰어가서 그 남편 되던 사람에게 '마누라를 내놓으라'고 난리를 치셨다고 하셨고, 뒤이어서 동네 사람들이 몰려와서 외할머니의 머리채를 잡고 흔들면서 '짜고 하는 것이 아니냐?'며 집 안을 다 뒤지는 등 온갖 소란을 다 피웠었다고 하셨으니 말입니다. 하지만 아무리 그랬어도 잘못은 외할머니에게 있었으므로 외할머니는 그때 변명조차 제대로 해보지도 못하고 당하고 계실 수밖에 없었다고 하셨는데, 참으로 그 속 탔을 심정이야 저는 지금도 충분히 느낄 수가 있는 것입니다."

"그래..."

"하지만 그래도 다행이었다고 할 수 있었던 것은, 그렇게까지 했던 사람들도 나중에는 그 속사정을 훤히 알게 되자 '천천히 갚으소, 까짓 것 몇 푼 안 되는 거, 없어도 살고' 하면서 외할머니를 동정해 주었다고 하니 외할머니로서는 그저 그 동네 사람들이 고마웠을 뿐이었겠지요. 그리고 그 이후로 외할머니는 그 빚을 갚는 데만 거의 골몰하셨고, 자숙하는 의미로 부지런히 궂은 일만 찾아다니시며 열심히 일을 하셔서 동네 사람들에게 조금씩 신망을 회복해 나가셨다고 합니다. 그리고 또 제가 알기로 그 당시에는 그런 일들이 제법 많이 있었다고 아는데, 그런 일이 동네에서 한번 일어나면 당사자는 멍석말이 등 거의 초주검이 되게 두들겨 맞고는 동네에서 쫓겨날 수도 있었다고 들었기 때문에, 그나마 그 정도로 끝났던 것은 외할머니에게는 무척이나 다행한 일이 되지 않았다고 하지 않을 수가 없었던 것입니다."

"아, 그렇지. 그리고 잠깐 우리 차茶나 한잔하고 할까?"

최의 이야기가 조금씩 진도를 더해 나가자 김은 여기서 이야기를 잠시 중단시키고는 식당아줌마에게 차를 부탁했다. 그리고는 다시 자리로 돌아와서 "그래, 이해가 가는 이야기야. 그리고 물론, 그 당시야 그렇게 힘들게 살지 않은 사람이 몇이나 있었겠는가만, 최의 외조모께서도 무척 힘든 삶을 사셨던 것 같군 그래?" 하고 말하면서 무척이나 안타깝다는 듯 인상을 찡그린 채 고개까지 끄덕였던 것이다. 그리고 이어서 두 사람 사이에는 잠시 간의 침묵이 흘렀는데, 그 시간은 식당아줌마가 차를 가져올 때까지 이어졌다.

그리고 여기서 잠시, 두 사람이 차를 마시던 막간을 이용해서 당시 김의 집과 김이 기거하고 있던 이층이나 그의 생활 태도에 대해서 조금 설명하고 넘어가면, 김의 집은 이른바 이층 양옥식 구조로 사각 반듯하게 지어졌던 동남향의 약 4, 50평 정도 되던 건물이었고, 건물 전체는 흰색으로 칠해져 있었으며, 그래서 길 아래쪽 국도國道에서 볼 때는 마치 숲속에 반짝이는 한 개의 작은 성城처럼 보였다. 그리고 그 집의 대문은 없었으며, 입구에 들어서면 왼쪽에 차車 두 대 정도를 주차할 수 있는 작은 공간이 있었는데, 그때는 김의 승용차 한 대만 주차되어 있었다. 그리고 본관을 지나면 그 안쪽에는 제자들이 기숙하고 있던 별관이 있었는데, 하지만 그곳은 처음에는 그곳을 찾는 손님들을 위해서 마련한 객실이었다. 그러나 당시에 그곳을 찾는 손님들은 거의 없었으므로 제자들이 방 하나씩을 차지해서 사용하고 있었고, 최는 마당에 면한 입구의 방을 사용하고 있었다. 그래서 전체 방의 개수는 여섯 칸이었고, 복도를 사이로 마주 보는 구조를 하고 있었는데, 그리고 또 맨 안쪽에는 화장실 겸 세면장 또는 샤워실, 세탁실, 간이 주방이 있었으며, 그래서 제자들은 야간이나 식당을 이용할 수 없을 때는 그곳에서 필요한 것을 해결하고 있었다. 그리고 또 그 객실 옆에는 꺾인 구조로 식당이 자리 잡고 있었는데, 식당의 건물은 약 10평 정도였고, 그 안에는 식당아줌마가 기거하던 조그만 방이 하나 딸려있었다. 그래서 전체적으로 본관과 식당은 'ㄱ' 자 구조를 하고 있었으며, 식당 옆에도 세면장 겸 목욕탕, 야외화장실, 창고 건물 등이 함께 붙어있었기 때문에 평소에는 주로 식당아줌마가 사용하고 있었지만, 그러나 식사를 마친 제자들이나 김도 가끔씩 사용하고 있었다. 그리고 또 식당 앞쪽으로는 너른 마당이 있어 그곳의 벤치에 앉으면 그 집의 건물을 다 볼 수가 있었는데, 그러나 그 집을 안抱듯이 해서 건물 뒤쪽으로는 산이 죽 둘러쳐져 있었기 때문에 그 집에는 담도 없었다. 그리고 또 그 집의 입구에서 들어오다 보면 바로 오른쪽에 김이 아끼던 텃밭이 조그맣게 자리를 잡고 있었고, 김이 매일 산책을 하던 동산으로 올라가는 입구는 바로 그 텃밭 맞은편에 있었다. 그래서 그곳으로 들어서면 조그만 오솔길이 동산의 정상까지 이어지고 있었으며, 동산의 정상까지는 김의 속보速步로 약 30분 정도가 소요되었다. 그러나 그 위로 계속해서 올라가면 '수리산'의 정상으로 갈 수 있는 길이 여러 곳 있었는데, 그래서 김이 산책 다니던 그 산이 작은 봉우리였기 때문에 '동산'이라고 표현했다. 그리고 또 식당 앞에는 향나무와 잡목 몇 그루가 심겨있던 조그만 정원 같은 것이 있어 마당에 마련된 약수터에서는 식당이 잘 보이지 않는 구조를 하고 있었다.

그리고 또 김이 기거하던 '이층'에 대해서도 소개를 하면, 그곳은 그야말로 이층일 뿐이어서 크게 의미 둘 것은 없었지만, 그러나 특이한 몇 가지가 있어 이야기하면, 그것은 이른바 현대적 의미의 '원룸식 구조'를 가졌던 공간이었다. 그래서 일층의 전시실과 다름없이 방이나 특별한 구조물을 거의 갖추지 않고 있었는데, 그것은 또 평소 김이 갑갑한 것을 싫어해서 그렇게 만든 때문도 있었지만, 그러나 두 사람, 즉 아내와 김 자신이 기거하는데 복잡한 것은 필요 없다고 생각해서 그렇게 지은 때문도 있었고, 그리고 또 뒤에도 간간이 이야기되겠지만, 그는 아내와 사별死別하고서야 그곳에 혼자 내려와서 살게 되었는데, 그리고 또 그의 아내는 암癌이란 병을 얻어 근 6년이란 긴 투병 생활을 하고서야 혼자서 저세상으로 떠나가고 말았지만, 아무튼 그래서 그동안은 별장같이 사용해 오던 것이어서 방을 더 늘릴 필요를 못 느껴서 그렇게 한 이유도 있었던 것이다. 그리고 또 계단에서 올라와서 문을 열고 들어서면 오른쪽 구석에 그의 침대가 놓여있었고, 그 맞은 편 중앙에는 원형의 큰 탁자가 놓여있었으며, 그리고 문에서 왼쪽으로는 주방과 욕실이 조그맣게 자리를 잡고 있었다. 그리고 김은 평소 그 곳에서 손수 차를 끓여서 먹는다거나 간단한 요기를 해결하곤 했는데, 그러나 현재의 식당아줌마가 그 집으로 들어오면서부터는 그가 스스로 요리하는 일은 없었으며, 식사는 그 아줌마에게 부탁을 해서 이층으로 가져오게 해서 해결하고 있었다. 그것은 또 그 나름대로 식당아줌마에 대한 배려가 깔린 것으로 여겨졌는데, 그에 대한 것은 나중에 다시 이야기가 되겠지만, 어쨌든 우선은 그 아줌마에게는 조금이라도 어렵게 느껴졌을 자신이 식당에서 혼자 앉아 밥을 먹는다는 것은 그 아줌마에게는 조금이라도 부담이 될 것이란 생각에서였고, 그리고 무엇보다 그 아줌마에게 무엇인가 일거리를 계속 제공해 주려는 의미도 있었다. 그러나 그 아줌마가 오기 전에는 아랫동네에 살고 계시던 할머니 두 분이 번갈아 오가며 그 집의 식사나 찬거리들을 챙겨주고 있었으며, 혹시라도 무슨 일이 있어 그분들이 오시지 못할 때는 김 스스로 간식거리들을 만들어서 해결하곤 했다. 그리고 또 세탁 같은 것은 김의 만류에도 불구하고 식당아줌마가 시간 나는 대로 제자들의 것까지 해결해 주고 있었으며, 그러나 간단한 것이라든가 속옷 등은 개인들이 각자 알아서 하고 있었기 때문에, 김 역시도 그런 것은 이층 욕실에서 스스로 처리하고 있었다. 그리고 또한 이층의 청소 같은 것은 주로 김이 스스로 하고 있었지만, 그러나 한 번씩 날을 잡아서 식당아줌마가 깨끗하게 청소하고 있었고, 그리고 또 창가에는 응접 탁자와 흔들의자가 놓여있었기 때문에 김은 할 일이 없을 때는 그곳에서 쉬는 것을 좋아했으며, 친구들이 찾아왔을 때도 그곳에 앉아서 담소를 즐기는 것을 좋아했다. 그리고 또 그의 서재라고 할 수 있었던 곳은 침대 맞은편 맨 안쪽에 따로 마련되어 있었는데, 그곳은 내실과 구분 지을 수 있게 아코디언커튼으로 장식을 해두고 있었다. 그리고 또 그곳에도 책장이며 글을 쓴다거나 손님을 맞을 수 있게 응접 구조가 따로 마련되어 있었지만, 그러나 최와 이야기를 나누고 있던 곳은 중앙탁자로, 그것으로 보아서는 김은 서재보다는 탁자 쪽을 더 선호하는 것으로 여겨지기도 했다. 하지만 또 어쩌면 그때까지도 김은 '최를 그렇게 심각하게는 생각하지 않아 그렇게 하고 있는 것은 아닌가?' 하는 생각도 잠시 해볼 수가 있었고, 그리고 또한 이층에도 다구茶具가 마련되어 있었기 때문에 특별한 일이 없으면 김 스스로 해결하고 있었지만, 그러나 손님이나 지기들이 찾아왔을 때는 일부러 아줌마에게 부탁해서 이층으로 차를 가져오게 하고 있었다. 그래서 또 그런 것으로 보아서는 어쩌면 김은 '최를 일종의 손님으로 대접해 주려 그렇게 하는 것은 아닌가?' 하는 생각도 잠시 해볼 수가 있었고, 그리고 마지막으로 간단한 지시를 할 때는 창가에 마련된 인터폰을 통해서 객실과 식당에 연락을 취하고 있었다는 것까지가 그 대충의 소개라고 할 수 있었던 것이다. 그리고 또 그 인터폰은 김만 주로 사용하고 있었으며, 제자들과 아줌마는 급한 일이 아닌 다음에는 용무가 있을 때 직접 이층으로 올라와서 김의 지시에 따르고 있었다.

"참으로 안 된 일이야."

김은 아줌마가 차를 두고 내려가자 먼저 잔을 들고는 최에게도 들기를 권하면서 이렇게 말을 했다.

"네, 하지만 그렇게 계속해서 나쁜 일만 있었던 것은 아닙니다. 외할머니께서는 그 후로도 열심히 버셔서 기와집도 손수 지으셨고, 전깃불도 동네에서 몇 번째로 넣는 등, 정말 억척같이 사셨습니다. 그리고 기와집은 빚을 얻어서 짓기는 했습니다만, 그러나 그 집에다 세를 놓아 거기서 들어오던 수입과 당신의 땀을 보태어서 그 많던 빚도 다 청산하셨고, 외삼촌들과 이모의 공부도 다 시켜내셨으니 말입니다."

"음, 역시 대단하신 분이셨군? 그런 것은 노력만 한다고 해서 되는 일은 아니었을 것인데 말이지?"

"네, 그런데다 또 첫 번째 할아버지에게서 얻었던 자식들이야 비록 다 그렇게 되었다고는 했지만, 그러나 충청도 할아버지에게서 얻었던 자식들은 전부 다 영특해서 자신들의 앞가림 정도는 다 할 줄 아는 사람들로 잘 성장했고, 특히 이모는 미모도 뛰어났던 데다 총명하기까지 해서 동네에서 부러움을 사기도 했으니, 그러니까 첫 남편의 자식들을 제외하고는 다들 잘된 셈이 되었지요."

"음, 그럼 그 이후로는 그 할머니에게 더 이상의 시련은 없었나 보지?"

김은 마치 가뭄에 단비라도 만났다는 듯 최가 갑자기 앞의 이야기와는 다른 이야기를 하기 시작하자 들었던 잔을 내려놓으면서 이렇게 물었다.

"네, 자잘한 이야기야 어느 집에서나 다 있는 것이니까 차치且置하고, 어머니와 저의 문제를 제외한 대충의 큰 덩어리는 그 정도입니다."

그러자 김은 여기서 한숨을 한번 깊이 내쉬었다. 이야기가 어떻게 가면 갈수록 힘든 이야기뿐이고, 그 다음에는 또 어떤 이야기가 터져 나올지 가슴이 조마조마해서 더는 못 듣겠다는 듯, 김은 여기서 당장 이라도 그만두고 싶다는 심정이 되어 있었던 것이다. 그러나 이야기의 추세로 볼 때 아직은 그 맛보기에 불과했다고 할 수 있었기 때문에, 이어지는 최의 이야기를 김은 또 어떻게 감당 해낼지 의문이 든 부분 이기도 했다.

"그래, 어쨌든 다행이군. 일단 그쯤에서 외할머니의 고난은 끝난 듯 하니 말이야? 그럼, 어제 이야기는?"

김은 차가 조금 식어지자 들었던 잔을 내려놓고는 다시 이야기를 들을 준비를 했다.

"네, 여태 제가 외할머니에 대해서 말씀드린 것은 지금부터 드리려 는 말씀에 대한 부연의 의미라고 할 수 있어 그렇게 먼저 말씀드리게 된 것인데, 아무튼 그런 과거를 가지셨던 외할머니였기 때문에 어머니 의 그런 일은 외할머니의 입장에서는 대단히 중대한 문제가 될 수밖 에 없었다는 것이며, 그래서 그때 외할머니께서는 그렇게 화를 내실 수밖에 없었을 것이라고 생각은 되지만, 그리고 여기서 또 잠시 그때의 외할머니의 입장을 다시 한번 간단하게 말씀드리자면, 아무리 흔히 일어날 수 있는 사건이라고 하더라도 그런 약점을 가지셨던 외할머니에게 그런 일이 다시 일어난다는 것은 외할머니로서는 도저히 견딜 수 없을 일이었음에 분명했을 것이라는 것이고, 그것은 또 그런 일로 인해서 사람들에게 다시 주목받는다는 것은 외할머니에게는 엄청난 두려움일 수밖에 없어 더욱 그러셨을 것이라고 저는 생각을 한다는 것입니다. 그러니까 겨우 이제는 먹고살 만하고 또 과거의 기억들도 점점 희미해져 가던 바로 그때, 다시 그런 일로 해서 사람들의 입에 오르내려지게 된다면 과거의 모든 나쁜 이야기들도 다시 이야기될 것이 뻔했고, 그렇게 된다면 또 여태까지 쌓아 올려왔던 외할머니의 공도 모두 수포로 돌아가게 되는 것이었으며, 무엇보다 그때 외할머니께서 가장 두려워하셨던 것은 아마도 '어미 팔자가 저러니 딸도 그럴 수밖에 없고, 나머지 아이들도 어떻게 될지 모른다'고 하는 동네 사람들의 비꼼 같은 것이었을 것이라고 저는 생각하는 것입니다. 그러나 외할머니께서는 생전에 제게 말씀하시길 '그때는 정말로 동네 부끄러워서 얼굴을 어떻게 들고 다닐지 걱정이 되어서 잠도 잘 수가 없었다'는 간단한 말씀으로 그 상황을 설명하셨던 것이 전부였지만, 그러나 제가 볼 때는 그런 고민들도 있으셨을 것이기에 그러셨으리라 생각하며, 그리고 또 그 일로 인해서 당신이나 나머지 자식들, 그리고 아무 잘못도 없이 같이 그 짐을 지셔야만 했던 외할아버지에게 미안해서 외할머니께서는 노심초사하셨기 때문에 더욱 그러셨던 것이 아니었겠는가 하고도 저는 생각하고 있습니다. 그러나 아무리 그런 딱한 사정이 있었다고 하더라도 그냥 그렇게 어머니만 나무라고 앉았다거나 '이왕 엎질러진 물' 하며 맥 놓고 주저앉아 있을 수만도 없으셨던 외할머니께서는 그래서 그때부터는 그 수습에 들어가셨다고 합니다. 그리고는 어머니에게 그 진상을 다시 캐묻고 또 두 사람 사이에 오갔던 이야기며 앞으로의 계획 등을 낱낱이 듣게 되셨던가 본데, 그러나 그 이야기에서 외할머니는 희망 같은 것을 찾아내지는 못하셨던 것입니다. 그래서 외할머니는 그 이야기들은 다 들으신 후에 바로 저를 죽이기로 결심하시게 됩니다."

"뭐? 아니, 그 정황만 듣고는 바로 자네를 죽이기로 결심하셨다? 그건 조금 이해가 가질 않는데?"

김이 여기서 또 깜짝 놀라며 최의 이야기를 끊었다.

"네, 그것은 또 그때 들었던 어머니의 이야기에서 외할머니는 아비란 사람이 병자란 사실을 아셨던 때문이었던 것입니다. 그것도 보통 병자도 아니고 폐병 환자였으므로 외할머니께서는 유복자遺腹子를 먼저 머리에 그리셨기 때문에 그리 마음을 잡수셨던 것 같았는데, 그리고 또 비록 병신이긴 했지만 그래도 믿었던 딸이 당신 모르게 그런 더러운 짓을 저질렀고, 거기다 아이까지 가지게 되었으니 외할머니 입장에서는 배신감 같은 것도 느껴지셨기 때문에 더욱 그리려고 하셨던 것이 아니었겠는가 하고 저는 생각을 하는 것입니다. 그러니까 자라면서 저는 가끔씩 외할머니로부터 섬뜩한 어떤 것들을 느끼곤 했는데, 그것은 마치 예리한 칼의 느낌 같은 것이었습니다. 너무 완벽하다거나 사리가 너무 분명하다는 것 등이 그렇게 표현된 것일 수도 있겠습니다만, 아무튼 저는 외할머니에게서 그런 느낌을 자주 받곤 했고, 그리고 아마도 그때도 외할머니께서는 그런 심정에서 그런 결단을 내리셨던 것이 아니었겠는가 하고 생각도 하는데, 그리고 또 거듭 이야기되겠습니다만, 어머니의 이야기에서 외할머니는 어떤 희망도 찾을 수 없었던 것도 그 결심에 어떤 식으로든 영향을 주었기 때문에 그렇게 하시려 했을 것이라고 저는 생각하고 있는 것입니다."

그러자 김이 다시 고개를 끄덕였다. 그러니까 누구든 그 상대방의 입장이 되어보지 않고서는 그 심정을 장담할 수가 없는 법인 것이다. 그러므로 자신이 아무리 그것에 대해서 이해가 가지 않는다고 하더라도 그 이야기 자체를 부정할 수는 없는 일이었으며, 그리고 또 그가 하고 있던 그 이야기는 비록 그의 외할머니의 입장에서 해나가고 있던 이야기이기는 했지만, 그러나 본인의 경험과 느낌이 혼합되어서 이루어지고 있던 이야기였으므로, 그래서 그의 입장에서는 그 이야기들이 타당성의 검정이 모두 끝났을 것으로 생각해도 좋았을 것이기에, 김 자신으로서는 그 이야기를 그대로 믿어줄 수밖에 없게 되어 있다고 생각한 때문이었다.

그런데 이상했던 것은, 최의 이야기를 듣다 보니 김은 갑자기 자신의 부모님이 생각난다는 것이었다. 원래 이야기란 그런 것으로, 상상이 동반되며 이야기는 진행되기 마련이어서, 어떤 이야기에 몰입되다 보면 그것을 더 잘 이해하기 위해서라도 자신의 경험이 접목되는 경우가 많고, 그 경험은 또 자신의 경험 중에서 주로 선택되었던 것이거나 자극적이었던 것이 상당할 것이므로, 그래서 김으로서는 자연스럽게 그렇게 생각되어져 갔다는 것인데, 하지만 김에게서 그것은 지우고 싶었던 기억이었다. 말하자면 최의 이야기처럼 그것도 그렇게 유쾌한 기억은 아니었던 것이다.

그리고 또 그런 것으로 보아서도 사람은 어떤 경우에 닥쳐서는 이상하게도 좋은 기억보다는 나쁜 기억이 먼저 생각나는가 보지만, 그러나 최는 당당하게 그리고 김 자신이 또는 세상 여는 사람들이 다 감추고 싶어 할지도 모르는 부분들을 자신이 존경한다거나, 죽으러 간다는 이유만으로 자기 앞에서 시원하게 털어놓고 있었는데, 그러나 현재의 자신은...

'이럴 때는 부끄러움을 느껴야 하는가?'

그러나 김은 그것을 부정했다. 누구에게나 비밀 같은 것은 있기 마련이고, 또 그것을 가지고 싶어 하는 것이 사람의 본능인지도 모르는 것이다. 그리고 또 그것을 오다 안고 무슨 신주단지라도 되는 양 켜켜이 감추면서 살아가는 데서 또 하나의 끈끈한 생명력이 나오는지도 모른다고 생각했기 때문이었다.

"그래서 외할머니께서는 다짜고짜로 어머니에게 양잿물부터 먼저 먹였고, 싫다던 어머니를 밖으로 끌고 나가서는 담벼락에다 배를 부딪치게 해서 저를 죽이려고 하셨다고 하셨습니다."

그때 최의 이야기가 이어졌다. 그러자 김은 다시 이야기에 집중하기 시작했다.

"그러나 그 모든 것들도 여의如意치가 않았던지 외할머니는 이번에는 아버지를 찾아갔다고 합니다. 도대체 이제부터는 어떻게 할 거냐고를 따져 묻기라도 하실 양으로 그렇게 하셨던 것 같았는데, 하지만 모르겠습니다. 어쩌면 일말一抹의 정이라도 제게 남아 있어 그렇게 하시는 것으로 시간을 조금이라도 벌어보려고 하셨는지도 말입니다. 하지만 아버지는 그런 외할머니 앞에서 나약한 모습을 보였습니다. 저지를 때 마음 다르고 저지르고 난 다음의 마음이 다른 것인지 아버지는 외할머니가 그렇게 다녀가신 후 갑자기 어딘가로 숨어버렸던 것입니다. 그런데다 더욱 답답했던 것은 당시 어머니는 아버지의 집조차도 모르고 있었을 정도였다고 하셨는데, 그것으로 외할머니께서는 더욱 분통이 터지셨다고 하셨고, 그래서 외할머니께서는 더더욱 저를 죽이기로 의지를 굳히셨다는 것입니다. 그리고는 동네 사람들이 알기 전에 해치울 목적으로 그 일을 실행해 나가기 시작하셨다는데, 먼저 용하다는 한의원을 찾아가서 낙태에 쓸 약을 구해오고, 또 민방이며 주술까지 동원해서 그 일을 실행해 나가셨다는 것입니다. 그러나 이상하게도 그렇게 쉬쉬하며 어렵게 구해온 약재며 처방들도 저에게는 듣지를 않았다고 하셨습니다. 그리고 뒤의 이야기지만 외할머니께서는 어느 날 제게 '꼭 날 놈은 어쩔 수가 없더라'고 말씀하셨던 적이 있으셨는데, 그 말씀으로도 그때의 외할머니 심정이 조금은 이해가 가실 것이라고 생각은 합니다만, 아무튼 그렇게 백방百方을 다해도 보람이 없게 되자 외할머니는 분하기도 하고 또 답답하기도 하셨던 데다 시간까지 자꾸

가고 있어 조급해지셨던 모양이었습니다. 그래서 하루는 결심을 하시고는 마지막 계획을 실행하시게 되셨는데, 그런데 그것이 또 아주 원시적인 방법으로, 외할머니께서 그때 스스로 고안해 낸 방법이었는지는 모르겠습니다만, 아무튼 배에다 광목을 칭칭 감고 아이 가진 것을 숨기며 살아가고 있던 어머니를 야밤에 다짜고짜로 산으로 끌고 갔다는 것이 바로 그것이었던 것입니다."

"음..."

"그러니까 한번 생각해 보십시오, 두 여인이 야밤에 산으로 올라간다는 것이 조금은 수상하게 느껴지지 않으신지요?"

"그렇지, 궁금한 걸?"

김이 이렇게 말을 하곤 자세를 고쳐 앉았다.

"네, 아무튼 그렇게 해서 어머니를 산으로 데려간 외할머니는 이번에는 주위를 둘러보다 야트막한 언덕 하나를 발견하시곤 그 위에다 어머니를 세우셨습니다. 그리고는 뒤에서 어머니를 사정없이 밀어버리신 것이었지요."

"아!"

"네, 그리고 그렇게 떠밀려서 넘어진 어머니는 언덕을 구르면서 마구 고함을 질러댔던 모양이었는데, 그러나 그 소리를 듣고 뛰어온 사람이 아무도 없었던지 그 일은 몇 차례나 계속되었다고 합니다. 그리고 또 알 수 없게도, 그렇게 떠밀려서 몇 차례나 언덕을 구른 어머니였는데도 하혈은 없었다고 했습니다. 그러니까 외할머니의 마지막 음모陰謀가 수포로 돌아간 순간이기도 했습니다만, 아무튼 그렇게 되자 그렇게까지 모질게 했던 외할머니도 더 이상은 못할 짓이라고 생각하셨던지 그 길로 땅바닥에 주저앉으셔서는 언덕 아래에서 눈물을 흘리면서 절뚝거리며 올라오고 있던 못난 딸을 넋을 잃은 듯 내려다보고만 계셨던 것입니다."

"잠깐! 여기서는 아무래도 납득이 좀 가질 않는데?"

이때, 김이 또 무언가 의심이 든다는 듯 끼어들었다.

"그러니까, 그것은 아직 최가 태어나기도 전의 일인데, 그 이야기들을 최가 어떻게 그렇게 소상히 알 수가 있지?"

"네, 그렇게 생각하시는 것이 당연하시겠지요. 그러나 그것은 사실이었고, 그리고 이 이야기는 외할머니께서 돌아가시기 전에 저에게 전부 말씀해 주셨던 이야기이므로 결코 거짓이 없습니다. 그리고 또 이야기가 조금 넘어가지만 외할머니께서는 노환으로 돌아가셨는데, 돌아가시기 얼마 전에 제가 자리에 누워 계시던 외할머니의 병문안을 간 적이 있었고, 그리고 그것이 제가 본 외할머니의 마지막 모습이기도 했습니다만, 아무튼 그때 외할머니는 유언처럼 제게 그런 말씀을 다 해 주셨던 것입니다. 그리고 또 그것은 '내가 니를 죽이려 했다'시며 시작하셨던 말씀이었는데, 그러나 제가 살아오면서 그 이야기들을 하도 되씹어서 제게는 마치 현장을 직접 본 듯 여겨져서 그렇게 말씀드린 것인데, 그것이 선생님께는 의심이 가는 이야기로 들리셨나 봅니다."

"아, 그런 이유가 있었... 군!..."

그런데 김이 갑자기 숨이 가빠져 온다고 느낀 것은 바로 그때였다.

김은 갑자기 가슴이 답답해지면서 조여 오는듯한 느낌으로 숨쉬기가 곤란해졌던 것이다.

"아, 잠깐! 나 약 좀 먹어야겠어. 요즘 몸이 좀 좋질 못해서 말이야."

김이 이렇게 말을 하고는 자리에서 벌떡 일어났다. 그리고는 서재의 책장 쪽으로 가서는 거기서 무슨 약인지를 꺼내서 먹었다.

"선생님, 조금 쉬시는 것이 어떻겠습니까?"

최는 그런 김이 걱정이 되었던지 약을 먹고 돌아오던 김에게 이렇게 말을 했다. 그러나 김은 오히려 최에게 "어때, 힘들지 않아?" 하고 반문을 했다. 그러나 최는 그 말에 답은 않고 그저 미소만 지었다.

"음, 그렇게 아픈 과거를 지니고 사는 사람도 있구먼?"

김은 자리에 앉으면서 최를 위로라도 한답시고 이렇게 말을 했다. 그런데 그러다 갑자기 "그런데 자넨 아직도 죽겠다는 생각은 변함이 없는 건가?" 하고 물었다. 그러자 최는 김의 그런 갑작스럽고 엉뚱한 질문에 혼이라도 나간 듯 잠시 말도 못 하고서 김을 빤히 쳐다보고만 있다가, 그러나 이내 정색을 하고는 이렇게 답을 했다.

"예, 제 생각은 변함이 없습니다. 그러나 선생님과 이야기를 나누고 있다 보면 그런 생각을 잠시 잊게 됩니다."

"그래? 그것 참 다행이군! 그러나 그것은 자네가 나와 같이 있어서 가 아니라, 자네 스스로 그것을 극복하려는 의지가 자네 내면에 있어 서겠지?"

김은 최에게 부담이라도 조금 덜어주려는 듯 이렇게 말하고는 크게 웃었다. 하지만 그때 김은 계속해서 피곤함을 느끼고 있었다. 그래서 속으로 자꾸 쉬고 싶다는 생각이 들고 있었는데, 그것은 또 꼭 무엇 때문이라고 말을 하기도 곤란했던 것이, 요즘 들어서 몸이 좀 말을 잘 들어주지 않는다는 생각에서부터, 조금만 신경을 써도 머리가 띵해져 오는 것 같다고 느낀다거나, 그런 다음에는 호흡까지 거칠어지는 듯한 느낌까지 김은 계속해서 받고 있었기 때문이었다.

김은 '나이를 먹으면 다 그런 것일까?' 하고 생각도 해보았지만, 꼭 그런 것만도 아닌 것 같았다. 어디 공사장에라도 가보면 자신과 비슷 한 연배의 사람 같아 보이는데도 그 힘든 일들을 곧잘 해내고 있었던 것이다.

'어디 병이라도 난 것일까?'

"선생님, 그럼 나중에 부르시면 다시 올라오겠습니다."

그때, 김의 그런 상태를 눈치라도 챈 듯 최가 먼저 이렇게 말을 했 다. 그러자 김은 마치 못 이기는 척하며 "그럴까? 그래 그럼, 그렇게 하 도록 하지. 내려가서 바람도 좀 쏘이고, 아무튼 그렇게 하며 좀 쉬도록 해요. 나중에 내 다시 부를 테니" 하고 답을 했다.

"네, 그럼 쉬십시오."

그렇게 해서 최가 인사를 하고 계단을 내려가자 김은 급히 침대로 가서 몸을 뉘였다. 그리고는 그대로 잠 속으로 빠져들어 갔다.

한밤의 술자리

김이 그렇게 누워서 자리에서 다시 일어났던 것은 어둠이 내리기 시작했던 때였다. 김은 자리에서 일어나자 습관적으로 먼저 창窓을 쳐다보았다. 그러나 밖은 이미 어둑해져 있어 그것이 저녁인지 새벽인지 분간할 수가 없었다. 그러자 김은 다시 시계를 쳐다보았다. 시간은 이제 일곱 시를 넘어가고 있었다.

"아, 아직 저녁인 모양이군!"

시간을 확인한 김은 곧바로 창가로 나갔다. 그러자 최가 마당에서 서성이고 있던 모습이 김의 눈에 들어왔다. 최는 그때 무슨 생각이라도 하고 있던 것인지 마당을 서성이다 간혹 서서 약수터 쪽을 바라보며 서 있기도 했는데, 그러자 김은 문득 어떤 생각이라도 났다는 듯 서둘러서 아래로 내려갔다.

김이 아래층으로 나오자 그 소리를 들었던지 최가 돌아보며 인사를 했다.

"선생님, 나오셨습니까?"
"아, 그래! 그런데 지금이 아침인가 저녁인가? 한숨 자고 일어났더니 영 정신을 차릴 수가 없구먼?"

잠을 잔 후, 제법 기운을 차렸던지 김은 경쾌한 걸음으로 최에게 다가서며 이렇게 말을 했다.

"이제 저녁입니다, 선생님."
"아, 그래? 거 다행이군! 밤을 벌었어? 하하..."

김은 농담인 듯 이렇게 말하고는 최에게 "식사는 했느냐?"고 물었다. 그러나 식사는 이미 끝나있을 시간이었다.

"여기 잠시 있어?"

김은 최에게 이렇게 말을 해놓고는 곧장 식당으로 향했다. 그리고는 잠시 후 다시 돌아와서는 "최, 이층으로 올라와?" 하고 말하고는 또 다시 혼자서 먼저 이층으로 올라가 버렸다.

잠시 후, 최가 이층으로 올라갔을 때, 김은 혼자서 무엇인가를 하고 있었던지 몸을 분주히 놀리고 있었다.

"아, 어서 와!"

김은 최가 나타나자 이렇게 말을 하고는 자신이 미리 준비한 자리에 그가 앉기를 권했다.

"여기 앉어!"

최가 내려다 보자 바닥에는 못 보던 작은 상이 하나 놓여있었는데, 아마도 김은 그 상을 준비하기 위해서 먼저 올라왔던 모양이었다.

"조금 불편할지도 모르겠군, 탁자보다는?"
"아닙니다, 전 괜찮습니다."

최가 상관없다는 듯이 이렇게 말을 하고는 김이 권하던 자리에 앉자, 이제는 두 사람이 서로 마주 보며 식사라도 하려는 모습이 되었다.

"이렇게 앉아있는 것도 괜찮군?"

김은 최가 자리에 다 앉는 것을 지켜보고 이렇게 말을 하곤 그때부터 자기가 졌던 것에 대해서 이야기하기 시작했다. 그리고 또 그것은 대충 "내가 너무 피곤했을까? 그렇게 잠이 빨리들 줄은 몰랐어? 도대체 내가 얼마나 잔거야?" 하는 등의 이야기였지만, 그런 이야기는 김이 미리 시킨 듯했던 것을 식당아줌마가 이층으로 가져올 때까지 이어졌고, 최는 또 그런 이야기들을 말없이 앉아서 듣고만 있었다.

그때, 식당아줌마가 이층으로 가져왔던 것은 조촐하게 차려진 술상이었다. 아마도 김은 술을 한잔 마시고 싶었던 모양으로, 그것에는 어쩌면 최를 정식적인 손님으로 맞이한다는 의미 같은 것이 담겨 있는 듯도 느껴졌는데, 그러나 그 속마음은 최로서는 알 수가 없었을 것으로 생각되었다.

"자, 들지!"

김이 최에게 술을 따라주며 마시기를 권했다.

"네, 감사합니다."

그리고 그렇게 마시기 시작했던 술이 몇 순배쯤 돌았을 때, 김이 다시 입을 열었다.

"어때, 술은 잘하나?"
"네, 전에는. 그러나 근래 마신 적은 없습니다."
"음, 그럼 담배도 끊었고, 술도 끊었다?"
"네."
"음, 그렇군."

그의 답을 듣고 김이 고개를 끄덕였다. 그러더니 "아, 그리고 참, 내 진작 물어보고 싶었는데, 자네 결혼은 했나? 아이들은?" 하고 김은 가벼운 이야기로 가겠다는 듯 흔히들 하는 이야기로 화제를 열어갔다. 그러자 최는 가볍게 한번 웃더니 이렇게 답을 했다.

"아직 결혼도 하지 못했고, 아이도 없습니다."
"아, 그런 줄은 몰랐구먼? 하기야, 아내와 아이가 있는 사람이 죽으려고 하지는 않겠지?"

그러자 김의 농담에 최도 웃었다. 그러나 그 웃음이 야릇했는데, 그것은 또 김의 말에 동의한다는 의미 같기도 했지만, 그러나 또 한편으론 '제가 원래 그런 놈입니다' 하는 듯도 느껴져서 묘한 우울함까지 느껴지게 했다.

"왜, 마음에 드는 사람이 없었나? 청년 때는 아주 잘 생겼을 것 같은 얼굴인데 말이야?"

김은 농담을 계속하고 싶다는 듯 이렇게 말을 해놓고는 그때서야 새삼 다시 본다는 듯 최의 얼굴을 찬찬히 뜯어보는 시늉을 했다. 그러나 최는 여전히 웃고만 있었을 뿐이었다.

그러자 김은 그런 최의 웃음에서 인생을 포기한 자의 허무 같은 것을 엿볼 수는 있었지만, 그러나 또 어쩌면 그 정반대의 경우인 인생을 달관達觀한 자의 느낌 또한 받을 수가 있어 그 심정이 묘했다. 그러나 그것은 아직은 지나친 억측일 수 있었고, 단지 취기가 돌기 시작했던 그가 흘렸던 멋쩍은 웃음 정도로 생각하는 것이 그때의 분위기상으로 옳아 보였다.

"좋은 사람은 많았습니다. 그러나 저를 진정으로 사랑 해주는 여자는 없었던 것 같습니다."

그때 최가 웃음을 거두며 이렇게 말을 했다.

"없었던 것 같다? 그럼 있었을지도 모른다는 이야기가 아닌가?"
"네, 그러나 그때는 제게 그런 것을 볼 눈이 없었습니다."
"그럼, 지금은 볼 수 있다는 말이겠군?"

그러자 최가 또 고개를 저었다.

"잘 모르겠습니다. 그러나 이제는 그런 것에 신경 쓸 일은 없을 것이니, 있든 말든 상관이 없겠지요."

그렇게 이야기를 나누던 사이에 가져온 술 한 병이 바닥을 보였다. 그리고 김은 그런 상황에서도 최의 이야기를 들으려 그랬던지 많이 마시지는 않았지만, 그러나 최는 김이 따라주는 대로 무작정 받아 마셔 약간 취기를 느끼는 것 같았다. 그것은 또 얼굴은 별로 취해 보이지 않았지만, 몸이 약간씩 흔들리고 있는 것 같다는 것으로 알 수가 있었는데, 그것으로 보아서 그의 말은 사실인 듯했고, 술을 마시지 않은 지꽤 된 것으로 여겨졌다. 그러자 김은 식당아줌마에게 인터폰으로 연락해서 술을 몇 병 더 가져올 것을 부탁했다. 그리고 최에게는 "술은 넉넉히 있으니 걱정 말고 마음껏 마시라"고 말을 했다.

그동안 가끔씩 김의 친구들이 그곳에서 자고 간 일이 있었는데, 김은 그때를 위해서라도 술은 항상 넉넉히 준비해 두고 있었다. 그러나 김이 혼자서 술을 마시는 일은 드물었으므로 그것은 늘 창고에서 잠자는 일이 많았지만, 그러나 제자들이 그것을 꺼내서 한잔씩 하는 모양으로, 김이 어쩌다 창고에 무엇을 찾으러 들어가 보면 술이 몇 병씩 비어있던 것을 볼 수가 있었던 것이다. 그러나 글을 쓴다거나 공부를 하다 보면 갈증도 생길 수 있는 일이어서 김은 그런 것을 모른 척하며 지내고 있던 중이었는데, 그랬던 것이 최와의 자리에서 임자를 만나게 될지 어떨지도 몰랐지만, 아무튼 김은 술을 마시는 것에 대해서는 비교적 긍정적이었고, 최에게도 그런 배려를 아끼지 않고 있었던 것이다.

"자네는 낮에 외조모님에 대해서만 말을 했는데, 친가 쪽은 어떤가?"

김은 새로 가져온 술을 최의 잔에 채워주며 이렇게 물었다. 아마도 김은 그런 시간도 잡담으로 보내기는 아까웠던 모양이었다.

"네, 솔직히 그 집안은 형편없는 집안입니다!"

하지만 술이 조금 과했을까?

최의 표현이 약간 거칠어졌다.

"?"

"사실, 제가 죽으려고 결심한 것도 다 그 집안 때문입니다."

그러자 김은 갑자기 최의 말이 이해가 되질 않았다. 그래서 "집안? 그 집안 때문이라?"하며 고개까지 갸우뚱했는데, 그러자 최가 다시 그 '집안'이란 것에 대해서 말을 하기 시작했다.

"네, 그러니까 저의 아버지는 병자였습니다. 그러나 아버지는 몸만 병들어 있었던 것이 아니라 정신까지도 병이 들어 있었습니다. 그러나 그 병은 자신 때문에 생긴 병도 있었고, 선조에게서 물려받았던 것도 있었습니다."

그러자 조금 전까지만 해도 그렇지가 않았는데, 김은 갑자기 최의 말 전체가 이해가 되질 않았다. 그것은 또 최가 술에 취해서 하는 소리라 그런 것은 아니고, 무언가 의미 있는 이야기를 시작하려 한다고 생각했기 때문이었는데, 그래서 김은 비록 취중이긴 했지만 최에게 "그것이 무슨 뜻인지를 이야기해 보라"고 했다. 그러자 최는 그때부터 그것에 대해서 이야기하기 시작했고, 그래서 또 그때 최가 취중에 두서없이 했던 이야기를 정리 해보면 다음과 같이 요약되었다.

그러니까 최의 할아버지는 대구에서 무슨 사업인가를 하고 있었다는데 평소에 그 평계로 집을 비우는 때가 많았다. 그런데 또 그러던 어느 날이었다고 한다, 그의 할아버지는 어떤 여자 한 명을 데리고 집으로 들어왔다는데, 돈이 조금 있어서 그랬던지 이른바 '첩'이란 여자를 한 명 데리고 왔다는 것이 그것이었다고 했고, 그런데다 또 그 첩이란 사람이 아이를 둘이나 낳아서는 함께 집으로 들어왔던 것이라고 했다. 그러자 그것을 본 그의 할머니는 곧 정신을 잃고 말았고 몸져눕게까지 되었다는데, 그것은 또 '첩이라면 돌부처도 돌아 앉는다'는 말도 있고 보니, 아무리 선량한 마음을 가진 여인이라도 그런 경우를 당하게 되면 그렇게 될 것이라 여겨져서 그 심정이 이해가 갔다지만, 그러나 그의 할머니는 강했던 분으로, 생각보다 빨리 회복해서 다시 집안을 꾸려나갔다고 하고, 게다가 그 첩이란 사람과도 무리 없이 지내서 집안은 겉으로는 다시 안정을 찾아갔다고 했던 것이다. 그러나 그것이 끝이 아니었다. 그의 할아버지는 그 일이 조금 수습되자 다시 병이 도진 듯 그때부터 또 밖으로 돌기 시작했고, 그 이후에도 그런 일은 계속되었다고 해서 그 집은 하루도 조용할 날이 없었다고 했던 것이다. 그런데다 또 그의 할아버지는 누가 옆에서 그런 것에 대해서 말이라도 낼라치면 "무슨 소리야? 남자가 능력이 있고 잘 나면 바람도 피울 수가 있는 거지!" 하면서 자신의 행위에 대한 수치심도 없이 오히려 그런 일을 한 자신을 자랑스럽게 여기면서 그 잘난 능력을 마음껏 발휘하고 다녔다는 것이다. 그러자 그의 할머니는 그 때문에 병이 나서 그때부터 정신이 서서히 이상해졌다고 했고, 그리고 또 사실인지 어떤지는 모르지만, 그의 할머니의 말을 빌자면 "집에 데리고 온 아이 말고도 밖에 숨겨둔 아이가 얼마나 될지 모른다"는 것이었는데, 그러나 그 부분은 최도 그쯤으로만 알고 있어 더 이상 확인할 수는 없는 일이었고, 아무튼 그 할아버지 때문에 그 집에서는 먹고사는 문제가 아닌 정신적인 고통이 항상 도사리고 있었다는 것이다. 그러나 그 중 다행이었다고 할 수 있었던 것은 그 첩이란 사람이 심성이 고와 그의 할머니를 잘 따랐다고 하며, 그래서 집안이나마 별 소란 없이 잘 꾸려나갈 수가 있었던 것이라고 했는데, 그래서 그런 이유 등으로 해서 그의 할머니는 나중에 그 첩이란 사람에게 한 살림을 내주면서 나가서 살게 도와주었다고도 하고, 또 때마다 불러서는 먹을 것 입을 것들을 챙겨주면서 안주인으로의 도리는 다해나갔다고 했던 것이다. 하지만 그것은 아주 나중의 일이었고, 어쨌든 그렇게 지내던 또 어느 날의 일이었다고 한다. 하루는 최의 큰아버지 될 사람이 집 근처에 있던 저수지에 놀러 갔다가 익사를 하는 사고가 발생했다. 그러나 다행히 같이 갔던 최의 아버지와 아래 삼촌은 물에 들어가지 않았기 때문에 별 일이 없었다지만, 그래서 그 일로 해서 그 집안은 또 난리가 났다. 그리고 또 그 죽은 최의 삼촌은 그의 할머니가 가장 아꼈다던 아들로, 그 할머니의 극진한 사랑을 받고 있었다고 했는데, 그런데 그런 일이 생겼으니 그 할머니의 정신이 온전할 수가 없었던 것은 자명한 일이었다고 했던 것이다. 그래서 그의 할머니는 그 후로 점점 더 실성한 사람처럼 되어갔다고 하고, 또 가산家産도 급격히 기울어 갔다고 했는데, 그리고 여기서 또 그 가산이 급격히 기울어져 가게 된 데에는 그것 말고도 또 다른 사연 같은 것이 있었다고 해서 그것에 대해서도 이야기를 조금 하고 넘어가면, 그러니까 당시, 그의 할아버지가 바람을 피우며 돌아다니고 또 그 때문에 그의 할머니가 골머리를 앓고 있었던 그 즈음의 어느 날, 어떤 스님 한 분이 그 집에 탁발을 온 적이 있었다고 하고, 그것이 인연이 된 때문으로 그것은 그렇게 되었다고 했는데, 그때 그 스님은 그의 할머니의 안색을 보고는 "보살님께서는 무슨 근심이 있으십니다"라고 말을 했다고 하고, 그러자 그의 할머니는 답답하던 차에 그런 이야기를 그 스님에게 다 해주었다는 것이다. 그러자 그 스님은 그의 할머니에게 "자신은 팔공산 기슭에 있는 한 암자에서 수도를 하고 있는 중中인데, 보살 같으신 분이 그곳으로 와서 기도를 하면 분명히 영험이 있을 것입니다"라고 말을 했다는 것이다. 그래서 그 말을 들은 그의 할머니는 '물에 빠진 사람 지푸라기라도 잡는다'는 심정으로 그때부터 그 절을 밟기 시작했다고 하고, 또 성심껏 기도까지 올리게 되었다는 것이다. 그러나 아무리 그렇게 했어도 별로 나아지는 것은 없었고, 오히려 사태가 더욱 악화되어 가는 듯해서, 그에 답답해졌던 그의 할머니는 그 스님에게 설법을 구하게 되었던 모양이었지만, 그러나 그 스님으로부터 엄청난 이야기만 듣고 말았다는 것이다. 그리고 또 그 이야기는 그 첩이란 사람의 입으로부터 흘러나왔다던 것으로, 그의 어머니에게 전해졌던 것이라고 했는데, 아무튼 동병상련同病相憐이라고, 처지야 달랐지만 한 뿌리에 의지해서 살고 있던 두 여인이 답답함을 호소하러 암자를 찾았다가 같은 자리에서 듣게 되었다던 이야기로, 이야기 자체의 신빙성을 논하자면 득이 적을지 몰라도, 그러나 분명히 있었던 일인 것만은 사실인 것 같았으며, 그래서 나중에 최에게까지 전해졌던 것으로 알지만, 아무튼 그때 그 스님은 그의 할머니에게 그 할머니의 전생前生에 관해서 이야기했다고 하고, 그 때문에 집안의 안 좋은 일들도 계속해서 일어나고 있다고 이야기했다는 것이다. 그러자 그 말을 들은 그의 할머니는 다시 그것에 대해서 물어 보게 되었는데, 그러자 또 그 스님은 그 자리에서 다시 말하기를 "보살님께서는 전생에 어부漁夫였는데, 그래서 계속해서 좋지 않은 일이 일어나고 있는 것입니다"라고 말을 했다는 것이다. 하지만 또 어부라고 한다면, 그리고 또 자신이 설사 그랬다고 하더라도, 그러나 그 많은 어부 중에 하필이면 자신이 그런 일을 당해야만 하며, 그렇지 않다면 전생에 어부의 직업을 가졌던 사람들은 모두 자신과 같은 고통을 받으며 살아가야 한다는 이야기가 되었는데, 그래서 그것이 또 납득이 가지 않았던 그의 할머니는 재차 그것에 대해서 물어보게 되었는데, 그러자 또 그 스님은 그 답으로 "보살님은 남다른 어부였기 때문에 그렇습니다"라고 말을 했다는 것이다. 그러니까 즉 "그 어부는 물고기를 잡는데 상당히 뛰어난 재주가 있었는데, 그것이 생계의 목적을 넘어선 마구잡이 남획으로 이어져서, 나중에는 그 씨까지 다 말려버릴 정도로 포획을 한 때문으로 그렇게 되었다"고 했으며, 그래서 "그 희생된 물고기들의 원혼이 현세에 나타나 보살님을 그렇게 괴롭히고 있다"고 말을 했다고 했고, 그리고 또 그에 대한 처방으로 "그러니 보살님께서는 더욱더 부처님께 공을 올려서 그 죄를 갚아나가야만 나쁜 일들이 줄어들 것입니다"라고 충고를 했다는 것이 그것이었다고 했던 것이다. 그러자 그 말을 들은 그의 할머니는 산을 내려오면서 마구 화를 냈다고 했다. 그것은 또 그도 그랬을 것이, 그 말을 액면 그대로 받아들이자면 남편의 바람기도 다 자기 때문이고, 집안에 일어날 수 있는 모든 안 좋은 일들도 모두가 자기 때문이라는 것이 되었으므로 "도대체가 대명천지에 그런 일이 어디에 있느냐?!"며 그렇게 화를 냈다는 것이 그것이었다고 했는데, 그리고는 또 그 첩에게 "그 일을 절대로 발설하지 말라"고 신신당부까지 했다지만, 그러나 그 첩의 입으로 결국에는 그의 어머니에게까지 전해졌고, 그것이 다시 최에게 전해져서 이제는 김 자신에게까지도 전해지게 되었다는 것이었지만, 아무튼 그 후로 그의 할머니는 절이라면 쳐다보지도 않았을 정도로 담을 쌓고 살았다고 하며, 그 일이 누설될까봐 그 첩이란 사람을 단속하기도 하고, 회유하기도 하면서 그렇게 지냈다는 것이다. 그런데 이번에는 자신이 아끼던 아들이 그렇게 죽어 버리자 그것으로 그의 할머니의 마음은 다시 바뀌었던 모양으로, 그때부터는 스스로 다시 그 암자로 찾아가서 이번에는 아주 광신狂信이 되다시피 해서 그 스님의 말이라면 모든 것을 여과 없이 받아들였을 뿐만 아니라, 나중에는 그 암자에서 제일 충실한 신도의 자리에까지 오르게 되었다는 것이다. 그리고 또 그 정성이란 것이 참으로 눈물겨웠다는 것으로, 그의 할머니는 거의 매일이다시피 그 먼 길도 마다 않고 그 절을 찾아갔다고 하며, 종일 그 절에서 지내며 시주도 아끼지 않았던 것이 그것을 증명해 주는 것이었다고 했는데, 하지만 알 수 없는 일은 많은 법. 아무리 그렇게 했어도 남편의 바람기는 나아지는 기미를 보이질 않았고, 그리고 또 그 할머니야 절에 푹 빠져있었으니 알 수가 없었겠지만, 어쨌든 그렇게 해서 갖다 바친 돈으로 그 집안은 점점 기울어져 갔다고 했던 것이다. 하지만 그 할머니가 볼 때는 그런 것도 다 집안이 잘 안 풀리는 것으로만 여겨져서 다시 그 스님에게 자문을 구하게 되었고, 그러자 또 그 스님은 그의 할머니에게 "아직도 성심이 부족하다"고 충고를 해, 그래서 그의 할머니는 더더욱 정성을 드리는 오류의 반복 속에 그 집안은 그렇게 해서 급격하게 기울어져 가고 말았다고 했던 것이다. 그러나 '지성이면 감천'이란 말이 맞는 것인지, 그래서 또 그것을 꼭 오류라고만 할 수는 없었던 일이 그때부터 생기기 시작했다고 했는데, 그것은 또 드디어 그 할머니의 기도가 들어진 듯 그의 할아버지가 그즈음부터는 자숙

하는 듯한 모습을 보였다는 것이 그것이었다고 했고, 그러나 또 그 속 사정은 사업의 부실이었다고 했지만, 아무튼 그렇게 되자 그 집은 양쪽으로 고배苦杯를 마시게 되어 점점 더 말이 아니게 되어갔던 모양이었는데, 그러나 그의 할머니에게는 그 모든 것들도 다 부처님의 음덕蔭德으로 그렇게 되었다고 여겨졌던지 더욱 그 절에 정성을 드리게 되어 마침내 그 집은 그렇게 해서 완전히 기울게 되고 말았다는 것이 그 집이 그렇게 몰락하게 된 사연이라고 했던 것이다. 그렇지만 그런 와중에도 그의 할머니는 그의 아버지를 대학에까지 보내는 저력을 발휘하기도 했다는데, 그런데 이번에는 그 아들이 또 덜컥 병이 나고 만 것이었다. 그리고 그 당시의 폐병이라면 지금의 암과도 같아서 사는 자가 얼마 없었기 때문에 그의 할머니는 더욱더 그런 아들을 살리려고 노력했던 모양이었지만, 그러나 워낙에 심약하게 키웠던 탓에 병자 본인이 그런 노력을 무색하게 했다고 하고, 그 예로는 또 그의 할머니가 누구에게서 "개를 한 마리 고아서 먹이면 낫는다"는 이야기를 듣고는 그 것을 어렵게 구해와서 그의 아버지에게 먹이려고 했어도, 그의 아버지는 그것을 더럽다며 쳐다보지도 않았을 정도였다고 해서, 그러니까 최의 표현을 빌자면 "제 병을 제가 키운 꼴"이었다고 했던 것이 또 그것이었다고 했던 것이다. 그런데다 또 그즈음, 재기를 노리던 그의 할아버지마저 친구에게 사기를 당하고는 나머지 재산까지 탁 털어먹고 자리에 누워 버리자 집안은 어수선해서서 곧 흉흉하기까지 했던 모양으로, 그러자 그것을 보고 견디다 못한 그의 삼촌과 고모가 차례로 집을 나가버려 그 집은 말 그대로 흉가로 변해갔다고 하고, 그래서 급기야 그 집에는 정신이 왔다 갔다 하던 그의 할머니와 두 병자, 그리고 마지막으로 남은, 당시에는 아직 어렸던 막내 고모 하나만이 남게 되었다는데, 그러나 그 꼴이 말이 아니어서 집은 쥐 죽은 듯이 고요할 수밖에 없었고, 희망이란 것은 아예 찾아볼 수도 없게 변해갔다고 했던 것이다. 하지만 그런 중에도 그의 할머니는 참으로 집념이 강했던 분으로, 어떻게든 자식만은 살려보려고 애를 썼다고 하고, 그래서 친정으로 가서 손도 내밀고 또 옛날에 잘살았을 때 도와주었던 사람들도 찾아가서 사정 이야기를 하며 돈도 꾸고 해서, 병든 아들과 남편의 약이라도 계속해서 끊지는 않고 있었다고 했는데, 하지만 그의 아버지는 낫고 싶은 생각이 전혀 없었던 사람이었다. 그것은 또 대학에 들어가면서부터 시작되었던 연애질이 날이 갈수록 그 도를 넘어서서 병이 들어서까지 이어지고 있었다는 것이 그런 것을 증명해 주었던 것이라고 했는데, 그것을 또 부전자전父傳子傳이라고 해야 할 것 같지만, 아무튼 그러다가 만났던 것이 그의 어머니였고, 그러나 다른 때와는 달리 여자의 어머니가 워낙 거세게 나오자 처음으로 그러한 것을 경험하게 되었던 그의 아버지는 덜컥 무서움이 일어 그대로 줄행랑을 치고 말았다는 것까지가, 그때 최가 들려주었던 자신의 친가 내력의 대강이라고 할 수 있었던 것이다.

최가 그때 취중에 했던 이야기들을 정리했을 때 대충 이런 정도로 요약되었다. 그러나 김은 여전히 오리무중일 수밖에 없었는데, 아직도 김은 '무엇이 그를 죽음으로 내모는가?'에 대해서는 알 길이 없었던 것이다. 그리고 또 그때서야 그가 말했던 그 '형편없는 집안'이란 것에 대해서는 조금 이해가 갔지만, 그러나 그 때문에 그가 죽으려 한다는 것에 대해서는 여전히 감도 잡을 수가 없었던 김이었기에, 그래서 김으로서는 더욱 궁금증만 증폭시킨 꼴이 되고야 말았던 것이다.

하지만 그때 밤은 이미 많이 깊어져 있었고, 최도 술이 제법 된 듯 보여 더 이상 이야기를 진행한다는 것은 무리일 것 같았다. 그래서 김은 아쉽고 궁금한 점은 많았지만 최에게 "오늘은 이만하고 내려가서 쉬라"고 말을 했다. 그러자 최는 "네, 선생님! 정말로 고맙습니다. 저는 선생님과 술자리까지 하게 될 줄은 꿈에도 몰랐습니다" 하면서 머리를 조아렸다.

그러나 김은 최의 그런 인사를 받고서도 미소만 지은 채로 그를 아래층까지 바래다주는 성의를 보였다. 그리고는 다시 돌아와서 상을 물리고는 침대에 몸을 뉘었다.

자리에 누운 김은 최가 했던 이야기들을 다시 한번 생각해 보았다. 그러자 그것은 들을수록 관심이 가는 이야기였지만, 그러나 한편으론 또 숨이 막힐 정도로 갑갑한 이야기였다. 그런데다 또, 그런 일을 겪고서도 저렇게 태연하게 이야기하는 그가 김은 더욱 신기하게만 느껴지고 있었는데, 그것은 또 그가 마치 남의 이야기를 하듯 그렇게 이야기하고 있다는 데서 그런 기분이 들었다는 것이지만, 어쨌든 김은 여기서 '만약 자신이 그런 일들 속을 지나왔더라면 지금 그처럼 그렇게 할 수 있을까?' 하고 생각해 보곤 곧 몸서리를 쳤다. 아무래도 자신은 그것을 견뎌내지 못했을 것 같다는 생각이 들었기 때문이었다. 그러자 김은 또 이렇게 생각했다.

'사람들은 왜 그렇게 힘들게 살며, 왜 그렇게 남의 가슴에 못질들을 해대며 살아가는 것일까?'

그러나 그것이 자신의 욕망이나 욕심 때문이라면 그 답은 너무 잔인했다. 김의 생각으로 그것은 이미 사람이라고 할 수 없었기 때문이었다.

'산속에 들어와 살다 보니 세상도 멀어져가는 것일까? 최의 이야기를 듣다 보니 나만 세상에서 떨어져 나와 있는 듯한 느낌이 든다.'

김은 이런 생각을 하며 잠 속으로 빠져들고 있었다.

4부

1991년 8월 11일 일요일 이야기

4 반란이 부른 것

조짐兆朕

최가 자리에서 누웠던 채로 눈을 떴던 것은 이미 해가 중천中天에 떠 있었던 늦은 아침때였다. 그러자 최는 본능적으로 무엇이 잘못되었다는 것을 느끼면서 얼른 창문을 쳐다봤다. 그러자 밖은 벌써 훤한 대낮이었고 바깥에서는 사람 소리들이 두런두런 들려오고 있었다. 그러자 그는 깜짝 놀라서 자리에서 벌떡 일어나 앉았다. 그리고는 어제저녁의 일을 후회하기 시작했다.

'아, 어제 술을 너무 마셨던 것이 탈이었다!'

하지만 그가 술을 그렇게 많이 마셨던 것은 아니었다. 물론 주량이야 사람마다 다 다르다고는 하지만, 그러나 그에게서 술은 정말이지 오랜만이었던 것이다. 그런데다 그는 김이 권하던 것을 사양할 용기가 없어 주는 대로 무턱대고 받아 마셨던 터라 그 취기는 더할 수밖에 없었던 것이다.

최는 얼른 시간을 확인했다. 그러자 시간은 벌써 열 시를 넘기고 있었다.

"아! 어떻게 이럴 수가!"

최는 갑작스럽게 달려드는 수치심에 몸을 떨면서 머리를 세차게 흔들었다. 하지만 그 상황으로 보아 그렇게 앉아 있을 수만도 없어 보였는데, 그래서였던지 그는 곧 자리에서 일어서려고 했다. 하지만 그 순간, 그는 금방 두통과 멀미를 느꼈고 이어서 다시 그 자리에 털썩 주저앉고 말았다.

'어떻게 해서 여기까지 오게 되었는데, 결국 이런 꼴이라니!'

최는 계속해서 그렇게 앉아서 후회만 하고 있었지만 그러나 그렇게 한다고 달라질 것은 아무것도 없었다. 아니, 오히려 그렇게 하는 것이 자신에게는 더 나쁜 결과를 초래할 수도 있었는데, 그러나 거기까지는 생각할 겨를이 그에게는 없는 것 같았고, 단지 술 덜 깬 머리로 생각할 수 있었던 것이래야 고작 '이런 상황에서 어떻게 하면 빨리 벗어날 수 있을까?' 하는 정도에만 그쳐 있는 듯했으며, 시간이 지나면서 김에게 죄송한 마음까지 생기게 되자 더욱 어쩔 줄 몰라 하고 있었을 뿐이었다.

그런데다 또, 그렇지 않아도 자신의 출현으로 제자 중 한 사람이 벌써 그곳을 떠난 일이 있었는데, 그런데 그 일로 해서 남아있는 사람들이 자신을 더욱 비난할 것이라고 생각하니 눈앞이 더욱 캄캄해져 왔다. 그리고 또, 자신이야 떠나고 나면 그만이겠지만, 그러나 '그 일로 해서 선생님께 누累를 끼치게 된다면 그것은 정말이지 좋지 못한 일이다'라는 생각도 들었으며, 그런데다 또한 '어젯밤, 자신이 너무 취해서 선생님에게 무슨 실례나 범하지는 않았는지?'에 대해서도 걱정이 되기 시작했고, 거기다 '무슨 하지 말았어야 했을 이야기라도 해서 선생님에게 폐를 끼친 것은 아닐까?' 하는 생각도 들어서 그는 마치 바늘방석에라도 앉은 것처럼 불안해 했던 것이다.

그리고 또 밀폐된 공간...

그것도 최처럼 그런 낯선 곳에서 겪는 그런 상황이라면 그것은 지옥이나 다름없다고 할 것이었는데, 그래서 당사자는 더욱 자괴에 빠져들게 되고 어찌할 수 없다는 현실에 자신의 의지와 배치되는 모순 같은 것을 겪으면서 미쳐버릴 수도 있는 것이었다. 그런데다 또 술까지 덜 깬 머리로 겪는 그런 지옥이라면 그야말로 최악의 지옥이라 하지 않을 수가 없었을 것인데, 그래서였던지 최의 고통은 더욱더 깊어져만 가는 듯했지만, 그러나 한편으론 또 '이렇게 해서는 아무래도 안 되겠다' 싶어서 그는 다시 자리에서 억지로 일어났다. 그리고는 밖으로 나가기 위해 문의 손잡이를 잡았다. 하지만 또 그때였다. 바로 그때, 갑자기 그의 귓속을 파고드는 날카로운 소리가 이렇게 들려왔다.

"도대체가 이해가 안 된다니깐?!"

소리의 감이 조금 멀어 정확히 알 수는 없었지만, 그러나 최의 귀엔 분명히 이렇게 들렸고, 그러자 최의 몸도 순간 언凍 듯 다시 멈추어졌다. 그리고 최는 그 소리의 성질로 보아 그리고 그 느낌만으로도 상태가 무척 좋지 않음을 알 수가 있었는데, 그러자 그는 '이런 상태로 무작정 밖으로 나갔다가는 그들에게 어떠한 봉변을 당할지도 모른다'는 공포감에 머리칼이 쭈뼛 서는 것을 느꼈다. 그래서 잠시 굳은 듯 섰던 채로 꼼짝도 하지 못했는데, 하지만 그런 자세로 하루를 다 보낼 수는 없는 일. 그래서 최는 그것마저도 다 감내하겠다는 듯 다시 한번 밖으로 나가려고 문의 손잡이를 잡았다. 그런데 또 바로 그때, 그의 머릿속으로 획, 하고 지나가던 생각이 하나 있었고, 그것은 또 '지금 이대로 밖으로 나갔다가는 혹시라도 내가 그들의 이야기를 엿듣다가 나왔다고 오해를 받는 것은 아닐까?' 하는 것이 바로 그것이었다. 그러자 최는 갑자기 자신이 없어져 버렸다. 그러자 또 그때부터 잠시 잊고 있었던 두통도 다시 느껴지기 시작했으며, 다리에 힘까지 빠져나가 도저히 더 이상은 서 있을 수조차 없게 되어갔다. 그러자 최는 애써 잡았던 손잡이를 다시 놓고는 자리에 털썩 주저앉았다. 그리고는 문어文魚처럼 길게 늘어져서는 숨만 가쁘게 몰아쉬기 시작했다.

하지만 또 사실, 최가 그때 아무리 그런 고통에 빠져있었다고 하더라도, 그리고 또 그때 그의 입장을 백번 이해해 줄 수는 있었다고 하더라도, 그러나 그렇게까지 혼자 방 안에 앉아서 고통스러운 아침을 보내고 있었다는 것에 대해서는 조금 납득이 가질 않았는데, 그것은 또 그가 너무나도 극심한 과민반응으로 오히려 '그의 그러했던 행동은 거의 병적인 수준에 육박했던 것이 아니었겠는가?' 하는 데서 그런 생각도 잠시 해볼 수가 있었던 것이다. 그래서 또 그때 '그는 차라리 그렇게 하지 말고 일단 밖으로 나가서 자신의 할 일만 하면 그만이었지 않았겠는가?' 하는 생각도 잠시 해볼 수가 있었지만, 그러나 또 한편으로 생각해 보면 그는 어디까지나 그 집에서 불청객의 신분이었다. 그러므로 그곳에 있던 동안에 그 누구와도 좋게 지내면서 말썽 없이 떠날 의무 같은 것도 있었다고 할 수 있었는데, 그런데 그런 일로 해서 그의 그런 의지가 무너지게 된다면 그것은 그에게서 너무나도 가혹했던 것이다.

그래서 그때, 그는 혼자서 그렇게 괴로워하고 있었다고 생각은 되어졌는데, 아무튼 그런데 또 마침 그때, 잠시 멈췄던 소리가 다시 들려오기 시작했다. 그리고 그것이 처음부터 자신自身에 관한 이야기일 것 같다는 느낌을 그는 본능적으로 받고는 있었지만, 그러나 그것이 확실한지 어떤지에 대해서는 아직 확신이 없었기 때문에, 그래서 그는 그 이야기의 내용이 어떤 것인가를 알아보기 위해서라도 조금 더 엿들어볼 마음을 가졌다. 그리고 또 만약에 그것이 자신과 무관한 이야기라면 그때는 아무 일도 없다는 듯 그대로 밖으로 나갈 수도 있겠다고도 생각하고 있었는데, 하지만 불행하게도 그의 예상은 적중한 듯 느껴졌고, 그 상태도 더욱 나쁜 듯이 보였다.

"아니, 선생님은 우리에게는... 이 없고, 저 .... 한테는 뭐가 ... 고 술까지 먹이고!"

이렇게, 잘 들리지는 않았지만 바로 그때 누군가가 자신自身과 김金에 대한 비난을 거침없이 해대는 소리가 마치 칼을 가는 듯한 섬뜩한 금속음처럼 계속해서 들려오고 있었던 것이다. 그리고 또한, 그 소리는 "아, ..요, 우리가 나가... 지 뭐!" 하는 다음에, 다시 누군가가 그 소리를 저지하는 듯한 급한 소리가 이어졌고, 이어서 다시 "상관없어! 들으면 들으라지! 들으라고 하는 소린데!" 하는 과격한 소리가 이어졌으며, 그중에 여자의 목소리도 간간이 들려오는 듯해서, 그래서 최는 사실적인 느낌으로 제자들과 식당아줌마가 저 밖 어딘가에 모여서 자신과 선생님에 대한 불만들을 토로하고 있다고 생각했다.

그러자 머릿속이 하얗게 비어버린 최는 마치 온몸에서 피가 다 빠져나가 먼지 한 알 들 힘조차도 남아있지 않은 것처럼 기진맥진해서는 다시 그 자리에 무너졌다. 그리고 또 잠시 순간, 그들의 목소리는 이제 더 이상 들려오지 않았다. 그러자 최는 곧 어지러움을 느끼기 시작했다. 그리고는 빙빙 돌아가던 천장을 쳐다보며 갑자기 찾아든 무서운 공백감으로 차라리 흐느끼기라도 하듯이 숨을 몰아쉬기 시작했다.

그것은 마치 우주宇宙와도 같았던 것이었다. 그리고 또 그것은 시커멓게, 그리고는 끝없이 사라져 버리는 허망함과 함께, 그 우주에서의 미아迷兒 같은 처절한 외로움을 맛보게 했다. 그런데 또 그때였다. 그의 머릿속에서 갑자기 몽골군들이 달려 나가기 시작했던 것은!...

그때 그들은 언월도(偃月刀=曲刀)를 높이 쳐들고서 자욱한 안개 먼지를 헤치고는 고함을 마구 질러대며 앞다투어 어딘가로 달려가고 있었다. 그리고는 초원의 등성이에 금방 올라서더니, 그리고는 또 끝없는 초원으로 한없이 사라져가는 것이었다.

그러자 최는 그 질주疾走가 영원히 끝나지 않을 것이라고 생각했다. 그리고 태풍처럼 휘몰아치고는 순식간에 사라져 버렸던 바람의 군대. 그것은 차라리 전설일 뿐 실제로는 전혀 존재하지도 않았던, 그래서 그저 느낌일 뿐이라는 생각이 진하게 들게 했을 만큼 난폭하게 휩쓸고 가버려서, 그 남았던 폐허가 오히려 어색했던 얼굴 없는 무리. 그러나 역사는 분명히 그들을 기억하고 있어서 그 존재의 지움조차도 허락되지 않게 했던 당돌한 군대로 최에게는 느껴지고 있었던 것이다.

그리고 그때, 그는 남겨진 듯 버려졌다고 생각되어졌던 자신이 그 역사의 폐허 같다는 느낌이 들고 있었는데, 그런데다 그 휩쓸고 가버렸던 바람의 군대처럼 더 이상 들려오지 않던 그 소리들은 이제 그의 기억 속에서조차 몽롱하게 지워져 가고 있어 '그것이 혹시 사실이 아닌 것은 아닐까?' 하는 의문까지 들게 하고 있었던 것이다.

'그들은 지금 어디에 있는가?!'

'그들은 이제 무엇을 계획하고 있는가?!'

'그들이 진정으로 원했던 것은 과연 무엇이었던가?'

창窓으로, 폭사되고 있던 한여름의 볕이 침입해 들어와서 방 안을 온통 밝히고 있었어도 최는 오히려 밤처럼 깜깜하다는 생각을 하고 있었다. 그리고 그는 그런 상태로 하루를 다 보낼 듯, 손가락 하나도 꼼짝하지 못하던 채로 그렇게 앉아서는 눈만 부릅뜬 채로 가쁜 숨만 헐떡이듯 몰아쉬고 있었다.

약수터 사건

최가, 그 지글거렸던 아수라阿修羅의 지옥에서 가까스로 탈출해서 밖으로 나왔던 것은 그로부터 한 시간도 더 지난 때였다. 그때 시간은 정오를 힘겹게 넘으려 하고 있었고, 태양은 또 이글거리며 대지의 것들을 사정없이 태워버리겠다고 이를 갈고 있던 바로 그때...

바깥으로 겨우 빠져나왔던 최는 햇볕이 따가운지 손으로 얼굴을 가리면서 곧장 약수터로 걸어갔다. 그리고는 물을 한 바가지 받아서는 쉬지도 않고 벌컥대며 다 마셔버리고는 그때서야 갈증을 면했다는 듯 주위에 있던 돌 위에 조심스럽게 자신을 앉혔다. 그리고는 그때부터 주위를 찬찬히 둘러보기 시작했다.

'조금 전에 내가 꿈을 꾼 것일까?'

그는 아직도 정신이 들지 않는다는 듯, 주위를 두리번거리며 이런 생각을 하고 있었는데, 그것은 또 이상하게도 '나서니 곧 피안彼岸'이라는 듯, 잠시 전에 자신이 겪었던 그런 악몽과는 달리 그 집에서는 무엇 하나 변한 것이 없는 듯 느껴졌고, 오히려 조용했던 것이 으스스하다는 생각까지 들었기 때문이었다.

그러나 또 사실, 그런 일이 있었다고 해서 꼭 주위가 변해야 한다는 법은 없으며, 도리어 그런 일이 있을수록 더욱 을씨년스러울 수도 있었는데, 그러나 최는 자신이 겪었던 그 고통이 너무도 컸던 탓에 마치 '그동안에 세상이 개벽이라도 하지 않았을까?' 하는 마음에서 그런 생각까지 하게 되었던 모양이었지만, 그래서 또 그는 그 절간 같은 분위기가 더욱 어색하게 느껴져서 그런 생각까지도 한 것 같았는데, 하지만 어쨌든 그 순간에 주위는 너무도 한가로웠고, 졸음이라도 올만큼 최에게는 느긋하게만 느껴지고 있었던 것이 사실이었던 것이다.

그러자 최는 김이 있을 이층을 올려다 보았다. 그러나 이층 역시 창문이 열린 채로 김의 모습은 보이질 않고 있었고, 점심때가 다되었을 것 같았는데도 식당에서는 음식 만드는 소리도 들려오지 않고 있었다. 그러자 최는 고개를 한번 갸우뚱거려 보고는 흐르는 약수로 눈길을 돌렸다. 그리고는 습관처럼 상념 속으로 빠져들어 갔다.

'물, 말 그대로 생명수…'

그때, 약수藥水는 가파른 절벽 사이에서 나와서는 받쳐둔 대나무 대롱을 타고 아래로 흘러내리고 있었다. 그리고 그 물은 곧 주위에 이끼가 새파랗게 돋은 돌그릇에 잠시 고였다가, 다시 흘러넘쳐서는 아래로 내려가고 있었고, 이윽고는 작은 내川를 이루었다가, 다시 '김의 텃밭'을 지나서 그때부터는 아랫마을로 내려가는지 모습을 감추고 있었던 것이다.

최는 그것을 보고 수량水量이 풍부하지 않은 데도 그렇게 끈질기게 흘러 내려가는 물에 감탄했다. 그것은 또 참으로 희한했던 것이, 도중 어디에서 스며들어 잦아버릴 듯도 했는데, 그러나 그것은 마치 몸부림처럼 그 여린 자태로 의지로운 행진을 고수하고 있었으며, 그것으로 또 주위의 잡초며 살아있고픈 그 무엇들을 생명케 하는, 그것도 모자라서 남은 것을 아래로까지 흘려보내고 있다는 것에 최는 놀라움을 감추지 못하고 있었던 것이다. 그러자 최는 그것을 기특한 듯 바라보다가 한 가지 의문을 만들어 냈다.

'저 물이 어디서 와서 어디로 가는가?'

그러나 그것은 이미 답이 나와 있는 질문에 불과했다. 그래서 모두가 다 알고 있을 법한 답이 뻔했던 문제. 그것은 누가 들어서도 재미가 없을 이야기라 여겨졌지만, 그러나 최에게서 그것은 꼭 그렇지만도 않은 모양이었다. 아니, 원래부터 그가 그런 문제에만 관심이 많아, 습관처럼 또는 때마다 그런 문제로 고심하는 것이 취미였는지는 몰라도, 어쨌든 그는 일견 꽤 엄숙한 분위기에서 그것에 대해서 고민하고 있는 듯 보였던 것이다. 그리고 잠시 후, 그는 물에서 시선을 거두고는 하늘을 올려다보았다. 그리고 이번에는 그 하늘에 대해서 의문이라도 품으려는 듯 여전히 심각한 눈길로 하늘을 올려다보기 시작했던 것이다.

"인제 일어나셨어요?"

그런데 또 그때였다. 어디선가 갑자기 이런 목소리가 들려왔다. 그러자 그는 그 뜻하지 않았던 소리에 깜짝 놀라서 그 소리의 주인공이 누구인지 확인도 해보지 않고 곧바로 자리에서 벌떡 일어났다.

그것은 또 아마도, 생각지도 않았던 그 소리가 그를 그렇게 놀라게 했고, 그 놀람이 그의 본능을 자극해서 단번에 그를 그렇게 일으켜 세웠던 모양이었는데, 그러나 슬프게도 상황은 거기서 끝나지 않았다. 그렇게 급히 일어섰던 최는 무엇이 어찌 되었는지도 모르고 금방 비틀거렸고, 이어서 그대로 주저앉듯 바닥에 쓰러져 버렸던 것이다.

하지만 또 사실, 사람이란 전혀 예상치 못한 경우를 당하면 누구라도 놀라기 마련이다. 그리고 최는 그때 자신의 잘못을 심각하게 후회하고 있었던 터라 마치 죄인 같은 심정으로 있었기 때문에 더욱 그럴 수밖에 없었을 것이란 생각도 들었는데, 그래서 그는 아마도 너무 급히 일어섰던 탓에 몸의 균형을 잡지 못해서 그렇게 된 듯도 했고, 또 예상치 못했던 일격一擊 같은 것에 혼이 나가서 그렇게 된 듯도 보였지만, 아무튼 그렇게 쓰러졌던 최는 잠시 동안 굳은 듯 꼼짝도 않고 그대로 있었던 것이다.

하지만 그것을 보고 더욱 놀랐던 사람은 바로 그 목소리의 주인공이었다. '아무리, 사람이 한번 부른 소리에 그렇게 맥없이 자빠지냐?' 하듯이 잠시 멍하게 서서 그 모습을 지켜보고 섰던 그 목소리의 주인공은, 처음엔 무엇이 어떻게 된 것인지도 모른 채로 눈만 동그랗게 뜨고 있다가, 그때서야 갑자기 정신을 차렸다는 듯 얼른 들었던 것을 바닥에 내팽개치고는 그에게로 급히 달려왔던 것이다. 그리고는 그의 팔을 잡아서 일으키려 하고 있었는데, 하지만 안타깝게도 그렇게 한번 쓰러졌던 최는 단번에 일어나지는 못했던 것이다.

그 목소리의 주인공은 식당아줌마였다. 그리고 상황이 급했던 것은 두 사람이 맞이했던 공통적인 상황이었지만, 그래서 그 아줌마의 입장에서는 그가 남자이며, 그것도 아직은 얼굴조차도 잘 모르는 과객이란 것도 생각할 겨를도 없이 그렇게 급히 달려가서 그를 일으켜 주려 했던 것이었지만, 그러나 최는 그것이 오히려 부담이 되었던지, 아니면 자신의 그런 비참한 모습을 보이지 않으려고 그랬던지 더욱 몸부림을 쳤고, 그러나 그것이 더욱 그를 비틀거리게 해서 두 사람이 다 같이 애를 먹고 있었다는 것이 그 상황에 대한 묘사라거나 설명이라고 할 수가 있었던 것이다.

그것은 또 마치 권투선수가 링에서 카운터펀치에 맞아서 흐느적거리는 듯한 모습을 연상시키게 했던 것으로, 참으로 보기에도 안타까울 정도로까지 되어가고 있었던 것이 그때 특히 최가 처했던 상황이었다고 할 수가 있었는데, 어쨌든 최는 결국 그 아줌마의 부축을 받고서야 겨우 일어났다. 그리고는 마치 죄라도 지은 사람처럼 머리를 숙이고는 가만히 앉아만 있었는데, 부끄러움이란 것은 시도 때도 없이 찾아오는 야속한 손님 같은 것이어서 최는 그때 더욱 몸 둘 바를 몰라서 그렇게 하고 있었던 모양이었지만, 그러나 그렇게 하지 말고 마음을 조금 넓게 가져서 '까짓것, 그럴 수도 있지' 하고 생각해 버린다면 다시 그것을 회복할 길도 보이기 마련인 것이 또 그런 것일 것인데, 그러나 그 순간만은 왠지 그렇게 되지 않고 자꾸만 그에 집착하게 되어서 스스로를 더욱 나락奈落으로 빠뜨리게 하고 마는 것도 '어쩌면 인간이기 때문에 그런 것은 아닐까?' 하는 생각도 잠시 해볼 수가 있었던 것이다.

그리고 또 어쩌면, 그런 마음이나 본능 같은 것이 있어 인간이 더욱 인간답게 보이는 건지도 모르겠지만, 그래서 또 그러한 인간이 타인의 시각에서는 더욱 훈훈하게 느껴질지도 몰랐지만, 그러나 그런 생각은 그것을 지켜보던 사람의 것일 뿐, 당하는 사람 본인에게는 전혀 해당되지 않는 여전히 먼 나라의 이야기와도 같이 들릴 수밖에 없을 것이었고, 그것은 또 우선 위기인데, 그런 것은 그 순간에는 생각조차도 할 수 없을 것이 당연할 것이란 생각에서였다.

아무튼, 최는 그때 그런 심정으로 가만히 앉아만 있었다. 하지만 그는 그 와중에서도 머릿속으로는 또 다른 생각을 하고 있었던 모양이었는데, 그것은 또 그가 그런 일을 당했을 때만 생각했던 것이었고, 그것은 또 주로 후회와 관련된 것들이었다.

최는 자신이 불구不具란 것을 잘 알고 있었다. 그래서 항상 자신의 그런 몸 상태로 인해 남에게 피해를 주는 일이 없도록 최선을 다해서 노력해 왔던 것이다. 그것은 또 차를 탈 때도 맨 나중에 탄다거나, 시간이 늦어질 것 같으면 아예 충분히 일찍 가 있고, 급하지 않을 때는 다음을 기다리는 등, 갖은 양보와 온갖 부지런으로 그런 것을 실천해 왔다는 것이 바로 그런 것이었는데, 그것은 또 '그렇게 함으로 해서 자신의 사회참여에 대한 만족과 타인으로 하여금 자신의 게으름이나 부자유로 인해서 받을 불편을 최소화 시키겠다'는 노력 같은 것이었다고 할 수가 있었던 것이다.

하지만 그는 그러한 돌발적인 사태에서의 대처 방법에 대해서는 전혀 생각하지를 못하고 있었던 모양이었고, 아니 예상되는 것에서야 어느 정도 주의를 하며 지내고는 있었겠지만, 그러나 그런 경우는 정말로 희귀하다고 할 수 있어서, 그래서 그로서도 전혀 예상할 수 없었음이 당연했을 것이라고 여겨졌기 때문에 그렇게 되었을 것이라고 생각해 볼 수도 있었는데, 그래서였던지 그는 그 순간에 그렇게 당황한 듯했고, 또한 순간적으로 몸을 가눌 수도 없을 만큼 정신이 혼미해졌던 데다, 거기다 쓰러져 가는, 그러나 더 이상 자신의 의지로는 그것을 막을 수 없다는 절망 속의 자신까지 느끼게 되자, 그에 대한 수치심과 회복 본능에의 배신을 동시에 느끼면서 더욱 버둥거리게 되었다는 것이 그 상황에 대한 추가적인 설명 또는 부연이라고 할 수가 있었던 것이다. 게다가 그렇게 쓰러진 후에는 다리에서 쥐가 난 듯한 통증까지 느껴지면서 다리가 마비되는 현상까지 더해지자 식당아줌마의 부축 없이는 도저히 일어나 앉을 수도 없던 지경까지 되었다는 것까지가 그 상황에 대한 전모였다고 할 수 있었던 것이다.

그러나 또 사실, 그가 아무리 그런 절박한 상황에 처해 있었다고 하더라도, 그보다 더 놀랐던 사람은 바로 그 식당아줌마라고 할 수 있었다. 그것은 또 자기 딴은 친절을 베풀어 준다며 일부러 아는 척을 해주었던 것인데, 그런데 그 소리에 놀라자빠지는 그를 보자 그녀는 기겁할 수밖에 없었고, 그런데다 또 급히 달려가서 그를 일으켜 세워주려 하자 더욱 버둥대더니, 그러다가 나중에서야 겨우 일어나는 것이 '도무지 무엇 하나 정상적인 것이 없다'는 생각까지 그녀는 들었기 때문이었다.

하지만 또 물론, 그가 장애인이란 것은 그녀로서도 이미 알고 있던 사실이었고 '그런 경우에서 사람이 약간 당황할 수도 있겠다'는 것까지도 인정할 수는 있었지만, 그러나 '아무래도 이런 경우는 조금 심한 것이 아닐까?' 하는 생각까지는 떨쳐버릴 수가 없었던 그녀였기에, 그래서 그녀로서는 더욱 당황할 수밖에 없었던 것이다.

"죄송합니다. 이런 모습을 보여드리게 돼서."

아무튼 잠시 후, 최가 이렇게 사과의 뜻으로 말을 했다. 그러나 그녀는 그 말에 답은 않고 그를 계속 내려다보고만 있었다. 그리고는 잠시 후에 "이젠, 좀 괜찮으세요?" 하고 물었다. 그러자 최가 머리를 숙였던 채로 이렇게 답을 했다.

"네."

그리고 또 여기서도, 그들의 그런 모습은 누가 보더라도 웃지도 울지도 못할 상황이라고 할 것 같았는데, 그래서 그녀는 더욱 가지도 어쩌지도 못하고 그렇게 서 있었던 모양이었지만, 하지만 그 순간에 최는 그런 그녀가 더욱 부담만 되었을 뿐이었다. 그것은 또 '볼일이 다 끝났으면 빨리 가줄 것이지, 왜 그렇게 섰을까?' 하고 푸념까지 할 정도로 보였다는 것으로 알 수 있었지만, 하지만 그녀는 그런 그가 걱정이 되었던지 좀처럼 그 자리를 떠날 줄을 몰랐고, 그래서 최의 부끄러움도 한동안은 더 계속되었던 것이다.

"정말 괜찮으세요?"

그렇게 한참을 지켜보고 섰던 그녀가 최에게 다시 이렇게 물으면서 그의 안색을 살폈다. 그리고 또 이 장면에서는 마치 자상한 누이가 개구쟁이 남동생의 감정을 건드리지 않으면서 상한 마음을 풀어주려 할 때의 모습처럼 보이기도 했는데, 그래서 또 모르는 누군가가 옆에서 그 장면을 지켜본다면 '참으로 정다운 남매의 모습이다'라고까지 했을 것으로 생각되었을 만큼, 그녀의 행동은 더없이 자상한 모습으로 비쳐지기도 했던 것이다.

"네, 이젠 괜찮습니다."

아무튼, 그녀의 물음에 최가 또 이렇게 답을 했다. 그러자 그녀는 그런 그를 조금 더 내려다보다가 "그럼, 조금 있다 점심 드시러 오세요?" 하고는 그때서야 조금이라도 안심이 된다는 듯 그를 힐끔힐끔 돌아다

보면서 그 자리를 떠났다. 그리고는 가던 길에 마당에 내팽개쳐 두었던 야채들을 바구니에 다시 담아서는 최를 다시 한번 더 힐끗 쳐다본 후 식당으로 걸어갔다.

그리고 잠시 후, 식당과 마당 사이의 조그만 정원에 심겨져 있던 제법 키 큰 향나무들에 가려서 그녀의 모습은 이내 지워졌지만, 그래서 또 '조금 전의 일들도 모두 꿈이 아니었을까?' 하고 최에게는 여겨질 법도 했지만, 그러나 여전히 걸어가고 있던 그녀의 발소리는 최의 귀에 계속해서 들려오고 있어 그것이 사실이었음을 다시 한번 상기시켜 주고 있었고, 더불어서 그것은 또 얼굴이 달아오를 만큼의 수치심을 최에게 안겨주고 있었던 것이다.

그러니까 아마도 그때, 그녀는 텃밭 어딘가에서 점심 찬거리에 쓸 야채를 마련하고 있다가 최가 밖으로 나오던 것을 보고는 돌아오던 길에 그렇게 아는 척을 하며 인사를 했던 모양이었고, 최는 또 그런 그녀를 알아보지 못한 채로 나왔다가 생각지도 못한 부름과 아는 척을 당하자 그렇게 기겁을 하고 말아 그런 일까지 벌이게 되었던 모양이었지만, 하지만 또 물론 그런 일은 분명히 흔하지 않은 일임에는 확실했고, 그래서 또 그런 일을 졸지에 당했던 최와 그녀의 심정도 이해가 가지 않는 것은 아니었지만, 그러나 또 어쨌든, 그렇게 한바탕 난리를 치르고 난 최는 그녀가 다 사라진 것을 확인하고 난 후에야 혹시 그녀가 듣기라도 할세라 나지막이 한숨을 내쉬었다.

그리고는 잠시 후, 시간이 조금 지나자 마음이 다시 안정이 되었던지 최는 또 다른 생각에 빠져들고 있었는데, 그것은 또 '아무래도 이상하다'는 것이 그 생각의 요점이었고, 그것은 또 얼마 전 분명히 제자들과 저 아줌마가 바깥 어딘가에 모여서 선생님과 자신에게 적대감을 드러내면서 살벌한 분위기를 만들었다고 생각되었는데, 그러나 지금은 그런 표정이 그 집 어디에도 없는 듯했고, 오히려 여태 아는 척도 않던 저 아줌마가 스스로 자기에게 먼저 인사까지 하고 나왔다는 것이 최로서는 도저히 믿어지지가 않는다는데 대한 의문이었던 것이다.

그래서 최는 그때 '자신이 마치 허깨비 같은 것에 홀렸던 것이 아니었을까?' 하고까지 생각하고 있었는데, 하지만 또 사실, 그가 그때 그런 생각에 빠져서 정신을 수습하지 못하고 있었던 것도 결코 무리는 아니었다. 그리고 그 이유는 또 조금 전, 자신이 방 안에서 혼자서 속을 끓이며 앉아 있었을 때 바깥에서는 그가 알지 못했던 어떤 엄청난 사건이 있었기 때문이었는데, 그리고 또 그 이야기는 조금 있다 다시 하게 되겠지만, 아무튼 최는 그런 생각을 하면서 약수터에서 걸어나와서 식당으로 걸음을 옮겨갔다. 그러자 또 그때였다. "최! 식사하고 올라와!" 하는 김의 목소리가 이층에서 들려왔다. 그러자 최는 이층을 올려다보며 김에게 가벼운 목례로 인사를 한 뒤, 다시 식당으로 걸음을 옮겨갔다.

반란의 여운

그렇게 해서 최가 식당에 들어서자 먼저 아줌마가 그를 반갑게 맞아주었다.

"어서 오세요."
"네, 감사합니다."

그런데 이상한 일은 연거푸 일어났는데, 아마도 인간에게는 '생체리듬' 어쩌고 하는 것이 있다 듯이, 그리고 또 운運이나 때時란 것도 확실히 있는 것 같고, 그러나 그런 것은 잘 없다가도 한 번씩 나타나서는 사람을 혼란에 빠뜨린 뒤, 그것을 조금 느끼고자 하면 또 얄밉게도 싹 사라져 버리는 그런 성질을 가지고 있는 것이어서, 사람을 놀리는 것으로 그 업業을 삼는 못된 놈인지도 모르겠는데, 아무튼 여기서도 최에게 그 흉악한 것은 여지없이 그 실체를 드러내기 시작했다는 것이고, 그것은 또 미리 와있던 김의 제자들이 최가 나타나자 마치 약속이라도 한 듯이 일제히 자리에서 일어서며 그에게 인사를 하는 것으로 나타났던 것이다.

"어서 오십시오."
"네, 네. 감사합니다."

그러자 최는 그런 뜻밖의 환대에 어안이 벙벙해져서는 얼굴을 붉힌 채로 대충 인사를 하고는 바로 식탁에 앉아 밥이 어디로 들어가는지도 모르게 급히 먹고는 도망치듯 밖으로 나오고야 말았다. 그것은 또 때로는 갑작스런 친절이 사람을 당황하게 만들기도 하는 것이지만, 그러나 그래도 그렇게까지 사람을 당황하게 만드는 일은 드물 것이므로, 그래서 또 그런 일을 직접 당했던 최의 입장에서는 그럴 수밖에 없었을 것이라는 생각도 되었지만, 그런데다 또 풀리지 않는 수수께끼처럼 '오전의 일들'은 여전히 의문인 채로 남아있어서, 그 상황의 돌아감에서 제외되어 있었던 최라 '무엇이 어떻게 되었다거나, 되어가고 있는지'에 대해서는 전혀 알 길이 없었으므로, 그래서 그의 입장에서는 더욱 그럴 수밖에 없었을 것이라고 생각되었던 대목이기도 했던 것이다.

그리고 또한, 선명하게 어떤 태도를 보여주었던 것은 아니었지만, 그래도 사람이라는 것은 느낌이라는 것이 있어서, 그래서 최가 느꼈을 때 '그들은 처음엔 분명히 자신을 무슨 벌레나 되는 것처럼 살기殺氣라고 할 만큼의 적대감을 보여주었던 것이 사실'이었다고 생각되었는데, 그리고 또 아침의 일만 해도 금방이라도 씹어 뜯을 듯 해놓고는 그런 일이라니, 최로서는 어떤 식으로든 도저히 그것을 이해할 수가 없었던 것이다.

'도대체 무엇이 어떻게 된 것일까?'

최는 이런 생각으로 고개를 갸우뚱거리면서 이층으로 올라갔다.

"아, 어서 와!"
"네, 선생님."
"그래, 점심은 충분히 자셨고?"
"네, 오늘도 선생님 덕분에 감사히 잘 먹었습니다."
"음..."

최가 이층에 나타나자 김이 웃으면서 먼저 이렇게 인사를 했다. 그리고는 최가 자리에 앉자 "속은 괜찮으냐? 잠은 잘 잤느냐? 기분은 어떤가?" 하며 평소답지 않게 더욱 자상한 모습을 보이며 질문 공세를 퍼부어 댔다. 그러자 최는 황송하다는 듯 더욱 머리를 조아리며 "모든 것이 좋습니다."라고 간단하게만 답을 했을 뿐이었다.

그리고 또 그때, 최가 둘러봤을 때 이층은 평상시처럼 깨끗하게 치워져 있었는데, 최는 그것을 보자 어제저녁 김과 술자리를 가졌을 때의 일들이 다시 떠올랐다. 그리고 비록 결과야 그렇게 좋지는 못했지만, 그래도 자신에게는 사진으로라도 남겨두고 싶었을 만큼 행복했던 시간이었고, 또 아름다웠던 순간이었다고 생각했다. 그것은 또 자신이 그렇게도 갈구해 마지않았던 김과의 만남이 그것으로 이루어졌다고 생각했기 때문이었고, 그래서 그에게서는 그 시간이 더욱 값지게 여겨졌기 때문에, 그리고 또 비록 앞으로 자신이 얼마나 더 살게 될지는 알 수가 없었지만, 그러나 그동안만이라도, 아니 그 죽는 순간까지라도 결코 자신으로서는 잊지 못할 시간으로 남아 있을 것이라고 생각했던 때문이었다. 그런데 그 시간은 벌써 흘러 흘러 가버려서 이제는 이미 과거가 되어있었고, 지금은 또 하나의 새로운 시간이 되고 있었기에, 그 지워져 버린 듯 사라져간 시간들이 최의 가슴을 더욱 아리게 하고 있었던 것이다.

그리고 또 그때, 김은 탁자 위를 정리하고 있었다. 그것은 또 최가 봤을 때, 마치 '이제는 모든 것이 끝났으니, 지금은 정리를 할 때'라는 느낌을 주는 것이었는데, 그렇게 생각하자 최는 갑자기 눈물이라도 죽 흘러내려 버릴 것 같아 더욱 어제저녁의 술자리가 후회가 되었다.

'결국, 선생님께서도 나의 추한 모습에 손을 드시고 만 것일까?'

그리고 또 그 사이, 김은 하던 정리가 다 끝났던지 자리에서 일어나더니 창가의 인터폰을 들었다. 그리고는 무어라고 이야기를 하고는 다시 탁자로 돌아왔는데, 그러나 그때까지도 최는 '자기 패배'에 정신을 앗기고 있어 김을 의식조차 못하고 있는 것 같았고, 그래서였던지 그는 김이 두 번이나 부르고서야 겨우 고개를 들었던 것이다.

"아니, 이 사람, 무슨 생각을 그렇게 골똘히 하고 있는 거야? 불러도 대답도 않고 말야?"

그러자 김은 마치 화라도 난 사람처럼 강한 억양으로 이렇게 말은 했지만, 그러나 그 표정은 미소를 띤 채였고, 그것은 또 '좋아 죽을 것 같은 것에 대한 무반응에의 항의' 같은 것으로 여겨지기도 했다.

"죄송합니다. 잠깐 다른 생각을 하느라."
"아냐, 괜찮아. 그냥 한번 해본 소리야. 아, 그리고 참, 여기 와서 아직 사람들과 인사도 제대로 못 했지?"

김은 미리 생각해 두었던 것을 잠시 잊고 있다가 퍼뜩 다시 생각났다는 듯한 표정을 지으며 이렇게 말을 했다. 그러자 최는 또 난데없는 질문이라는 듯 '그건 또 무슨 말씀이십니까?' 하듯이 눈을 크게 뜨고는 이층을 이리저리 둘러보는 시늉을 했는데, 아마도 최에게서는 김의 그런 말이 당연히 뜻밖이어서 그렇게 했던 것이었겠지만, 그러나 김의 눈에는 그런 최도 예뻐 보였던지 살짝 웃고는 이렇게 말을 했다.

"사실, 내가 그동안 너무 무심했어. 그러는 게 아니었는데 말이야? 그러나 자네도 알다시피 그간은 그런 생각을 할 경황도 없었고 또..."

김이 여기까지 말을 했을 때, 아래층에서 인기척이 나고 곧 이층으로 김의 제자들이 들이닥쳤다. 그리고는 미리 김의 언질이라도 받았던 것인지 우르르 몰려들 와서는 김과 최가 앉았던 탁자 앞에 도열堵列하듯 섰다. 그러자 그 모습을 보고 최가 깜짝 놀라서 자리에서 황급히 일어났다.

"아냐 아냐. 괜찮아! 최는 우리 집의 손님이라고 할 수 있으니까, 그냥 편하게 하도록 해!"

그러나 김의 그런 만류에도 최는 그럴 수 없다는 듯 결국 자리에서 일어나더니 그들의 한 옆으로 가서 붙어 섰는데, 그러자 갑자기 이층은 장정壯丁들의 점령으로 꽉 찬 듯 느껴졌고, 이어서 터질 듯한 정열로 가득 차서 숨이 다 막힐 듯이 되어갔다.

"사람하곤, 아무튼 이렇게 만났으니 서로 인사나 하도록 해. 물론 안면이야 있겠지만 그러나 통성명이라도 하는 게 늦었지만 순서가 아니겠어?"

최는 그때서야 김의 의도를 알았다는 듯 더욱 난처한 표정을 지었지만, 그러나 김의 말을 듣고 먼저 인사를 해오던 제자들과 곧 휩쓸렸다.

"저는 김철호라고 합니다. 그동안은 인사도 제대로 못 하고 지냈는데, 지금이라도 하게 돼서 다행이라고 생각합니다. 그리고 조금 늦었지만 이곳에 오신 것을 진심으로 환영합니다."
"네, 저는 최규제라고 합니다. 잘 부탁드리겠습니다."

"저는 한규식이라고 합니다. 잘 오셨습니다."
"네, 고맙습니다. 잘 부탁드리겠습니다."

"저는 이성흡니다. 나이가 제일 어리니 동생같이 대해주시고, 앞으로 잘 지냈으면 좋겠습니다."

"네, 고맙습니다. 저도 그렇게 하도록 노력하겠습니다."

그들이 서로 인사를 나누던 사이 김은 탁자에 앉아서 그런 그들을 지켜보며 빙그레 웃고만 있었다. 아마도 '너무 통속적이 아닐까?' 해서 그런 모습을 하고 있었던 것 같았지만, 그러나 어쨌든 김으로서도 그런 자리는 좋게 느껴졌을 것이었기에 흐뭇한 마음이 그런 표정으로 나타났던 것이라고 보는 것이 좋을 것 같았다. 그리고 또 그들의 길지는 않았지만, 그러나 화기애애한 듯한 분위기의 인사들이 다 끝나자 이번에는 김이 자신의 제자들을 최에게 하나씩 소개해 나가는 시간을 가졌다.

"김철호! 이 사람은 말이야, 제법 명문이라고 하는 대학을 나와서 해외 유학까지 갔다 왔다는 친군데, 그 좋은 곳 다 마다하고 이런 곳에 와서 세월을 보내고 있으니, 나로서도 알 수 없는 사람이야. 하하..."

최는 김에게서 제자들을 한 사람씩 소개받을 때마다 그 경력의 화려함에 기가 죽어 머리조차 들지를 못했다. 그것은 또 그도 그랬을 것이, 자신과 비교했을 때 그들은 너무나도 훌륭한 인재人材들이라는 생각이 들어서 최는 몸 둘 바조차 찾을 수 없다는 심정이 되어있었던 때문이었고, 그것은 또 '조금은 비굴한 모습이 아닐까?' 하는 생각까지 들게 했을 정도였다.

그러나 그런 그에게도 그렇게 했던 그 나름대로의 이유 같은 것은 있었는데, 그것은 또 그 자신 스스로 그들과 같이 그렇게 화려한 경력을 소유하지 못하고 있다는 데에 대한 그것이었다기보다는, 그럼에도 불구하고 그들이 그런 곳에서 숨어 살 듯이 하면서 끊임없이 자신들의 희망과 목표를 향해서 세월을 불태우고 있다는 데 대한 존경에의 몸짓 같은 것이었다고 할 수가 있었던 것이다.

그래서 최는 그때 한없이 초라한 자신만 발견했을 뿐이었다. 그러니까 대의大義고 명분名分이고, 일단 스스로를 일으켜 세워둔 다음에야 그런 것들은 가치를 가질 것이라는 생각 때문이었는데, 그리고 또 그들뿐만 아니라 이 세상의 모든 사람들도 저마다의 자리에서 나름대로의 능력으로 어떻게든 꿈을 이루려고 노력하고 있을 그 시간, 자신만은 되지도 않은 생각으로 홀로 떨어져 나왔다가 결국 선택한 것이 '패배의 길'이란 생각이 자꾸만 들면서 그의 가슴을 조여 왔기 때문이었다.

그것은 위선일 수도 있었고, 도피는 당연했지만, 남들이 전혀 알아주지도 않을 '자기 합리화의 길'일뿐이었던 일종의 '아집의 길'임도 최는 스스로에게 부정시킬 수가 없었던 것이다. 그래서 그는 더욱 기가 죽어 그렇게 머리를 조아리고 있었던 모양이었지만, 그러나 너무 강한 수치는 오히려 결심을 더욱 굳히게 할 수도 있는 법, 그래서 자멸을 더욱 부채질해 갈 수도 있는 일이었는데, 그래서였던지 최는 아마도 그때 그것을 선택하려 드는 것 같았다. 그것은 또 일견 보기에 그렇게 느껴졌다는 것인데, 그것은 또 그가 비굴스런 자세에서 체념 같은 것으로 태도를 바꾸어 가려는 듯이 보이고 있었다는 데서 그렇게 생각을 해볼 수가 있었던 것이다.

　아무튼 잠시 후, 최의 입장에서는 그렇게도 길게 느껴졌을 상견례도 모두 끝나고 김의 "있는 동안 서로 잘 지내라"는 이야기를 끝으로 제자들은 다시 아래로 내려갔고, 이층에는 다시 두 사람만 남게 되었다. 그러자 김은 최를 유심히 바라보다가 "편하게 해. 그리고 다들 괜찮은 사람들로 보이지?" 하고 말문을 여는 것으로 자신이 마련했던 그 공식적인 자리를 끝냈다. 그리고는 또 "사실 말이야, 아까 무슨 일이 있었는데 자네도 알고 있나?" 하고 김은 마치 여흥이라도 즐기려는 듯 웃음 띤 얼굴로 이렇게 말을 했는데, 그러자 최는 '이것이 본론이고 앞의 것은 일종의 전주前奏에 해당된다'고 생각했다. 왜냐하면 바로 그 순간에 잠시 잊고 있었던 그 끔찍했던 '아침의 일들'이 그의 머릿속을 획, 하고 스쳐 지났기 때문이었다.

　"잘 알지 못합니다."

　그러자 김은 '그런가?' 하듯이 고개를 크게 한번 끄덕이더니 "사실 말이야. 아까 저 사람들이 나를 찾아왔었어?" 하며 김은 그때 있었던 이야기를 다음과 같이 최에게 들려주기 시작했다.

아침, 그러니까 최가 자신의 방 안에서 절망의 시간을 넘기고 있었던 바로 그 시간, 제자들이 갑자기 김을 찾아왔다는 것이 그 이야기의 시작이었고, 그리고는 항의를 하듯 최의 존재에 대한 의문과, 김 자신의 그에 대한 편애에 대해서 자신들이 가지고 있던 감정을 솔직히 밝히는 것으로 김에게 불만들을 토로했다는 것이었다. 그리고는 그들 자신들에 대해서 김이 소홀한 듯한 인상을 주는 것에 대해서 김 자신의 입장을 밝혀줄 것을 강력히 요구했다고 했는데, 그리고는 그러한 문제에 대한 이해 없이는 더 이상 그곳에서의 생활에 의미를 가질 수 없다는 말까지 했다고 했던 것이다.

일이 그쯤 되자 김은 최에게 미안한 마음이 들기도 했지만, 그러나 아직 언제 떠날지도 모르는 상황에서 제자들과 조금이라도 알고 지내게 하는 것도 괜찮겠다 싶어서, 최의 승낙도 받지 않고 최의 거취 건과 현재 그가 결심하고 있는 것, 그리고 자신과 하고 있던 그 이야기의 대강을 제자들에게 설명해 주었다고 했고, 그것으로 제자들이 가졌던 오해를 풀기에 노력했다고 했던 것이다. 그리고 또 이어서 자신이 그들에게 소홀한 듯한 인상을 주게 된 것에 대해서도 밝혔다고 했는데, 그러나 그 문제는 최와 관련이 없다고 보아 세세히 밝히지는 않았고, 아무튼 그 이야기를 다 듣고 난 제자들은 오히려 자신들의 생각이 짧았다고 김에게 용서를 구하면서, 철없는 자신들을 그런 일이 있었는데도 여태까지 잘 거두어 주신 것에 감사하다는 인사를 하고는 다시 돌아갔다는 것까지가 김이 그때 최에게 들려주었던 그 이야기의 대강이었던 것이다. 그래서 김은 그런 이유로 해서 방금 전의 자리를 만들게 되었다고 했고, 최에게도 "이제부터라도 내 집처럼 생각하고, 제자들과도 가까이 지내면서 있는 날까지 편히 지내라"는 말을 덧붙이는 것으로 그 이야기를 끝냈던 것이다.

그러자 최는 더욱 몸 둘 바를 몰라 했다. 그리고는 "죄송합니다. 저 때문에 선생님께서 매번 곤욕을 치르시게 되는군요." 하며 김에게 용서를 구했는데, 그러나 김은 그런 최를 보며 오히려 "아냐, 아냐. 내가 자넬 만난 걸 얼마나 큰 행운으로 생각하는데? 그러니 그런 소리는 하지 말라구?" 하면서 손까지 내저었던 것이다.

"고맙습니다. 저를 그렇게까지 생각해 주시니."

김은 최의 거듭되던 인사에 고개만 끄덕였다. 그리고는 최를 유심히 쳐다보고 있었는데, 그것은 또 김이 봤을 때 아무래도 그는 갈수록 더 없이 복잡한 사람처럼 여겨진다는 이유에서였다. 그것은 또 어쩌면 너무도 단순한 듯도 하지만, 그러나 '저런 태도를 몸에 배이게 하기까지 자신이 모르는 그 어떤 사연들을 그는 얼마나 경험해야만 했을까?' 하는 생각이 들었던 때문이었고, 그래서 김은 그를 쉽게 생각하고 싶어도 그렇게 할 수가 없다는 심정에서 그렇게 하고 있었던 것이다.

그리고 또한 제법 편하게 자라고, 또 '성공 가도'라고 할 수 있을 길을 별 문제 없이 달려왔던 자신으로서는 도무지 이해하지 못할 그 무엇들이 그의 깊숙한 곳에는 가득히 쌓여있을 것만 같아 김으로서는 그것을 알고 싶다는 강한 호기심이 들어서 더욱 그렇게 하고 있었다고도 할 수 있었는데, 그래서 김은 조금 전에 최에게 '행운' 어쩌고 하는 말까지 하게 되었던 것이다. 그러니까 사실, 아까 김은 제자들과의 자리에게 이런 말을 했었다.

"내가 그를 붙들어 두고 있는 것은 그의 생사生死 문제도 어느 정도 관련이 있겠지만, 그러나 궁극적으로는 그는 내가 경험하지 못한 것들을 많이 가지고 있는 듯이 보이고 있기 때문이다. 그래서 나는 그와 이야기를 하면서 그의 경험되었던 것을 간접적으로라도 얻고 싶어 이렇게 대화를 계속해서 하고 있는 것이다."

그래서 또 어쩌면, 위의 표현에서 최에 대한 김의 그때 심정을 조금이나마 느낄 수 있을 것 같았고, 그리고 또 그때 가지고 있었던 '김의 계산'이라고 할 수 있었던 것은, 최를 통해서 자신이 잘 알지 못하는 또는 생소하다고 할 만큼의 여태 근접해 보지 못했다거나 또는 필요는 느꼈으나 할 수 없었던 어떤 세계에 대한 경험을 간접적으로라도 해보겠다는 것으로 생각해 볼 수가 있었던 것이다.

하지만 또 물론 '그러한 것들을 과연 최가 가지고 있느냐?' 하는 것이 선결문제가 될 수도 있었고, 또한 '그런 것들을 통해서 김 자신이 얼마나 만족할 것인가?' 하는 것도 여전히 알 수 없었던 상태였긴 했지만, 그러나 아무튼 김은 최에게서 그런 것들을 이미 느낀 듯해서 일종의 '시도試圖'라고 할 수 있을 그런 행위를 고수하려는 듯이 보이고 있었다는 것이고, 또 그런 과정에서 잠시 그에게 그런 진지한 시선을 보내고 있었던 중이었다고 할 수가 있었던 것이다.

그러나 또 이렇게만 말을 하고 말면 어쩌면 김은 너무도 비열할 수가 있어서, 그래서 그가 했던 말에서 조금이라도 비非 비열했다고 느껴졌던 흔적을 찾아서 그의 입장을 조금이라도 세워주자면, 먼저 김이 말했던 '그의 생사 문제'란 말에서 일단 그것을 찾을 수도 있을 것 같았는데, 그러니까 김은 자신의 그런 생각에 앞서 우선 최가 그렇게 결심하게 된 것에 대해서는 아직 다 알지는 못하고 있었던 상태였다고 할 수 있었으므로, 그래서 일반인이 느끼는 감정으로 보아서 자살이란 것에 우선적으로 초점을 맞춰, 무조건 적으로 그런 일은 옳지 못하다는 입장에서 그를 일단 붙들어 놓고, 그 다음에 그것에 대한 해결 방법을 모색해 보겠다는 생각을 가지고 있었다는 것이 바로 그것이었다고 할 수 있었던 것이다. 그러나 그와 같이 지내거나 이야기를 하면서 김은 점점 더 알 수 없는 '최의 세계'에 관심을 가지게 된 듯했고, 그러던 중에 앞서 말한 그 '계산'이란 것도 생기게 되었던 것이라고 할 수 있었으므로, 그리고 또 그러한 일은 비단 김金뿐만이 아니라 그런 일에 관심을 가지고 있는 사람이라면 흔히 느낄 수 있을 호기심 같은 것이라고 할 수도 있기 때문에, 하지만 또 물론 그때 김은 이미 호기심을 넘어서서 적극적인 자세로 되어가고 있는 듯은 했지만, 아무튼 그래서 그때 김의 그러했던 생각은 떳떳한 한 인간의 본능에 충실하고 있었던 결과에서였다고 할 수도 있었기 때문에, 그래서 이러한 부연으로 '김이 그렇게 비열한 인간만은 아니었다'는 것에 대해서 조금이라도 변호가 되었을 것이라고 생각을 해보는 것이다.

어쨌든, 김은 최와 눈이 마주치자 급히 시선을 돌리고는 분위기라도 바꿀 양인지 "오늘 할 이야기는 어떤 것인지?"에 대해서 최에게 물었다. 그러자 최는 다시 자세를 가다듬으며 이야기를 시작할 준비를 했다. 그러나 바로 들어가지는 못했는데, 그것을 보고 김은 또 무슨 문제가 있다고 생각을 해서 "왜 무슨 문제라도 있는 건가?" 하고 묻자, 최는 "어제 제가 취중에 드린 말씀이 있었는데, 어디까지였는지 잘 알지 못하겠습니다."라고 답을 했다. 그러자 김은 마치 빈정대기라도 하겠다는 듯 "이 사람, 어제 술이 너무 과했던 모양이군? 그러게, 주는 대로 다 받아 마시면 어쩌자는 건가?" 하며 웃어 보였다. 그러자 최는 또 그 말에 더욱 난처한 표정을 보이며 얼굴까지 붉혔는데, 딴은 술 때문만이 아니라 오전에 있었던 그 사건에 초점을 맞춘 때문으로 보이기도 했다.

하지만 또 그렇게 되자 바빠졌던 것은 오히려 김으로 '내가 괜한 말을 해서 다시 그를 곤혹스럽게 만드는가?'라고 생각하고는 서둘러서 어제저녁에 했던 그 이야기의 대강을 짚어주는 성의를 보였다.

"어제저녁엔 자네 친가의 이야기를 했는데 말이야?"
"아, 네. 알겠습니다."

김이 대충 길을 잡아주자, 최는 그때서야 생각이 났다는 듯 고개를 끄덕이고는 이야기를 다시 하기 시작했다.

"먼저, 외할머니와 친가의 이야기를 대충했으니 이제는 저의 아버지와 어머니 그리고 저에 대한 이야기를 하겠습니다."

그러자 김이 또 고개를 끄덕였고, 그렇게 해서 최의 이야기는 다시 이어지게 되었던 것이다.

"어제, 저는 아버지가 외할머니의 예상치 못했던 공세에 놀라서 줄 행랑을 쳤다고 말씀을 드렸는데, 아버지는 그 길로 경주慶州로 갔다고 합니다. 그것은 또 그때, 경주에는 아버지가 옛날부터 잘 알고 지냈던 어떤 여자 한 명이 살고 있었다고 했고, 마침 그 집에서는 아버지를 반 갑게 대하고 있었던 모양이어서 아버지로서는 숨어있기에 아주 좋을 것이라고 생각해서 그랬던 것 같았는데, 그런데 아버지는 거기서도 아 이를 하나 더 가지게 됩니다."

"음!..."

그런데 여기까지 이야기했던 최가 잠시 머뭇거리더니 분한 듯 자신 의 입술을 한번 지그시 깨물었다. 그리고는 "아무리, 어떻게 그럴 수가 있는 것이겠습니까? 사람의 탈을 쓰고서 어떻게 그런 짓을 할 수나 있 다는 말입니까? 자신의 저지름에 대한 반성은커녕 오로지 동물적인 본능만을 추구하여 그런 무책임한 행동으로 모두를 괴롭히고 산다면, 도대체 사람이라는 꼴은 어디에서 찾을 수나 있겠다는 말입니까?! 그 리고 또, 그런 것을 두고 소위 사랑이라거나 자유, 멋 또는 낭만이라고 말을 할 수나 있는 것이겠습니까? 자신 하나도 지키지 못해서 병이나

든 주제에, 이성이 없는 사람처럼, 생각이 부족한 아이처럼, 도대체가 그럴 수는 없는 것입니다. 참으로 인간으로서 할 짓이 못되었지요." 하고 마치 김에게 따지듯이 하고는 깊게 한숨을 내쉬었다.

"음…"

그러나 김은 가타부타 말도 없이 탁자를 내려다보며 고개만 끄덕이고 있었는데, 아마도 최의 그런 심정을 이해하겠다는 뜻으로 보였다. 그러자 잠시 쉬었던 최가 또 이렇게 이야기를 이어갔다.

"그리고 아버지는 나중에 어머니에게 변명하기를 그때는 그럴 수밖에 없었던 상황이었다고 했다지만, 그러나 목숨이 떨어질 상황도 아니고, 그렇다고 위기가 닥쳤던 것도 아니고, 상대방 여자가 옷이라도 훌렁 벗고 남성을 자극한 것도 아닐 테고, 도대체가 그 변명이란 것조차도 구역질이 나는 것이 아니겠습니까?!"

그런데 이 부분에서는 또, 아마도 최가 아직 술이 덜 깼던 탓으로, 그래서 아직 완전히 맑은 정신으로 돌아오지 못해서 그랬다거나, 또는 이 부분에서만큼은 본인에게서는 아주 민감한 부분이 되어서, 그래서 이야기를 꺼내놓고 보니 스스로의 감정에 도취 되어 잠시 이성을 잃고는 그렇게 했던 것이 아니었겠는가 하는 생각이 잠시 들기도 했는데, 어쨌든 이 부분에서 최는 약간 지나친 감이 있었으며, 그것은 또 물론 어떤 이야기를 하다 보면 자신도 모르게 감정에 치우칠 때도 있을 것이고, 또 그날의 기분에 따라서도 그것은 좌우되어서 이야기의 강약이나 성실성 등에 기복을 보일 수 있다는 것까지는 이해할 수 있겠지만, 그러나 이 부분은 그런 것과는 약간 거리가 있었다는 것으로 '필요 이상으로 그는 분개했던 것이 아니었겠는가?' 하는 것이 그 지적이라고 할 수 있었던 것이다.

그리고 또 그것은 아직 그 부분까지는 이야기가 진행되지는 않고 있지만, 어쨌든 그만이 가지고 있었던 일종의 화두話頭라고 할 수 있었던 자신의 목적 내지는 의도함을 잠시 잊어버리고, 사실적인 감정에만 너무 치우쳐서 탈선을 해버렸던 것이 아니었겠는가? 하고도 생각해 볼 수 있었는데, 그러나 그의 그런 행동들은 이어지는 이야기 중에서도 가끔씩 나타나고 있어, 그래서 아마도 그는 자신의 목표를 세우고 나서도 아직 그것을 완전히 소화 시키지는 못하고 있었기 때문에 그랬지 않았겠는가? 하는 생각도 들었으며, 그것은 또 본인 스스로가 아직도 이 세상에 대한 미련을 다 버리지는 못했던 탓으로 그렇게 되었을 것이란 생각도 들었다는 것이지만, 그래서 또 그는 이때까지도 이 세상에 대해서 정리를 완전히 끝내지 못하고 있었기 때문에 그러했을 것이란 추측도 해볼 수가 있었던 대목이었던 것이다. 하지만 그 어떤 경우라도 일단은 지나친 감은 있었으며, 그래서였던지 김도 아무 말 없이 그냥 자리에만 앉아 있어 두 사람 사이에는 잠시 묘한 침묵이 끼어들었고, 그것은 또 두 사람을 번갈아 살펴보며 다음 이야기를 기다리고 있는 듯도 했다.

"죄송합니다. 제가 너무 흥분을 했습니다."
"아냐, 아냐, 그럴 수도 있겠지. 그리고 누구라도, 아니 난들 그런 것을 보고서 초연할 수 있을 겐가? 그리고 사람이 아무리 수양修養을 많이 쌓았다고 하더라도 저마다의 맹점은 다 있기 마련이고, 또 자기가 가진 약점 모두를 다 중화시킬 수는 없을 것이기 때문에, 그래서 그런 부분들이 최의 약한 부분이 되어서 최를 여태껏 괴롭혀 왔기 때문에 그렇게 했을지도 모르지. 그리고 또 어쩌면, 그런 것들 때문에 자네가 그런 결심도 하게 되었을지도 모를 일이고 말이야?"

그러자 김은 최에게 '인생의 선배'로서 적당히 충고한다는 듯이 이렇게 말을 하는 것으로 그의 심정을 이해한다는 뜻을 내비쳤는데, 그런데 여기서 또 잠시 김은 갑자기 '수양修養'이란 말을 꺼냈는데, 그것이 김 자신에게 해당된다는 것인지, 아니면 최가 그렇다는 것인지에 대해서는 속 시원히 밝히지 않아 조금 애매했지만, 그러나 그것은 일반적인 경우가 그렇다는 것으로 이해해도 좋을 것 같았다. 그것은 또 왜냐하면, 그런 애매한 표현은 주로 자신의 주관이 뚜렷이 서 있지 못할 때 흔히 사용되는 것이어서 그렇게 말해본 것인데, 이를테면 자신은 그렇다고 치더라도 최의 경우에서, 그것이 김이 볼 때 그런 것 같기도 하지만 또 아닌 것도 같아서, 그래서 인정하기도 그렇고, 그렇다고 영 무시할 수도 없다는 태도가 그렇게 표현되었다고 생각해 볼 수 있었기 때문이었다. 그래서 나라고 말하기는 그렇고, 또 너라고 인정하기도 뭐해, 보통 그러려니 해서 그렇게 말을 한 것이라는 복선伏線이 깔려있던 그런 표현이었다고 생각할 수 있었는데, 그러나 또 어쨌든, 그리고 또 그렇든 말았든, 그것으로 비추어서 김은 이제 최를 그 정도 선까지는 인정한다거나 이해하려 드는 것 같았고, 그것으로 또 이제는 그를 더 이상은 뜨내기가 아닌, 김의 특별한 손님으로 대접한다는 인정을 은연중에 비치고 있었다고 보아도 무방할 것이란 생각이 들었기 때문에, 그 표현에는 어느 정도의 의미가 있었다고 생각되었다.

"네, 그렇게까지 저를 이해해 주시니 저로서는 다만 감사드릴 따름입니다."

"음, 하던 이야기를 계속해 보게!"

"네, 그래서 외할머니는 어머니를 닦달해서 저를 죽이시려 했지만 실패로 돌아가자, 달 수數가 너무 차버렸던 저를 더 이상은 어쩌실 수가 없으셨던지 그때부터는 저를 죽이시는 것을 포기하시고는 일단 아버지를 찾으려고 애쓰셨던 모양이었습니다. 그래서 어머니가 아버지를 만났다던 그 교회로 찾아가서 아버지의 행방에 대해서 물어보기도 하고, 또 혹시라도 아버지를 아는 사람이 있는가를 수소문도 하는 등, 외할머니는 특유의 저력을 유감없이 발휘하시며, 불쌍한 내 딸을 짓밟은 그놈을 절대 용서할 수 없다는 기치를 내세우시고는 이리저리 수소문했던 결과 드디어 아버지의 집을 알아내는 데 성공하셨던 것입니다. 그리고 외할머니는 지체하지 않았습니다. 그 길로 외할머니는 어머니를 데리고 친가로 찾아가셨는데, 그리고는 다짜고짜로 '이 집 아들을 내놓으시오' 하고 고함을 지르시면서 '여기서 당신의 아들과 함께 내 딸을 죽이겠소' 하고 엄포를 놓으셨다는 것입니다. 그러나 친할머니도 만만치는 않았던 사람이어서 그 엄포가 그렇게 쉽게 먹혀들지는 않았던가 본데, 하지만 이야기가 길어지자 그 할머니도 조금은 이해가 되었던지 수그러들 수밖에 없었다고 하셨습니다. 그리고 또 자신도 여자이고, 더욱이 자기 남편으로부터 그런 일로 지긋지긋하게 시달렸던 경험도 있었던 데다, 평소 자기 아들의 소행을 낱낱이는 몰랐어도 그래도 대충은 알고 있었기 때문에 그랬던지 끝에 가서는 아무런 말도 하지 못하고 외할머니의 따짐만 듣고 있었다고 하셨으니까요."

"음, 들을수록 외할머니께서 대단하셨던 분이라는 생각이 드는군?"

"네, 평소 그런 모습을 자주는 아니었지만 가끔씩 보여주실 때가 있으셨는데, 그럴 때면 저도 깜짝깜짝 놀라곤 했으니까요. 그러나 흔한 날에는 그저 조용하기만 하셨던 분이셨고, 말씀도 낮게 하셨던 데다, 말 수도 적으셨고, 또 남의 일에 참견도 잘 하시질 않아서 없는 듯이 사셨지만, 그러나 한번 그런 일이 생기면 어디서 그런 것들이 다 나오시는지 대차시기가 이를 데가 없으셨고, 경우에 어긋남이 없이 딱 부러지게 하시던 언변에 감히 끼어드는 사람을 보질 못했을 정도였으니까요. 그러나 그런 것보다는 아마도 이 세상의 모든 부모라면, 특히 딸을 가진 어머니라면 그런 상황에서 점잖을 기대하기란 힘이 드는 일일 것이어서, 그래서 외할머니께서도 그때 더욱 그렇게 하시질 않았겠는가 하고 저는 생각을 하고 있습니다."

"음, 그렇지! 솔직히 나라도 그런 일에서는 태연할 수 없을 것 같으니까 말이야? 그래, 계속해 보게."

"네, 그렇게 해서 외할머니께서는 친할머니에게서 반半 인정을 받아내셨다고 하셨고, 또 일단—旦의 말미란 것을 주게 되었다고 합니다. 아무래도 당자當者인 아버지가 그 집에 없었으니 외할머니로서도 그렇게 하실 수밖에 없으셨던 모양이었지만, 그래서 그때 친할머니는 일단 잘 알았으니 내려가 계시면 아들을 찾아서 상세한 것을 물어 본 다음에 연락을 드리겠다고 말을 했다는 것이 그것이었다고 하며, 외할머니께서는 또 그것으로 우선적인 문제를 수습하시고는 포항으로 다시 내려가게 되셨던 것입니다."

음."

"네, 그러나 외할머니에게는 마음에 차진 않았지만 그래도 나름대로의 성과는 있었다고 할 수 있었지만, 외할머니를 그렇게 돌려보냈던 친할머니는 그날로부터 바늘방석이 되어서는 아버지가 있던 곳을 급히 수소문하기 시작했던 모양이었습니다. 그러나 그 잘난 아들은 연락했던 그 어디에도 없었고, 도대체가 어디에 숨어있는지조차 막연해, 나중에는 넋을 잃고 앉아서는 스스로 돌아오거나, 연락이 올 때까지 기다리고 있을 수밖에 없었던 모양이었는데, 그런데 그 세월이 제법 길었던 모양으로, 그 사이에 저는 아무런 의미도 없이 태어나버리고야 말았던 것입니다. 흔히 말하는 축복이나, 금줄 같은 것은 생각도 할 수 없었고, 오히려 외할머니께서는 그런 저 때문에 한동안은 동네 부끄러워서 얼굴조차 제대로 들고 다니지도 못하셨다고 하셨고, 가급적 밤을 타서 출타하셨을 정도였다고 하니, 그 한 사람으로 인해 양가兩家가 음양陰陽으로 피해를 본 것이 얼마일지는 계산도 대지 않고도 능히 짐작이 가고 남으시리라 생각하는 것입니다."

"음."

"네, 하지만 이미 태어난 생명을 두고서 그 누구도 어쩔 수가 없었을 것이므로 외할머니와 어머니는 한숨만 흘리시며 세월을 보내고 계실 수밖에 없었다고 하셨는데, 그런데 그럴 때쯤에야 아버지는 대구에 나타났다고 합니다. 그것은 또 경주에서 아버지를 쫓아내서 그랬는지, 아니면 아버지가 스스로 들어온 건지에 대해서는 알 수 없습니다만, 어쨌든 그렇게 집으로 다시 들어왔던 아버지는 오자마자 친할머니의 질문 공세에 시달려야 했고, 그러던 중에 그것에 지쳐버렸던 탓이었던지 아버지는 그 할머니에게 변명이란 것을 늘어놓았던가 본데, 그런데 그것이 또 애매모호해, 어머니와 그런 일이 있었던 것은 시인했으나 그것은 자신의 실수라는 쪽으로 이야기를 몰고 나갔다는 것이 또 바로 그것이었던 것입니다.

"아!"

"네, 그러자 친할머니는 그 말에서 그래도 한 줄기 희망이란 것을 발견하게 되었던 모양으로, 그래서 아버지에게 '그 계집이 너에게 꼬리를 쳐서 그렇게 되고 만 것이지' 하는 식으로 이야기를 이끌어갔고, 그러자 또 궁지에 몰렸던 아버지는 일단 위기를 모면할 양으로 애매한 태도로 그 말에 동조해, 나중에는 이야기 자체가 완전히 왜곡된 듯 아예 다른 이야기가 되어버려, 엉뚱한 믿음이 두 사람에게는 생기게까지 되고야 말았던 것입니다. 그러니까 그것은 또 '무엇이 먼저냐'는 이야기와도 같이, 방향에 따라서 주관이 바뀔 수도 있는 이야기와 같이 되고 만 것이라고 할 수 있었던 것으로, 자기 편에 유리하게 전개시켜버리면 그것이 또 그대로 그렇게 믿어도 좋을 것으로 되고 만 것과 같은 그런 이야기가 되어버린 것과 같았다고 할 수 있었는데, 그것은 또 일종의 음모陰謀라고 볼 것이었지만, 어쨌든 그렇게 해서 두 사람, 특히 친할머니에게는 '자기 자식의 잘못은 없고, 그 여우 같은 것이 우리 집을 넘 봐서 일이 이렇게 된 것이다'라는 엉뚱한 믿음이 생기게 되었으며, 그래서 그 사건은 또 그렇게 일단락이 되어갔던 것입니다."

"음."

"네, 그런데 여기서 또 한 가지 덧붙여 드릴 것은, 그 할머니의 심경으로는 어떻게든 그렇게라도 했어야 되었다고 여겨지기도 하지만, 그리고 또 그것은 강렬한 희망이 만든 신기루 같은 것이었다고 할 수도 있었겠는데, 그러나 그렇게까지 하게 된 데에는 '그 간의 사정'이라는 것이 큰 작용을 했던 것으로 보인다는 것입니다. 그것은 또 아버지의 부재중에 친할머니 혼자서 속을 끓이던 중에 생기게 되었던 일종의 '의심'이란 것에서 시작되었던 것으로, 처음에 외할머니께서 찾아오셔서 그 난리를 치던 중에는 워낙 경황이 없어 '예, 예!' 하며 일단 수습만 하려 들었지만, 그러나 외할머니를 보내고 나서 다시 안정을 찾은 후에 찬찬히 생각해 보니 '내가 왜 듣도 보도 못한 그런 여자에게 이렇게 당해야만 하는가?' 하는 생각이 들어서 억울해지기 시작했고, 그러다 보니 자기 자식의 잘못은 생각도 나지 않고 '가시나가 제 몸을 어떻게 처신했기에 그런 일을 당했으며, 그런데다 부끄럽지도 않은지 여기가 어디라고 찾아왔는가, 오기를!' 하는 생각까지 하게 되었으며, 또 그 꼴이 가만히 생각해 보니 절름발이라, 그래서 그 할머니는 더욱 기가 차서 '설마 우리 아들이 저런 계집을 건드렸을까?' 하는 생각에까지 이르게 되었다는 것이 이야기를 그런 식으로 몰고 가는데 어떤 식으로든 일조를 했을 것이라고 저는 생각하는 것입니다. 그리고 또 사실, 사람의 믿음이란 것은 참으로 어리석은 것입니다. 어쩌면 눈에 보이는 것만 믿게 되어서 그렇게 되는 건지도 모르겠습니다만, 그래서 또 그것이 바로 고집으로 연결이 되어가는 것인지도 모르겠습니다만, 아무튼 사람은 무엇을 한번 믿기 시작하면 나중에는 그것이 아무리 거짓이라고 말해줘도 잘 믿으려 들지 않으려 한다는 데서 그렇게 말씀을 드려본 것인데, 그것은 또 원래부터 인간 세상에는 믿음이란 것이 아예 존재하지 않아서 그렇게 되는 것인지도 모르겠습니다만, 아무튼 그 할머니는 당신 자신의 강렬한 희망이 만든 허상에 빠져서 그것을 그대로 믿어갔던 것이었고, 물론 의식이야 있었겠지만, 그러나 그 힘은 미약해서 곧 그 큰 힘에 흡수되고 말아, 나중에는 주객이 전도되는 현상에까지 이르게 되었다는 것인데, 그런데 그것을 또 그대로 당신의 아들에게까지 전염시켜 나갔다는 것이 그 이야기의 골자라고 할 수 있었던 것입니다."

"흠. 아무튼 평범하지는 않군? 지독한 모성母性이라고 해야 하나? 근데, 그 전에 그 할머니께서는 정신적인 문제 같은 것이 조금 있었다고 했지? 그리고 그 이야기는 자네가 어떻게 해서 알게 된 거지?"

"네, 그리고 먼저, 그 당시에도 그 할머니는 정신적인 질환을 조금은 앓고 있었던 것으로 저는 알고 있습니다. 그리고 그것에 대해서는 나중에 다시 말씀드릴 기회가 있을 것으로 생각합니다만, 그러나 그 당시에는 그렇게 심하지는 않았던 것 같고, 조금 큰 일을 당해서는 발작적으로 더욱 심해졌을 정도였다고 생각이 됩니다만, 어쨌든 그런 일은 한동안 이어졌으며, 나중에는 더욱더 심하게 발전되어 갔던 것으로 저는 알고 있습니다. 그러나 방금 말씀드린 그때에는 그것에 그렇게 큰 영향은 받지 않았던 것으로 생각이 되며, 그리고 또 이 이야기는 제가 저의 어머니에게서 전부 전해 들은 이야기입니다. 그리고 어머니는 아버지에게서 전해 들었던 것으로 알고 있습니다만, 아버지는 돌아가기死亡 전에 어머니에게 수도 셀 수 없을 만큼의 많은 편지를 매일 같이 보냈다고 하고, 그 편지에는 정신이 온전했을 때와 감정이 격했을 때의 글들이 고루 있었다고 하셨는데, 워낙에 많은 글을 쓰다 보니 중복되는 것도 많았고, 또 감정만으로 썼다거나 진실만을 썼다거나 해서 그 내용들이 매우 불규칙하거나 난해했던 것도 많았다고 하셨던 것입니다. 그리고 아마도 그중에 그런 이야기들도 섞여 있었기 때문에 어머니는 그런 일들을 전부 다 알게 되셨던 것 같았고, 또 워낙에 외로움을 잘 탔던 아버지였던 데다, 병까지 들어있었기 때문에 심경의 혼란을 많이 겪어서 어머니와 만나는 때는 밤을 새워가며 이야기하곤 했었다고 하니, 아마도 그런 때에도 들어서 다 알게 되셨는지도 모르겠는데, 어쨌든 그렇게 해서 알게 되신 것을 저에게 들려주셨던 것입니다."

"흠."

그러나 김은 이번에도 특별히 더 할 말이 없는지 최의 답을 듣고는 한숨도 아니고, 그렇다고 긍정의 뜻도 아닌 야릇한 소리를 내고는 고개만 끄덕이고 있었는데, 아마도 김은 이런 이야기에서는 '자신이 토를 달고 덤벼들 수는 없다'고 생각해서 그런 태도를 보였나 싶기도 했고 '확실히 알 수 없다거나, 스스로 확인할 수 있는 일이 아니라거나, 그의 말을 믿어줄 수밖에 없는 입장'이란 것 때문에 그렇게 했던 것으로 여겨지기도 했다. 그러나 또 무언가 석연치 않은 구석 같은 것은 여전히 남아있다는, 하지만 또 꼭 꼬집어서 무엇이라고 말을 하기도 좀 그렇다는 복잡한 심정에서 그런 표정을 짓고 있었던 것으로 보이기도 했다.

"그래, 계속해 보지."

"네, 그렇게 해서 친가에서는 그 사건을 자신들에게 유리한 방향으로 해석, 왜곡시키고는 그 다음을 대비해 갔던 것으로 보입니다. 그리고 또 물론, 아버지야 궁서窮鼠의 입장에서 벗어났던 것만으로 만족하고 있었을 것이고, 다른 것은 생각지도 못하고 있었을 테지만, 그러나 그래도 그 할머니가 품었던 그런 생각에 겉으로라도 동조하지는 않을 수 없었을 입장이었을 것이기에, 그래서 공범共犯으로서의 위치만은 벗어날 수 없었다는 뜻에서 제가 그렇게 말씀드린 것인데, 아무튼 거기서부터 비뚤어지기 시작했던 그 할머니는 소위 내부의 갈등에 대한 해소를 외부에서 구한다는 쉽고도 편리한, 그러나 다소 위험한 길을 걸어가려 하고 있었다는 것에서 그렇게 말씀을 드린 것입니다. 그러니까 때론 없던 적敵이 갑자기 출현하는 것에서 사람들은 흥분을 느끼는지도 모르겠습니다. 그러나 그것은 두려움을 동반하는 일이라 대부분의 사람들은 싫어할 일이겠지만, 일부 특별한 사람들은 그런 것을 오히려 즐기려 드는 것 같고, 무기력한 상태라면 그것이 일종의 활력소가 되어주는 일도 있을 수 있다고 생각하는데, 그러나 그 할머니가 그러한 사람이었던 지에 대해서는 확실히 알 수는 없으나, 그러나 당시 모든 것에 낙담해서 피곤에 지쳐있던 그 할머니에게 그 일은 그런 상황을 충분히 제공해 준 것만은 확실한 듯하고, 또 폭발하기 일보 직전의 상황에서 그것을 분출시킬 곳을 찾지 못하고 있었던 그 할머니는 그래서 막연하게 '그것이 그것'이라는 본능적인 사고에 이끌려서 그런 식으로 자신을 만들어 나가려 하고 있었다고도 생각이 되는 것입니다. 그러나 그 구체적인 해법은 아직도 없던 상태였기 때문에 어떻게 대처하겠다는 작전 같은 것도 아직은 마련하지 못했던 상태였고, 그런데다 또 자신들의 입장이 어떻다는 것을 정확히 알지도 못하고 있었던 상태여서, 아니 그런 궁지에 몰린 상태를 무조건 적으로 외면하고 모든 힘을 밖으로만 향하려 하고 있었기 때문에, 그래서 부초浮草처럼 실체만 있고 동기나 명분의 근거는 상실된 채 하루를 채워나가고 있을 수밖에 없었다는 이야기인 것입니다. 그러나 그런 시간도 그리 오래가지는 않았습니다. 그 역시 그 할머니에게 불리하게 상황이 전개되어 갔던 때문이었는데, 그것은 또 아직 어떻게 하겠다는 방법도 찾지 못하고 있던 중에 외할머니께서 어머니와 저를 데리고 다시 친가로 찾아와 버렸던 때문이었던 것입니다. 그렇게 되자 상황은 다시 극도로 악화되었고, 친가는 다시 혼란에 빠지게 되었습니다. 그리고 또 비록 사실과는 거리가 있다고 하더라도 이제는 자신들에게 유리한 명분 같은 것도 마련했다고 보고 있었고, 그래서 또 그 대안인 해결책만 빨리 마련하면 된다는 식으로 생각하고 있던 참이었는데, 그런데 그런 기습은 그 할머니로서도 전혀 예상하지 못했던 것입니다. 그리고 또 그때 외할머니는 제가 태어나자 '하루라도 빨리'라는 심정에서 아버지의 행방에 관계 없이 그런 일을 감행하신 듯했고, 아니 그것은 당연히 밟아야만 했던 수순手順이었는지도 모르겠습니다만, 어쨌든 외가에서 본다면 그랬다는 것이고, 그러나 친가에서는 그것이 말 그대로 아닌 밤중에 홍두깨 격으로 날벼락이 되고 말았다는 것인데, 하지만 그 와중에서도 친할머니는 어떻게든 버텨보려고 애를 썼던 것 같았으며, 그것은 또 외할머니 말씀에 당신께서 그렇게 나타나시자 처음에는 친할머니의 대응이 완강했었다고 하셨던 것으로 알 수가 있었지만, 그러나 저를 들이밀며 다짜고짜로 나서시던 외할머니를 보고서는 친할머니도 어쩔 수가 없다고 생각했던지 곧 그 기세를 누그러뜨렸다고 하셨던 것입니다. 그래서 그 싸움도 친할머니에게는 천추의 한으로 남게 되었고, 결국에는 어머니와 저까지 떠맡게 되고 말았던 것인데, 그것은 또 그때 외할머니는 어머니와 친할머니 앞에서 '너는 이제부터 이 집 귀신이 될 거니까 이 집에서 사는 거다. 그리고 이 아이들은 당신 아들이 책임져야 하니 구워 먹든 삶아 먹든 마음대로 하시오' 하시고는 오셨던 길로 도로 팽하니 돌아가시고 마셨던 때문이었던 것입니다. 그래서 그때부터 어머니와 저는 친가 생활을 하게 되었습니다. 그러나 당시 궁핍했던 살림을 억지로 꾸려나가고 있던 친할머니로서는 어머니와 제가 여간 부담이 되지 않았던 모양이었는데, 그렇다고 별 뾰족한 수도 없어 그렇게 살아갈 수밖에 없었던 모양이었지만, 그래서 였던지 더욱 분한 마음을 갖게 되었던 친할머니는 시간이 나는 대로 아버지에게 다시 달려들었다고 합니다. 그래서 그 사건의 전말에 관해 서 다시 집요하게 파고들어 갔고, 그리고는 결국 그 문초에 지쳐버린 아버지에게서 전세를 뒤집어엎을 만한 이야기까지 끌어내는 데 성공 을 했다는데, 그것은 또 물론 제가 느끼기에도 참으로 안타까운 일이 기도 합니다만, 아무튼 그때 아버지는 그 친할머니의 독사毒蛇 같은 눈 빛에 질려버려서 그런 엄청난 소리도 했는지 모르겠는데, 그래서 우선 그 숨 막히던 상황에서 벗어나 보고자 그렇게 했던 것도 같았지만, 그 러나 당시 아버지는 병이 말기로 가고 있었던지 가끔씩 각혈을 하기 시작했다고 하고, 또 식은땀을 흘리면서 잠을 자듯 혼절할 때도 제법 있었다고 했는데, 그래서 그 때문에 본 정신을 잃어서 그렇게 말을 했 던 것이었는지도 모르겠지만, 하지만 아무리 그렇다고 하더라도 그것 은 꿈속에서라도 내뱉어서는 안 될 말이었고, 또 그런 생각 자체가 이 미 성립될 수 없었던 이야기였음에도 불구하고 내뱉어져 버렸던 것이 었는데, 아무튼 아버지는 그때 그 할머니에게 '저 아이는 내 아이가 아 닌지도 모른다'는 말을 해버렸다는 것이 바로 그것이었던 것입니다.

"아!"

"네, 그러자 그 말을 들었던 그 할머니는 깜짝 놀랐습니다. 세상에 이런 소리도 없을 것이라고 생각해서였겠지만, 그러나 그것은 다시 생 각해 보면 미묘하고도 복잡한 여러 문제를 만들어 낼 수도 있었던 것 이어서 기쁨 반, 흥분 반으로 그 할머니는 다시 아버지에게 그것에 대해서 물어 보게 되었고, 그리고 이번에는 그 아버지의 입에서 거의 확답에 가까운 말까지 재차 유도해 냈다는 것이며, 그러자 그것 역시도 그 할머니에게는 기대에 차고도 남을만했던 발언으로 '아무리 생각해도 저 아이는 내 아이가 아닌 것이 틀림없다'는 말까지 아버지란 사람에게서 이끌어 냈다는 것이 또 바로 그것이었던 것입니다."

"아무리, 그런 일이?"

그러자 김이 마치 여기서는 더 참을 수 없다는 듯 갑자기 발끈하듯 나섰다. 그리고는 말도 안 된다는 듯 최를 노려보고 있다가 이렇게 말을 했다.

"아니, 아무리 그래도 사람에겐 부정父情이란 것이 있기 마련인데! 그리고 자신의 아이를 보고 정을 느껴서 흐뭇해하기는커녕, 오히려 생각도 없는 아이를 상대로 배신을? 물론 자네 말대로 그 아버지의 상태가 그 지경까지였다고 하니 정상적인 것을 기대하기는 힘들었다고 하더라도, 그래도 인간에겐 육감이란 것이 있고, 피 끌림이란 것도 있기 마련이어서 그렇게까지 되기는 힘들 것 같은데 말이야? 그래서 이 대목에서는 도무지 믿어지지가 않는 걸?"

그리고는 의자에 등을 기댔다. 그러나 최는 더 이상 그에 대해서 부연하지 않았다. 그것은 또 마치 '제 말을 그대로 믿어주십시오' 하고 침묵으로 항변하고 있는 듯도 보였는데, 그래서 그 두 사람 사이에는 또다시 스치는 침묵이 잠시 흘러갔던 것이다.

"이 세상에는 이해가 되지 않는 일들이 너무도 많은 것 같습니다."

하지만 잠시 후, 최가 먼저 침묵을 깨고 다시 이렇게 입을 열었다. 그러자 김은 말없이 그런 최를 지켜보고만 있었다.

"그리고 그런 일들은 대개 당사자들이 그 문제를 객관적으로 보지 않고 자신의 주관을 섞는다거나, 자신들에게 유리하게 또는 편리한 방법으로 해석하고 결론 내리려 들기 때문에 그렇게 되는 경우가 많은 것 같은데, 방금 말씀드린 것도 그런 것과 유사하리라 생각합니다."

그러자 이번에는 김도 지지 않겠다는 듯 최의 이야기에 이렇게 답을 하고 나섰다.

"그러나 아무리 그렇다고 자기 자식을 두고? 그리고 한때는 사랑했기 때문에 그런 일까지 저질렀을 자신의 애인에게까지 그렇게 했다는 것은 누가 들어서도 납득에 문제가 조금 있지 않을까?"
"네, 그러나 그런 것들은 전부 상식이라는 선 위에서만 가능한 이야기라고 저는 생각하고 있습니다."
"그럼, 부친의 병적病的인 상태나, 친할머니의 정신적인 문제 등이 그 일을 그렇게 만들 수밖에 없었다는 이야기긴가?"
"그것도 전부라고 할 수는 없습니다."
"그럼, 그것 말고도 또 다른 이유가 있단 말이지!"
"네."

그러자 김은 다시 할 말이 없다는 듯 가만히 있었다. 그러자 잠시 점령했던 침묵을 젖히고 여기까지 이야기를 나눈 두 사람 사이에 물러나 있던 침묵이 다시 틈을 노려서 끼어들었다.

그리고 또, 그 산속에서의 여름 오후는 그야말로 느긋했다. 간혹 어딘가로 날아가며 내지르던 산 새들의 날카로운 울음소리. 그리고 메아리 같은 여운. 그리고 마치 악쓰기 대회를 하듯 마구 울어대던 매미들의 간헐적인 아우성이 없었다면 그림이라고 해도 시비하지 못할 만큼 사방은 고요했으며, 그래서 그 모든 것이 정지된 듯 그 누구의 관심에서도 벗어나 있던 무한 자유가 그곳에서는 말 그대로 현실이 되고 있었던 것이다. 그러나 그 속에서도 작은 움직임들은 여전히 분주할 것이었고, 살벌한 생의 다툼은 더욱 치열할 것이었는데, 하지만 그 모든 것들이 우습게도 '자유와 평화'의 그늘에 가려져 그렇게만 보이고 있는 것에 불과하고 있었다는 것은 참으로 아이러니가 아니라고 할 수 없었는데, 어쨌든 김과 최도 그곳에 있었다. 그리고 비록 아직은 서로의 마음이 합일 상태에까지는 가지 못해서 나름대로의 이해利害를 가지고 마주했던 자리였다고 할 수 있었지만, 그러나 조금씩 다가서며 두 사람은 서로를 알아가기에 노력하고 있었고, 의문과 갈등, 그리고 해소와 이해理解로 어렵게 마련했던 자리를 무위로 돌리지 않게 하기 위해 나름대로 애쓰고 있었던 것이다.

"그래, 그것도 다음 기회에 한 번 더 들어보기로 하고, 일단 하던 이야기를 계속해 보게."

　그러자 이번에는 시간이 제법 길어지고 있다고 생각했던지 김이 먼저 이렇게 말을 하는 것으로 일단 그 침묵을 끊었다. 그래서 최의 이야기는 다시 이어졌다.

　"네, 그래서 그 후, 그 할머니는 앞뒤 재보지도 않고 자기 아들이 했던 말만 믿고서 저에 대한 탐색에 들어갔다고 합니다. 그래서 그때까지만 해도 긴가민가하며 혹처럼 생각했던 제게 관심을 보이기 시작했고, 저를 안아서는 요모조모 뜯어본다든지, 어디 용한 점쟁이를 찾아가서 어머니 모르게 물어보기도 했던 등, 갖은 방법을 다 써가며 어머니의 부정不貞을 밝히려고 애썼다는 것입니다. 그것은 또 심한 말로 ' 만약에 이 아이가 내 손자가 아니란 것이 밝혀지기만 하면, 너희들을 당장 요절내고야 말겠다'는 듯이 말입니다. 그런 사람에게 안겨있던 제가 편했을 리는 없었을 겁니다. 그래서였던지 저는 그 할머니에게만 안기면 자꾸 울어대서 그 할머니는 저를 제대로 한번 안아 보지도 못했다고 했는데, 아무튼 그렇게 울어대던 제게서 그 할머니는 자신에게 유리한 단서가 될 어떤 것도 알아내지는 못했던가 봅니다. 하지만 또 사실, 그리고 이야기 자체가 우스운 것이 어린아이에게서, 그것도 이제 막 태어난 갓난아이에게서 무슨 흔적이나 찾을 수가 있겠으며, 설사 그렇게 해서 찾아낸 그것이 뭐 그리 대단할 수나 있겠습니까? 사람이란 것은 어차피 좀 더 커야 얼굴의 윤곽 같은 것도 잡힐 것이고, 그때서야 누굴 닮았느니 하면서 서로 이야기도 할 수 있는 것 아닐까요? 하지만 또 물론 비슷한 구석 같은 것을 미리 발견할 수는 있겠지요. 그리고 특별히 그런 얼굴로 나오는 아이들도 있을 것이고요. 그러나 한 형제끼리라든가, 비슷하게 닮은 사람들의 아이들일 경우 그런 일이 없으리란 법도 없어 제가 예를 들어 말씀드리는 것입니다만, 하여튼 그런 경우에서는 어떻게 설명할 수가 있을까요? 서로 '이 아이는 내 아이가 아니고, 저 아이는 내 아이다'라고 자신 있게 말을 할 수가 있을까요? 그리고 양부모를 다 안 닮은 아이들도 저는 본 적이 많이 있고, 또 어렸을 때는 닮지 않았다가 커가면서 닮는다든지, 그 반대의 경우도 부지기수일 텐데 말입니다. 아무튼 사람의 선입관 내지는 고집이나 집념 같은 것은 참으로 무서운 것이었습니다. 그리고 소득도 없는 일을 자진해서 하는 것까지야 어쩔 수 없다고 하더라도, 없는 일을 만들어 내어가면서까지 자신의 만족을 구하려 들었다는 것에 대해서는 어떻게 설명을 드려야 할지 저는 알 수가 없는데, 어쨌든 그 할머니는 자신의 그런 모든 노력에도 불구하고 별 신통한 답을 얻어내지 못하자 급기야는 스스로 정신을 잃어버릴 지경까지 되어갔던가 본데, 그런데 그보다 더 큰 문제는 그다음에 생기고 말았던 것입니다. 즉, 그 할머니는 그동안 그것을 죽 밝히려고 노력하던 중, 은연중에 자신에게 스며들었던 부정적인 잠재의식으로 인해서 마침내 판단력마저 상실하게 되었고, 또 선악조차도 구별할 수 없는 지경에까지 가버려서, 그래서 마치 이판사판 격으로 그길로 그것을 자신의 판단대로 결정 내려버리게 되었다는 것이 바로 그것이었던 것입니다. 그러니까 '이 아이는 분명히 내 손자가 아니다'라고 말입니다."

  최는 여기까지 말을 하고는 잠시 쉬었다. 그러자 복잡한 심정일 것이라는 것은 김으로서도 능히 짐작할 수가 있어 그런 그를 내버려 두고 있었는데, 그러나 최는 그것을 길게 끌지는 않았다. 그것은 또 이미 마음의 정리가 다 끝난 일을 자신의 감정 때문에 이야기를 지체시킬 수는 없다고 생각했던지 금방 다시 입을 열었던 것이다.

"그래서 그 할머니는 그때부터 태도를 변화시켜 나가기 시작했다고 합니다. 그동안은 아직 분명치 않았던 일이어서 좀 더 시간을 두고 생각해 보자고 마음을 먹어서 그랬는지는 몰라도, 그래서 저나 어머니에게 그렇게 심하게는 하지 않고 있었던 모양이었지만, 그러나 그 후로부터는 더욱 노골적으로 우리들을 적대시하기 시작했고, 어머니와 저를 핀잔하는 일도 늘어갔던 것입니다. 그래서 병신病身의 몸을 이끌고 해내야만 했던 어머니의 시집살이도 더욱 힘들어져 갔다는데, 그러나 당시의 어머니는 그런 사실을 전혀 모르고 계셨기 때문에, 그래서 어느 집의 보통 며느리들도 다들 그런 식으로 시집을 사니 당신께서도 당연히 그러려니 하시면서 견딜 수밖에 없으셨다고 하셨습니다만, 그런데 또 그러던 어느 날이었다고 합니다. 그것은 또 마치 잔뜩 흐려 있던 하늘이 결국에는 물벼락을 내리듯, 그런 죄 없이 받아야만 했던, 억울하게 저질러졌던 일들이 모두 모여서 하늘에 닿아, 그래서 결국 하늘도 노하게 했던 듯 사람으로서는 입에도 담지 못할 사건 하나가 기어이 생기고 말았다는데, 그런데 여기서 또 제가 왜 그 이야기에 앞서서 이렇게 거창한 표현을 썼느냐에 대해서 먼저 말씀드리면, 그 일은 표면적으로는 어머니에게 나쁜 일처럼 보이고 있었지만, 그러나 그 결과는 어머니에게 좋은 쪽으로 나타났다는 데서 그렇게 말씀드린 것이고, 그러나 그 결과는 또 전체적으로는 어머니를 힘들게 하는 쪽으로 이어져갔기 때문에 그렇게 말씀드리게 된 것인데, 물벼락이란 표현이나 하늘도 노하고 말았다는 것은 어머니를 그런 생지옥에서 구출해 내기 위한 전조前兆 같은 것으로 해석할 수가 있어 그렇게 표현해드린 것이며, 그러나 그렇게 해서 생기게 된 결과는 또 결국에는 전체에 악영향을 끼칠 수밖에 없게 되었다는 데서 또 그렇게 표현해드린 것입니다만, 아무튼 마침 그날은 할머니와 가족들이 모두 무슨 일로 밖에 나가고 집에는 어머니와 아버지 그리고 저만 있게 되었다는데, 어머니는 그때 빨래를 하시느라 마당 한쪽의 세면장에 쪼그려 앉아 계셨다고 하셨고, 아버지는 저를 보느라 마루에 앉아 있었다고 했습니다. 그런데 그렇게 앉아 있던 아버지가 무슨 생각을 했던 것인지 갑자기 어머니를 불렀다고 합니다. 그리고는 어머니에게 방으로 들어오라고 하고는 혼자서 먼저 방으로 들어가 버렸다고 했는데, 그러나 어머니는 하던 빨래도 있고 해서 바로 따라 들어가지는 않으셨다고 하셨는데, 그런데 그렇게 잠시 있었을 때 갑자기 제가 울어서 어머니는 하는 수 없이 일어나실 수밖에 없었다고 하셨습니다. 그런데 또 바로 그때였습니다. 아버지는 기다려도 어머니가 따라 들어오지 않자 기분이 나빠졌던지 문을 박차고 뛰쳐나와서는 대뜸 고함을 질렀다고 합니다. 그리고 어머니는 그때의 일을 생생하게 기억하고 계셨는데, 나중에는 기가 차셨던지 힘없는 웃음을 웃으시고는 눈물까지 보이셨습니다만, 아무튼 그때 아버지는 '여자가 남편이 들어오라고 하면 빨리 들어올 일이지 왜 그렇게 어정대?'라고 고함을 질렀다고 하고, 어머니는 또 그런 아버지의 역정보다는 제가 우는 것이 더 급하다고 생각하셨던지 마루까지 오셔서는 저부터 안아 들었다고 하셨는데, 그러나 그것이 아버지에게는 또 못마땅하게 여겨졌던지 다시 화를 내며 아버지는 방으로 들어가 버렸다고 했던 것입니다."

"음, 그러나 그런 일이라면 그 당시에는 흔히 있었던 일이 아닐까? 역시, 가부장제도 때문에 많은 남자들이 그렇게 했을 테니 말이야?"

김이 또 여기서 이렇게 말을 하고 나왔다. 아마도 김은 그 정도로는 '하늘 어쩌고' 했던 표현이 어색하지 않느냐는 뜻에서 항의라도 할 양으로 그렇게 했던 것 같았는데, 그러나 최는 또 그 답에 앞서 먼저 고개부터 숙였다.

"네, 그런 일이야 지금에도 도처에서 자행되고 있고, 또 답답한 현실이 되고 있기도 합니다만, 그러나 저의 이야기는 거기서 끝나지는 않습니다. 아니, 오히려 지금부터가 본론입니다."
"아, 미안. 내가 좀 성급했던 모양이군, 계속해 보게."

그러자 김은 자신답지 않게 조급하게 굴었던 행동을 반성이라도 한다는 듯 웃으면서 이렇게 말을 했다. 그러자 그 웃음이 상쾌하게 느껴졌는데, 어쩌면 그 웃음에서 천진스런 표정 같은 것도 느껴져서, 그가 평소에는 근엄한 태도로 일관하며 다소 불편하게 살아온 듯은 했어도, 그러나 원래는 다정다감한 사람이었을 거란 생각까지 들게 했던 웃음이었다.

하지만 누구라도 그렇게 웃어서 좋게 보이지 않을 사람은 없을 것이므로, 그래서 그것은 꼭 김에게만 해당되는 것은 아니라고 볼 것이었고, 좀 더 정확하게 말하자면 이제 최에 대한 의심과 세상의 치레들을 벗기 시작했던 김의 마음이 그렇게 편하게 표현되었던 것이라고 말을 하는 것이 옳을 것 같았다.

"네, 그렇게 해서 어머니는 저를 안고 방으로 들어가게 되셨고, 그러자 그때 아버지는 어머니가 들어오기만을 벼르고 있었던 듯, 방 안에 서서 씩씩대고 있었다고 합니다. 그리고 그때부터 아버지의 말도 되지 않은 투정이 또 시작되었다고 하셨는데, 그때 아버지는 먼저 자신의 말에 기대만큼의 반응을 보이지 않던 어머니를 나무랐다고 합니다. 그러니까 남편의 말을 존중해 주지 않는다고 어머니를 힐책하기 시작했다고 하며, 나중에는 욕설까지도 서슴지 않으면서 빈정거리는 투로 어머니를 괴롭혔던가 본데, 그러자 듣다 못한 어머니가 그것에 대해 항의를 하자, 이제는 아주 기다렸다는 듯이 다시 그것을 가지고 또 나무랐다는 것입니다. 그리고 또 그것은 주로 '그렇게 급한 일도 없을 것인데, 하던 빨래는 마저 하고 들어와도 되었지 않았겠어요?'라고 했던 어머니의 말에 '남자가 하는 말에 여자가 말대꾸나 하고!'라는 치사한 수준의 것이었다고 하고, 그러자 또 어머니는 그 말에 더 이상 대꾸할 필요를 느끼지 못해 아버지 혼자서 지껄이게 두고는 저에게 젖을 먹일 양으로 가슴을 열었다고 하셨습니다. 그러니까 그 당시에는 한 집안에서의 며느리란 위치가 그리 녹록치만은 않아서 어머니로서도 힘이 들 수밖에 없었다고 하셨고, 그런데다 또 그런저런 이유로 어머니에게는 더욱 힘든 시절이 되고 있었을 때라 하루 종일 쩔뚝거리던 다리를 끌어가며 집안일을 하느라 어머니는 제게 마음 놓고 젖 한번 물릴 시간도 제대로 없었다고 하셨던 것입니다. 그래서 시간이 나는 대로 제게 젖을 물리셨다고 하셨고, 더욱이 젖이 잘 나오질 않아서 그것도 마음대로 되지 않았을 때가 많았다고 하셨는데, 그래서 어머니는 그때도 저에게 젖을 물릴 시간이라고 생각해서 그렇게 하셨다는 것입니다. 거기다 눕혀두었던 제가 아버지의 고함에 놀랐던지 계속해서 울어대던 터라 어머니는 저를 달래기도 할 참으로 그렇게 하셨다는데, 그러나 그것을 본 아버지는 갑자기 더욱 화를 내며 꼭 미친 사람처럼 되어갔다고 하고, 마치 마귀 같은 얼굴을 하고서는 무엇에 공포라도 느낀 듯 발광하다가 소리를 꽥, 하고 내질렀다고 하셨는데, 그런데 그것이 결국에는 넘지 말았어야 했을 선을 기어이 넘고야 말았다는 것입니다. 그리고 또 그것은 '이건 누구의 새끼야?'라고 고함을 내질렀다는 것이 바로 그것이었다고 하셨는데, 그러자 그 말을 들은 어머니는 갑작스런 고함에 다시 놀라기도 하고, 또 아버지의 그 말에 하도 기도 차서 아무런 대꾸도 하지 못하고 아버지를 올려다보고만 있었다는 것입니다. 그러자 그것을 본 아버지는 또 어머니가 자기를 째려본다면서 '어디 여자가 남편을 째려 봐?' 하고는 발을 들어서 어머니의 머리를 사정없이 걷어차 버렸다고 했던 것입니다. 그러자 어머니는 그 자리에서 저를 안은 채로 폭 꼬꾸라지며 코와 입에서 피를 쏟았습니다. 그러자 또 아버지는 저는 울어대고, 어머니마저 피를 흘리며 쓰러져 있으니 그 산만했던 분위기에 덜컥 겁이라도 났던 것인지 이번에는 어머니에게 다가와서 미안하다고 사정하기 시작했다고 합니다. 그렇지만 어머니는 아무런 대꾸도 없이 가만히 앉아만 계셨다는데, 그것은 또 너무 기가 차서 그렇게 할 수밖에 없었다고 하셨지만, 그러나 아버지의 광적狂的인 행동은 거기서도 끝나지를 않았던 것입니다. 아마도 당시 이성과 병적인 감정이 자신의 내부에서 싸우고 있던 동안 이미 병으로 인해서 허약해져 있었던 아버지의 몸은 이제 그 결과를 기다릴 만한 인내심조차도 가질 수 없게 되어, 마치 줄 끊어진 연鳶처럼 그것과 분리

되어서는 정신세계와 관계없이 따로 움직여서 우선 쉬운 대로 다시 벌떡 일어서서는 발광을 하다 마침내 어머니에게서 저를 빼앗아 들었다는 것입니다."

"흠."

"아마도 그때, 아버지의 머릿속에는 아무것도 없었을 것이라고 저는 생각합니다. 그러니까 이미 혼이 빠져나간 시체 같은 상태와 다를 바가 없었을 거란 이야긴데, 그러나 그 상황에서 아버지에게 그것과 다른 점이 있었다면, 아마도 아직 숨이 다 끊어지지 않은 육체가 근육만이 정신의 통제를 받지 못하고서 제멋대로 움직이는 것과 같았던 상태였을 것이라고 저는 생각하는 것인데, 그러자 아무튼 그렇게 저를 안아 들었던 아버지는 이번에는 머리 위로 저를 번쩍 쳐들어 올렸다고 했습니다."

"아!"

"네, 그리고 또 이 장면에서는 제가 어렸을 때 봤던 만화의 한 장면이 자연스럽게 떠오르는데, 거기에는 또 한 사람의 아버지가 있었던 것입니다. 그리고 그 아버지는 자기 자식이 태어나자 너무도 기쁘고 자랑스럽다면서 태양신에게 인사를 드리기 위해 그 주인공 아이를 하늘을 향해, 태양을 향해 번쩍 들어 보였던 것이 그것이었습니다만, 그리고 또 그 만화의 주인공 아버지와 그때 제 아버지의 모습은 겉으로는 완전히 꼭 같아 있었습니다만, 그러나 그 속사정은 완전히 반대였던 것입니다. 아버지는 그렇게 저를 들고서는 어머니에게 이렇게 소리쳤다고 합니다. '이 새끼는 내 새끼가 아니니 죽여 버리겠어! 그러니 빨리 말해! 이게 어느 놈의 씨야?'라고 말입니다."

"저런..."

"네, 마치 무슨 영화의 한 장면 같지만, 그것은 사실이었습니다."

"흠, 그래. 계속해 보게."

"네, 그러나 어머니는 아버지의 그런 행동에도 별 반응을 보이질 않으시고, 그저 '그 앤 당신 자식이니, 당신 마음대로 하시오' 하는 말만 하시고는 그대로 앉아계셨다고 했습니다. 사실, 그리고 또 그럴 수밖에 없었던 것이, 그런 상황에서 무슨 구구한 말이 더 필요했겠으며, 또 설령 어머니께서 무슨 말을 더 하셨다고 하더라도 그 정신이 나가 있던 아버지에게 그 말이 얼마나 먹혀들어 갔겠습니까? 아마도 그래서 어머니는 그때 그런 태도로 일관하셨던 모양이었는데, 그러자 혼자서 어쩌지도 못하고 식식대고만 있던 아버지는 저를 내팽개치듯 내려놓고서는 무슨 말인가를 더하고는 밖으로 뛰쳐나가 버렸다고 하셨고, 그리고 여기까지가 그 사건의 전모인 것입니다."

"음, 듣고 보니 그것도 그리 흔한 일만은 아니었다는 생각이 드는군?"

"네."

"음 그래. 그리고 솔직히 나로서야 그 일을 실제로 당한 사람의 입장이 아니라서 최만큼이야 느낄 수는 없을 것 같아. 그러나 그 이야기만 들어서도 최의 심정이나 특히 당시 자당慈堂의 안타까웠을 심정이 이해는 갈 것 같은데, 그러니까 내 말은, 최의 말만 듣고 그것을 느끼기에는 너무도 엄청난 것이라 감도 잘 잡히지가 않지만, 그러나 그것만으로도 충분히 당시의 상황을 이해할 수는 있을 것 같다는 이야기지. 하지만 나는 여전히 어린 아이가 먼 나라의 동화책을 들고 앉은 듯한 기분이고, 또 그런 이야기를 내가 믿어도 좋을지 어떨지 망설여지는 것 또한 사실이네."

김은 이렇게 말하고는 최를 지그시 바라보았다.

　그런데 또 이 대목에서 김이 중요한 말을 하나 했던 것으로 여겨져서 그것에 대해서도 설명을 조금하고 넘어가면, 그러니까 여기서 김은 '이해가 어떻다'느니 '느낌이 어떻다'느니 하면서 자신의 심정을 그렇게 표현했는데, 그래서 또 그것으로 그의 의도나 생각 같은 것을 조금이나마 엿볼 수 있을 것 같았다는 것이고, 그것은 또 앞서 김이 제자들에게 밝혔던 그 '최의 경험을 자신이 공유하고 싶다'고 했던 것에서, 김은 아마도 이때 이미 그것을 실천으로 옮길 마음을 가진 듯했다는 것을 이 대목을 빌어서 추측해 볼 수가 있었다는 것이다. 그리고 또 그것은 어떤 식으로든 이미 시작이 되어서, 비록 그것이 그때 이미 정립되어 있었는지, 아니면 아직도 시도 중이었는지에 대해서는 명백하지 않았으나, 어쨌든 이미 실천 또는 그 실행에 들어갔던 것만은 확실하게 보였다는 데서 그 의미를 찾아볼 수가 있었던 것이다. 그리고 또 그것은 김의 의지대로 곧 '공유共有'이며, 그것은 또 공감共感으로서의 공유라고 할 것이었으므로, 그래서 그냥 듣기만 하는 식으로서의 그것이 아닌, 느끼기까지 해서, 최소한 최의 심정과 같은 경지에까지 이르러서 '과연 최의 생각이 어떤 것인가?' 또는 '그의 의도하는 바가 무엇인가?' 더 나아가서 '그는 어떤 존재인가?'에까지 이르고자 했던 의도를 가졌던 것이 그때 김이 취했던 태도였다고 생각해 볼 수가 있었던 것이다.

그러나 '과연 그것이 그렇게 쉽게 될 것인지?' 또는 '그런 시도나 의도는 가능이나 한 것인지?' 그리고 또 '그것에서 김은 얼마나 또는 어떤 소득을 볼 것인지?' 등에 대해서는 아직도 미지수였다고 할 수 있었지만, 그러나 어쨌든 그때 김은 최소한 그런 마음으로 최의 이야기에 접근하려 하고 있었던 것만은 확실한 듯 보이고 있었다는 것이고, 그리고 또 그 '녹아듦'으로서의 의도로서 자신의 의지를 관철해 보이겠다는 생각도 점점 더 굳혀가고 있었다고 생각되어졌던 대목이라고 할 수 있었기 때문에, 이 대목도 나름대로 의미가 있었던 것이라고 할 수 있었던 것이다.

"네, 그렇게 생각하시는 것도 당연하시리라 생각합니다. 저도 그때는 어린 나이였지만 그래도 그 말을 듣고는 큰 충격을 받았으니까요."

"아무튼 알았네, 하던 이야기를 계속하기로 하지."

"네, 아무튼 그런 일이 있었고, 그러자 어머니는 그 이야기를 밖에서 돌아왔던 친할머니에게 들려주었다고 했습니다. 어머니의 입장에서는 아버지의 그런 미친 짓거리가 병 때문이든 아니든, 그 부모인 할머니도 알고 있어야 한다고 생각해서 그렇게 했다고 하셨습니다만, 그러나 그 말을 들었던 그 할머니는 펄쩍 뛰기부터 했다고 합니다. 내 아들이 절대로 그럴 리가 없다는 뜻이었겠지요. 그리고는 오히려 어머니에게 자기 아들을 정신병자로 몬다면서 나무랐다고 하셨는데, 하지만 또 물론, 그런 일을 당해서 어느 어미인들 마음이 편할 것이며 또 속이 상하지 않겠습니까만, 그래서 또 그렇게 했던 그 할머니의 심정도 이해가 가지 않는 것은 아닙니다만, 그러나 그 할머니는 그 정도는 아니라고 하더라도 이미 어느 정도 아버지의 병세는 짐작하고 있었던 터였고, 또 그 병 때문에 어떤 일인지는 확실히 예상되지는 않았지만, 그래도 무슨 일이든 일어날 것이란 것은 직감으로라도 알고 있었을 것인데도, 그러나 먼저 부정否定부터 해놓고 보는 것이 부모의 마음이어서 그랬는지는 몰라도, 그렇게 다짜고짜로 어머니를 오히려 몰아세웠다는 것은 언어도단적인 행위였다고 밖에 볼 수가 없었으며, 나이 든 연장자로서 할 행동도 아니었고, 또 선후 따져보지도 않고 일방적으로 그런 행위부터 먼저 했다는 것은 여전히 저에게는 납득하기 어려운 점으로 남아있는 것입니다. 하지만 문제는 거기서도 끝나지를 않았는데, 그래서 그 할머니는 거기서 한발 더 나아가 그것을 핑계로 한 가지 꾀를 내게 되는데, 그리고는 지체없이 실행에 들어갔는데, 그것은 또 아버지의 병이 더욱 악화되었으니 저를 아버지 곁에 두는 것은 좋지 못하다는 이유로 어머니와 저를 포항으로 다시 돌아가라고 명했던 것이 바로 그것이었던 것입니다. 그리고 그렇게 해서 제가 앞서 말씀드린 '하늘에 닿았다'는 것과 '물벼락'이라고 말씀드린 것에 대한 해명이 되었으리라고 생각합니다만, 어쨌든 겉으로는 모든 것이 타당한 듯이 보이고, 또 어머니에게는 해방이라는 기쁨이 주어졌던 계기가 되었던 것은 확실했기 때문에 제가 그렇게 말씀을 드린 것이지만, 그리고 또 그것이 바로 그대로 옳은 이치처럼 보이고도 있겠습니다만, 그러나 그 의도는 실로 불순했던 것이었고, 또 그 저의底意도 곱지 못해 제가 음모陰謀 같은 표현을 쓴 것입니다만, 어쨌든 그 할머니는 주위 사람들에게 쩔뚝거리며 다니시던 어머니를 보이는 것이 내내 못마땅했던 터였고, 그래서 자기 아들의 죄는 없는 듯 가려놓고 어머니의 존재만을

따져서, 그것으로 인해서 자신의 집안이 망신당하고 있다고만 생각을
해, 그래서 그것을 억울하게 생각하고 있었기 때문에 그런 꾀까지 내
게 되었던 것이었으며, 그렇게 되면 또 없는 살림에 입을 둘이나 덜 수
있어 좋다는 계산까지 섞어서 그런 결정을 내리게 되었던 것입니다.
그리고 그렇게 해서 어머니와 저는 그길로 다시 외가로 돌아가게 되었
는데, 그런데 그런 생활은 근 십오 년간이나 계속되게 됩니다."

"아, 좀 쉬었다 하지!"

그런데 여기서 또 김이 갑자기 이야기를 끊었다. 그것은 또 어쩌면,
김은 말도 되지 않을 것 같은 그 이야기들이 최의 입으로부터 흘러 나
오자 그것이 정말로 그대로인 것처럼 느껴지고, 또 마치 자기가 최가
된 느낌으로, 최에게 완전히 빠져버리는 듯해서, 그래서 듣는 자의 객
관성을 상실할 것만 같은 생각이 자꾸 들어서 이야기를 잠시 끊었던
것이었다.

그러니까 이야기는 어디까지나 이야기여야만 한다. 그러나 최가 하
고 있던 그 이야기는 여느 평범한 이야기가 아닌, 과거 자신의 가족에
게서 일어났다는 사실들을 토대로 자신의 들은 바와 경험했던 것들
그리고 그의 주관 또는 판단 등이 혼합되어서 이어져 나가고 있었던
일종의 '최의 역사'라고 할 수 있었던 것이다. 그러나 그 이야기가 아무
리 그렇게 사실에 기초를 둔 것이라고 할지라도 거기서 자신이 마치
최가 된 듯한 느낌으로 그 이야기 속에 완전히 빠져들어 가버리게 된
다면, 그것은 자신이 의도했던 '분신分身 경험'이라거나 '간접경험'이 아
닌, 최 자신과 꼭 같이 되어버려, 최 이외에는 아무것도 되지 않을 수

도 있겠다는 생각이 김은 그때 퍼뜩 들었던 것이다. 그리고 또 자신이 아무리 그런 경험을 원한다고 하더라도 경험은 경험으로 남고, 또 이 야기의 객관적인 판단은 자신이 내릴 수 있어야 할 것이었는데, 그러나 자신이 그렇게 주관을 상실할 정도로 그 이야기에 몰입되어서는 그의 이야기를 일방적으로 듣는다거나 또는 그것을 앵무새처럼 그대로 말하는 것 외에는 아무것도 아니게 되어버릴 수도 있다는 생각도 들었던 것이다. 그래서 김은 급히 자신의 마음을 다시 조율해 볼 양으로 그렇게 이야기를 끊게는 되었는데, 그러나 그것이 잘한 것인지 어떤지에 대해서는 확신이 서지 않고 있던 김이었다.

하지만 휴식이란 것은 사람이 사는 중에 어느 때라도 필요할 것이기에 그것을 김이 그 순간에 쓰지 못할 이유는 없었다고 할 것이었고, 그래서 그때 김은 나름대로 옳은 결단을 내렸던 것으로 생각해도 좋을 것으로 여겨지기도 했다.

어쨌든, 김은 이제 한숨이라도 쉬고 싶다는 심정으로 최를 비켜보고 있었다. 그러나 곧 또 다른 생각이 났던지 조금 전과는 전혀 다른 모습인 편안한 모습을 하며 최에게 이렇게 물었다.

"우스갯소리지만, 자네는 아직도 자신이 죽어야 하는 이유에 대해서는 이야기를 하지 않는 것 같은데, 그 이야기는 언제쯤 들을 수 있나?"

그러자 최가 마치 너무도 당연하다는 듯 이렇게 말을 했다.

"네, 지금 제가 말씀드리고 있는 이야기 전부가 제가 꼭 죽어야 하는 이유들인 것입니다!"

그러자 김은 전혀 예상치 못했다는 듯 갑자기 멍청해져 버렸다. 그 것은 또 마치 최에게서 말로써 한 방 얻어맞은 듯한 인상과 같았는데, 그래서 김은 그때 입을 약간 헤벌린 채로 웃는 것도 아니고, 그렇다고 그냥 벌린 것도 아닌 듯이 하고서는, 눈은 또 초점을 찾지 못해 이리 저리 옮기고 있는 것이 도무지 최의 말을 이해할 수 없다는 듯한 표정을 보이고 있었던 것이다. 그러나 또 그 표정은 약간 웃는 듯했던 것이 어서, 그래서 그때 김의 머릿속에서는 자신이 평생 경험했던 모든 지식들과 생각들이 일제히 들춰져서 그 말뜻을 해석하느라 정신이 없는 그런 모습을 하고 있었던 것이다.

'이 자者는 지금 자신의 이야기 중에서 나 스스로 그 답을 찾아내라고 말하고 있는 것인가?'

그러면서 김은 그 알 듯 모를 듯했던 최의 말에 순간적으로 이런 생각을 했다. 하지만 그가 어떤 의도로 그런 이야기를 했든 김으로서는 도저히 그 답을 아직까지는 찾아낼 수가 없을 것이었다. 그러니까 어쩌면 알 것도 같고, 또 모를 것도 같은 것이, 그래서 김은 최로부터 하나의 수수께끼를 얻은 듯한 느낌까지 받고 있었던 것이다.

'흠! 이제부터는 내가 그것을 스스로 풀어내야 한단 말이지?'

하지만 또 남의 심중을 꿰뚫어 보고 그 의도를 정확히 파악한다는 일은 그리 쉬운 일은 아닐 것이었다. 그리고 그 상대가 이미 자신의 그런 마음을 다 읽고 있다면 그것은 더욱더 그럴 것임에 분명했는데, 그러나 최는 움직이지는 않는다. 즉, 그는 자신의 갈 길을 정확히 알고 있고, 사람을 현혹시키려는 의도도 없어 보이는, 그러니까 적어도 골치 아픈 럭비공 같은 존재는 아니었던 것이다.

하지만 그랬음에도 그는 너무나도 많은 것을 내포하고 있는 듯이 보이고도 있어서, 마치 어질러진 창고에서 무엇을 찾으려 할 때의 창고 같은 인물이라거나, 시간은 급박한데 너무 많은 무기들로 인해서 어느 것을 골라야 좋을지 몰라 망설이고 있는 투사鬪士의 무기들같이, 그렇게 헷갈리는 인물로 김에게는 여겨지고 있었다.

그리고 또 거기서 자신이 무엇을 보고 고르고 찾든 그것이 전부 열쇠라는 것이 그의 생각인 것 같았는데, 그러나 김은 산속에서 나무를 보듯 그 산 전체를 보지 못하는 심정으로 답답하기만 했던 것이다. 그런데다 또, 그는 일관성 있게 자신의 이야기를 꾸준히 해나가고 있었는데, 그러나 거기서 제일 중요하다고 할 수 있던 자신만이 그 물에서 따로 노는 것 같은 소외감까지 느껴져서 김은 잠깐 쓸쓸해지기까지 했던 것이다.

'그러니까, 하나씩 짜 맞추어서 그림을 완성해 나가라는 건지?'

'아니면 어질러진 창고를 정리해서 원래의 그것으로 복원시켜 놓고는, 알뜰히 찾는 수고를 들여서 그것을 알아내라는 건지?'

'또는 아무 무기나 골라서는 일단 싸워보고, 다치기도 하는 경험을 통해서 나에게 가장 적당한 무기를 골라내라는 건지?'

김은 최의 의도를 전혀 알아낼 수가 없었던 것이다. 그러나 또 사실, 김은 그런 거추장스러운 절차는 젖혀두고, 거두절미하고 단도직입적으로 다가서서 "당신, 왜 죽으려는 거야?" 하고 물어버려도 그만일 수 있었다. 그러나 그것은 김의 의도도 아닐뿐더러 최의 목적도 아닐 것이었다. 그리고 또 설사 그렇게 해서 그가 그것을 소상히 밝힌다고 하더라도 자신은 아직 그의 이야기를 다 접하지는 못하고 있었던 상태였기 때문에, 그래서 자신은 코끼리의 코를 만지고 있는 장님 격밖에는 안 될 것이었기에 김은 더욱 인내심을 가지지 않으면 안 되게 되어 있었던 것이다.

아무튼, 김은 그때 이런 생각을 하며 최를 뚫어지게 쳐다보고 있었다. 그러나 최는 머리를 반쯤 숙인 채로 탁자만 내려다보고 있었다. 그래서 그 침묵의 시간은 다시 계속되고 있었고, 더불어서 두 사람의 아까운 시간도 그렇게 해서 속절없이 흘러가고만 있었던 것이다.

'괜한 것을 물어본 것일까? 조금 더 기다렸어야 했는데...'

김은 자신의 서두름이 다시 이야기에 방해가 되었다고 생각하고는 잠시 창으로 눈길을 돌렸다. 그러자 밖은 벌써 저녁이 다 되어 가는지 산 그림자가 느껴지고 있었다.

'벌써 저녁...'

김에게서 하루가 그렇듯 빨리 지나갔던 것은 근래 느낄 수 없었던 일이었다. 그리고 이젠 최가 있어 밤도 무료하지만은 않고, 이야기가 있어 삶의 신선한 느낌도 다시 찾은 듯했다.

'저녁에 다시 만날 수 있으리라. 그리고 또 다시 이야기는 이어지겠지...'

그러나 금쪽같이 아까운 하루가 또 다시 저물었던 것은 사실이었으며, 이야기가 더해질수록 야금거리며 먹는 맛있는 빵처럼, 그 즐거움도 조금씩 사라져갈 것임도 틀림이 없었다.

'그리고는 마침내 그것도 다 없어지고, 결국에는 남겨두지 않은 것을 후회하게 되리라. 서둘 필요가 없다!'

"우리, 나중에 다시 만날까?"

그래서 김은 이렇게 말을 하며 그 시간을 끝내려 했다. 그러자 최는 또 아쉬운 듯 망설이는 표정을 지었는데, 그러나 그것도 잠시, 자리에서 금방 일어서더니 김에게 인사를 하고는 아래로 내려갔다.

아마도, 최의 입장에서는 시간이 자꾸만 지체되는 것이 부담으로 여겨져서 그렇게 했던 모양이었지만, 그러나 김도 쉬어야 할 것이었으므로, 그래서 그는 자신의 뜻을 굽힐 수밖에 없어 그렇게 김의 말에 순응했던 것으로 보였던 것이다.

물의 사유思惟

그렇게 해서 다시 아래로 내려갔던 최는 곧장 약수터로 향했다. 그때, 식사를 하려면 아직도 시간이 조금 남아있었고, 그리고 또 비록 아까는 멍청한 모습을 보였던 곳이라 겸연쩍은 마음도 없지는 않았지만, 그러나 마땅히 갈 곳도 없었던 그는 흐르는 물소리라도 듣기 위해 그곳으로 발길을 향했던 것이다. 그런데다 또, 동산을 오르기에는 식사 시간이 마음에 걸려서라도 그렇게 할 수밖에 없었는데, 물론 밥이야 한 끼 안 먹는다고 어찌 될 것은 아니었지만, 그러나 그런 일로 해서 다시 사람들의 주목을 끈다는 것은 스스로 경계해야 할 일 중 하나라고 생각했기에, 그는 애당초 그런 일은 만들지 않겠다는 의지로 그렇게 했던 것이었다.

잠시 후, 약수터에 도착했던 그는 돌 위에 앉아서 흐르는 물을 바라보기 시작했다. 그리고는 물소리를 들으면서 곧 사색에 잠겨 들었는데, 그래서 또 여기서 그가 하기 시작했던 그 사색思索이란 것도 잠시 들여다보면 그 내용은 또 다음과 같았다.

그는 먼저 물이 흐르는 것을 바라보며 마음을 편안히 한 후, 물소리를 듣는 것은 언제라도 좋다고 생각했다. 그리고는 '저것이 그냥 물이 아니라 생명체를 가진 살아있는 것이라면 어떨까?' 하고 물을 인격화시키려고 시도했다. 그리고는 이제 자신이 생명을 불어넣어 살게 했던 그 특별한 물이 어디에서 어떻게 탄생해서 또 어떤 생의 진로를 찾아가는 것인지에 대해서 관심을 보이기 시작했다.

하지만 그래봤자 그것은 물일뿐이어서, 보통의 물과 운명이 다를 바가 없었으므로, 그래서 그러했던 그의 의도는 더 이상의 특별함을 가질 수는 없을 것 같았는데, 하지만 그는 이어서 저 물은 그 흘러가는 것으로 자신이 살아있음을 세상에 보인다고 생각하고는, 그것의 진로를 계속 추적해 나가려 하고 있었다는 것이 약간 다르다면 다른 것이었다고 할 수가 있었던 것이다.

그래서 그는 이어서 저 물은 바위틈에서 나와서 그릇으로, 그리고 그곳에서 다시 협소한 내川를 타고 흘러서는 계류溪流를 거쳐서 세상으로, 그리고는 큰 물과 합쳐지거나 또는 가던 도중 어디에서 그 운명을 다한다고 생각하고는, 그것으로 보아서 물의 운명이란 것도 인간의 그것과 별반 다르지 않다고 생각했는데, 그것은 또 어차피 인간이란 것도 모르는 바위틈 같은 데서 나서 세월을 타고 흐르다가 어디 어디에서 사라져갈 뿐이라고 생각했기 때문이었고, 그것은 또 이 세상 모든 만물이 공통으로 가진 운명이라고 볼 것이었지만, 그러나 그렇게 별 생각 없이 보아왔던 물 같은 것에도 그런 운명이 있다는 것에 그는 새삼 다시 놀라면서 깊은 깨우침이라도 얻은 양 기뻐했던 것이다.

그리고 여기서 또 잠시, 이 부분에서는 그의 사유를 통해서 그가 어떤 성격의 소유자인지 대충 알 것도 같았는데, 그러니까 그가 그때 김에게 하고 있었던 그 이야기를 바탕으로 해서 보이고 있던 음울하고도, 칙칙하며, 피해 적일 것 같던 이미지와는 달리, 다소 순진한 면도 가지고 있는 듯했다는 것이고, 그것은 또 그 사고思考에도 문이 열려있는 듯한 그런 사람 같았다는 의미지만, 그러나 그렇게 복잡한 듯하면서도 단순한 듯한 성격이야말로 인간이라면 누구에게나 잠재되어 있는 채로 또는 표현하며 살아가고 있는 보편적인 성격이라고 봤을 때, 그래서 그 역시도 한 사람의 평범한 인간에 지나지 않았다고 생각해 볼 수 있었던 대목이었던 것이다.

아무튼, 그는 생각을 거기서 멈추지는 않았는데, 이어서 그는 '그것이 전부인가?' 하고 신경을 다시 모아가고 있었고, 그리고는 곧 그 물이 어딘가로 흘러가서는 더 이상 갈 수 없는 곳에서 자연적으로 멈출 것이라고 생각하면서, 그것으로 그 물은 만족할 것이라고 생각했다.

하지만 또 그렇게 해서야 그가 기껏 생명까지 불어넣어서 인격화 시켜둔 물에 대한 친근감에서 벗어날 수는 없을 것이었다. 그리고 또 그것만으로 사고의 완성을 기대할 수도 없을 것 같았는데, 그래서였던지 그는 거기서 다시 물의 용도를 생각하고는 여러 가지 예를 또 생각해 내고 있었던 것이다. 그것은 또한 흔한 것이라 할 수 있을 식수食水며, 농업수, 공업수 등과 함께 자연수自然水, 즉 자연을 살리는 물까지를 생각해 보면서, 그리고 다 쓰고 남은 것들에까지 생각이 미치고는 이어서 하늘을 올려다보았다. 이제 그 물도 자유를 얻는 순간이라고 생각했던 것이다.

그런데 여기서는 또, 그는 어쩌면 물의 생성 자체가 목적을 가진 것이고, 그 목적은 기旣 알고 있는 것이며, 그 목적들을 다 이룬 다음에는 인간의 노년처럼 완전한 자유를 찾게 된다고 생각해서 거기서 사유의 완성을 보았다고 생각하는 것 같았는데, 그러나 인간의 노년이라는 것도 실제로는 완전한 자유가 될 수 없으며, 오히려 혹자는 '그것은 완전한 자유가 아닌 이제 비로소 그 문 앞에 서 있는 상태다'라고 말을 할 수도 있을 것 같고, 그래서 그 자체 반의지적 정지의 상태, 또는 소멸 진행적 상태라고 볼 수도 있을 것이기 때문에, 그래서 그의 사유가 거기서 끝나서는 안 될 것이란 생각이 들었던 것이다.

'그런데도 그가 거기서 사유를 끝낸 것 같은 태도를 보였던 것은 무슨 이유에서였을까?'

아마도 그는 그렇게 고인 물은 썩을 수밖에 없다고 생각해서 그렇게 한 듯도 했고, 그것은 또 죽음으로 표현할 수 있기 때문에, 그래서 더 이상 생명과는 무관하여 가치를 줄 수 없다고 생각한 때문으로 그렇게 한 것도 같았는데, 그러나 잠시 후, 그는 그 고인 물에다 다시 생명을 주려 시도하고 있었고, 그 시도는 또 '용천龍天'이라고 표현했으며,

그러고서도 남은 것을 '흔적痕迹'이라고 결론지었다.

그런데 여기서 또 그가 표현했다던 그 '용천'이라는 것은 '이무기螭龍'가 때를 만나서 하늘로 오른다는 데서 생각해 낸 '거룩한 승천' 같은 것을 의미한다고 할 수 있었는데, 그런데 그것이 또 그렇게 거룩할 수밖에 없었던 이유는, 이무기의 오랜 기다림 끝에 얻은 일회용 승천과 그 맥은 같이 하나, 그러나 그것과는 달리 물의 그것은 순환을 기도하는 승천이기 때문에 그렇게 표현한 듯했다는 것이며, 그것은 또 곧 세상 만물의 생명을 약속하는 행위일 것이므로, 그래서 그렇게 하지 않고서는 도저히 배기지 못할 만큼의 충동을 받아서 그렇게 표현한 듯도 보였던 것이다.

하지만 또 물론, 그것을 그렇게 표현하지 않고 그저 기화氣化되었다거나, 증발蒸發되었다고 해도 좋을 것 같기도 했지만, 그러나 그가 굳이 그렇게 표현하려 했던 것은, 아마도 그 생명력을 불어넣은 물에 대한 좀 더 구체적인 표현을 하고자 그렇게 한 것도 같았는데, 그리고 또 그 흔적이란 것은 버려진 것으로 볼 수도 있지만, 그러나 그 승천수가 다시 순환을 해서 그것과 재결합함으로써 영원한 생명은 다시 흔적에까지 이어지고, 그것은 또 그렇게 해서 다시 순환의 길로 가게 된다는 것으로 사유의 결론을 내리고 있었다고 생각해 볼 수가 있었던 것이다. 그래서 결국 그는 물만이 이 세상에서 가장 가치 있는 것이고, 또한 숭고한 것이라고 생각하는 것 같았고, 그 표현을 그는 또 이렇게 했다.

'물은 세상의 지배자이며, 물은 곧 이 세상 모든 만물의 어머니다!'

그리고는 자신도 그 어머니인 물을 보고 있으면 그 포용력과 생명력, 그 절대 무한 자유의 신선함에 몰아沒我되어 외롭다거나, 두려운 마음이 없어진다고 생각하면서, 그로 인해 마음에 남은 세상의 추한 티끌들도 모두 다 씻어낼 수 있어서 좋다고 생각하고는, 이제 무욕無慾과 무물망無物望의 경지에 이르러서 마음은 더욱 느긋해지고 또한 여유로워졌다고까지 생각하고 있었던 것이다. 그리고 또 그는 이제 이 세상의 모든 갈등도 우습게 보여 무시해도 좋을 것이라고 여기면서, 개미의 먹이 같은 것을 두고 서로 다투는 인간들의 치졸하고도 이기적인 마음을 마음껏 경멸했다.

그러나 그 생각은 오래가지 않았는데, 곧 이어서 그는 또 다른 생각에 접어들고 있었고, 그것은 또 이렇게 맑고 투명하리만치 정갈한 정신으로 그런 잡다한 것을 다시 생각한다는 것은 더러움을 다시 만드는 일이라 여겨서 좀 전의 그 아름다웠던 사유를 계속하려 들고 있었다는 것이 그것이었다고 할 수 있었던 것이다. 그리고 또 그것은 그에게서는 행복한 일이 되었으며, 자신이 스스로 선택한 길의 문턱에서 주관에 확신을 더해주는 일도 되었기에, 그래서 포기할 수 없는 강렬한 유혹처럼 그를 사로잡고 있어서, 마음이 움직이는 대로 따라가려는 본능 같은 마음에서 그렇게 하려는 것으로 보이기도 했던 것이다.

그래서 그는 이제 자신을 물로 만들, 물과 하나가 될 길을 다시 생각하고 있었다. 그것은 또 그렇게까지 흠모하는 것이라면 스스로 그 길을 선택하지 않을 이유가 없다는 생각에서였는데, 그러나 그것은 너무도 쉬운 일임에 틀림이 없었으므로 그 생각의 결론은 금방 났다.

'나의 육체를 자연에 완전히 용해溶解시키는 것!'

하지만 또 그것은 시간이 도와주어야 하는 것이고, 또한 더불어서 세상의 작은 존재들의 협조 없이는 힘든 일이라고 할 수 있었는데, 그래서 그것은 본인의 의지와는 배치되는 일일 것이어서 그것으로 결론이 났다고 할 수는 없을 것 같았다. 그래서 그는 여기서 생각의 깊이를 더해갔고, 그래서 다시 내린 결론은 육체가 아닌 정신의 용해였다. 그러니까 몸이야 어차피 정신精神을 담고 평생을 수고해야 하는 그릇일 뿐이며 영원을 기약할 수 없는 것이므로, 모두가 그러하듯 때가 되어서 그것은 곧 정신을 잃게 되고 또한 소멸하는 것이 당연한 이치이기 때문에, 그래서 그것에다 목적을 걸 수는 없다고 판단해서 정신 쪽으로 사고의 방향을 돌려서 그것을 극복해 보려고 하고 있었던 것이다.

'그렇다면 정신의 용해는 가능한 것인가?'

'그리고 또 설사 그것이 가능하다고 하더라도, 그것으로 물과 합일하려는 그의 목적은 과연 달성될 수 있을 것인가?'

그러나 그는 이번에도 그 문제들을 너무도 쉽게 풀어냈는데. 그러니까 정신의 용해란 것은 무심無心과도 같은 상태로 그는 보았고, 그 무심은 곧 목적의 확신으로 완성되며, 그 확신은 또 그 시도하는 순간까지 유지되는 것으로 족하다고 생각했던 것이 바로 그것이었던 것이다.

그러나 최 자신은 그것으로 만족했을지는 몰라도 문제는 또다시 생기게 되었는데, 그러면 그 목적이란 것에서, 그 목적 자체가 이미 무심의 장애인데, 그러면 '그 무심은 불완전하다거나, 아예 처음부터 무심이 아니었지 않았겠는가?' 하는 것이 또 그 지적이라고 할 수 있었던 것이다.

그러나 그는 이제 그런 것에는 별 관심을 두고 있지는 않는 것 같았다. 아마도 그는 목적이란 것은 이 세상의 것이고, 그것을 넘어서면 그어떤 목적이나 의도도 무용화되어서 본성을 잃고 만다고 생각해서 그렇게 한 것도 같았는데, 그래서 그의 생각은 계속되고 있었고, 그래서 또 이번에는 그렇게 용해된 정신을 물과 합일合―시키려는데 정신을 다시 모아가고 있었던 것이다.

'그러면 또 여기서 다시, 그가 생각하기에 이제는 용해되었다고 믿는 정신과 상징화된 그리고 인격화 시켜둔 물과의 합일, 그것은 또 과연 가능한 일인가?'

그러나 필자筆者의 이런 염려에도 불구하고 그는 망설임도 없이 그문제를 풀어나가기 시작했고, 이어서 곧 그 성립도 보았는데, 그래서 내린 결론은 또 이런 것이었다.

즉, 물은 이미 자연을 떠나서 상징화 되어버렸기 때문에 더 이상 존재에 얽매일 필요가 없어졌고, 정신도 이미 용해되어 버렸으므로 어떤 구속도 필요치 않게 되어 완전 무가 되었으므로, 그것은 말 그대로 자유자재自由自在로, 그 융합과 합일은 정신의 원함 그 상태가 바로 그

자체 완성이 될 것이란 것이 그의 생각이었던 것이다. 그리고 또 그것으로 그의 그것에 대한 사유는 완전히 결론이 내려졌는데, 그래서 그는 더욱 만족하고 있는 듯했는데, 그러나 그것으로 해서 해결이 완전히 난 것이라고 말을 할 수나 있을 것인지, 또한 그 만족으로 그는 그것을 그대로 실행에 옮길 것인지 어떨 것인지에 대해서는 아직 확실히 알 수는 없었지만, 그리고 또 무엇보다 그렇게 하기 위해서는 일단 본인의 육체를 처리하는 것이 급선무일 것이어서, 그래서 그 정신적인 해결만으로 완성이라고 하기에는 아직 이른 감이 있었는데, 그래서 그다음에 이어질 그의 행동에 더욱 관심이 갔던 것이지만, 그러나 그의 그것에 대한 사색은 여기서 끝이 났고, 그래서 그는 더욱 그 물과 친밀한 관계를 맺게 되었던 모양이었지만, 그러나 그는 여기서 다시 한 가지의 문제를 더 내놓고서 그것에 대해서 또 다시 고민을 하기 시작했다.

그리고 아마도 그는 이 고민 때문에 앞선 그런 생각들이 필요했던 것이라고 생각되었는데, 아무튼 그는 그 물의 순환에 대해서 다시 생각을 이어 나가고 있었다는 것이 바로 그것이었고, 그것은 또 즉, 그 물이 순환으로 존재와 비존재의 영역을 활보하면서 생명한다고 생각하고는, 여기서 자신의 의지를 접목시켜서 여태껏 고민해 왔던 것으로 추정되었던 어떤 문제를 해결하려 들고 있었다는 것이 그 또 다른 생각이었다고 할 수 있었던 것이다.

그것은 또 일종의 종교적인 개념과 비슷했던 것으로, 군이 표현하자면 윤회輪廻와도 같았던 것이었다고 할 수 있었는데, 그러나 그가 그때 생각하고 있었던 그것은 종교적인 것은 아니었고, 단지 순환循環에서

유추되는 그것과 의미가 같았던 것으로 볼 수 있었지만, 어쨌든 그는 자신의 의지대로 이미 그 정신은 물과 합일이 되었으므로, 그래서 그 순환도 이제는 자기 것으로 만들어서, 자신도 그 순환으로 생명해보겠다는 의지를 나타내 보였다는 것이 또 바로 그것이었다고 할 수가 있었던 것이다.

그러나 그것은 말 그대로 말도 되지 않는 것으로, 이미 없어진 육체를 물과 같이 다시 순환시켜 보겠다는 것은 억지 외에는 아무것도 아닐 수 있었으며, 그런 발상 자체가 모순이어서 이미 불가능한 것으로 결정지어도 좋을 것 같았지만, 그러나 이런 필자의 염려에도 불구하고 그의 생각은 또 다른 것 같았다.

그러니까 그는 그 물의 순환에서, 그 물은 존재에서 비존재로 진행되었다가 다시 존재로 환원한다고 생각하고 있었는데, 그러나 그것은 이미 형이하학적으로 판명된 문제이므로 생각할 가치도 없는 듯 보였지만, 그러나 그는 여기서 한 가지의 의미를 더 덧붙여서 생각하고 있었다는 것이 그 생각에 다시 가치를 부여하게끔 만들어 주고 있었다는 것이고, 그것은 또 그 비존재 또는 비존재로 여겨질 만큼의 모호한 상태에서 존재할 때의 물에다, 그것은 또 이미 특성이 변화되어서 그 본래의 성질조차도 잃은 상태에 있는 것도 있을 테지만, 어쨌든 그래도 아직은 화학반응의 가능성은 유지한 상태에 놓여있는 것이라고 할 수 있으므로, 그래서 그것은 무시할 수는 없는 상태라고 할 수 있어서 그렇게 생각한 듯했다는 것이지만, 아무튼 그 상태의 물에다 상징성을 부여해서, 그 물은 이제 그곳에 이름쯤으로 해서 존재였을 때의 모

든 것을 다 정화하고 다시 순수 그 자체로 태어나서 자연으로 되돌아
온다고 생각하고 있었다는 것이 또 바로 그것이었다고 할 수가 있었
던 것이다.

 '그러나 물은 그런 것이 당연하다고 하더라도 자신은 그럴 수 없을
것임이 분명했는데, 그러면 그것을 또 그는 어떻게 해결하려 하고 있
었을까?'

 그는 여기서 자신이 앞서 행했던 모든 사유를 통해서 자신은 이미
물과 합일이 되었으므로, 그래서 그 물의 일부분이 되어서는 그 물과
함께 자연으로 되돌아온다고 생각하는 것으로 그 사유의 결론을 내
고 있었던 것이다. 그러니까 그는 자신의 육체를 버림으로 해서 정신
적인 자유를 얻고, 또 그 자유를 통해서 물과 하나가 되며, 그 순환의
이치에 따라서 끝없는 윤회의 길로 들어가서 영원한 생명을 구가하겠
다는 뭐, 그런 생각이었다고 할 수가 있었던 것이다.

 그러나 그것으로 모든 생각을 끝내기에는 미흡한 점이 제법 있었
다고 생각되었는데, 그것은 또 왜냐하면, 그것은 또 그렇다고 치더라
도 '자신의 목적 내지는 의지를 그것에 접목 또는 흡수시키는 데는
실패하지 않았는가?' 하는 것이 또 바로 그 지적이라고 할 수 있었던
것이다.

 하지만 또 물론, 그것에 대해서는 조금 있다 다시 결론이 내려지게
되겠는데, 그러나 그때 그의 사유는 그것으로 끝을 내야만 했고, 그것

은 또 바로 그때 그 사유의 방해물이라고 할 수 있었던 무엇이 그에게
로 천천히 다가오고 있었던 때문이었다.

최는 인기척이 느껴지자 얼른 앉았던 자리에서 일어섰다. 그리고는
그를 향해서 먼저 인사를 했다.

그러니까 소위 '불청객'이라는 신분, 달갑지 않은 손님, 그 찾아온 동
기가 불순한 객 등, 오만 오명汚名을 다 짊어지고 있었던 그가 그곳에서
해야 할 일이란 오직 그런 예禮의 충실한 실천뿐이라는 듯, 그는 서둘
듯 그렇게 서서 먼저 인사를 했는데, 그러나 그 반대의 입장에 있던
그 상대방은 그런 그의 인사를 유유히 받으면서 천천히 그에게로 걸
어왔다. 그리고는 최를 슬쩍 지나서 약수터로 가서 바가지에다 약수
를 한 그릇 받아서는 천천히 마시더니 이어서 최에게서 등을 돌린 채
로 먼 산을 쳐다보듯 잠시 그렇게 서 있었다.

그는 '한규식'이었다. 그리고 이제는 서로 인사까지 나눈 처지였지
만 그래도 두 사람 사이에는 무언가가 가로막고 있는 듯 서먹한 느낌
이 있었고, 그런 느낌은 또 최를 더욱 부자유스럽게 하고 있었는데, 그
러나 잠시 그렇게 서 있던 한韓이 먼저 입을 열어서 그 어색한 분위기
를 깨주었기 때문에 최는 곧 그 갑갑함에서 벗어날 수가 있었다.

"이야기, 선생님으로부터 들었습니다."

그는 짙은 색의 뿔테안경을 쓰고 최만큼이나 깡마른 얼굴을 하고서는 눈만 반짝이고 있었지만, 그러나 그 눈은 영리함으로 가득 차 있는 듯 보여 일견에도 보통 사람은 아닐 것이라는 생각이 저절로 들게 하고 있었다.

"네."
"그런데…"

한은 무슨 말을 하려던 것인지 말을 꺼내놓고는 또 잠시 망설였다. 그러나 내친걸음이라고 생각했던지 금방 다시 말을 이어갔는데, 그런데 그것이 또 너무 직선적이었던 것이어서 최를 당혹하게 했다.

"그런데, 왜 하필이면 죽으려고 생각을 한 것입니까?"

그는 작가 지망생답게, 여러 가지 일들에 관심이 아주 많다는 듯, 그리고 또 그런 것도 다 관심의 일부일 뿐이라는 듯 그렇게 담담하게 질문을 던지고는 있었지만, 그러나 최는 그 질문을 받자 언뜻 대답해 줄 말이 생각나지 않았다. 그것은 또 왜냐하면, 그가 그렇게 물어온 이상 자신도 그에 걸맞게 "나 살기가 싫어서 죽으려고 해요" 하고 단도직입적으로 말을 할 수밖에 없게 되어있었던 때문이었는데, 그러나 그런 답으로는 그가 성에 차 할 것 같지가 않았기 때문이었다. 하지만 또 그렇다고 김에게 하듯이 그렇게 세세하게 자신의 입장까지 밝혀가며 답을 할 수는 없었기 때문에, 그리고 또 설사 그렇게 이야기한다고 하더라도 그가 얼마나 자신의 말을 이해해 줄지도 자신이 없었기에, 그래서 최는 잠시 고민을 하다가 이렇게 답을 했다.

"네, 그렇게 하는 것이 저나 모두를 위하는 일일 것 같아서요."

하지만 최는 나름대로 한다고 했던 답이었지만, 그러나 하고 보니 시원치가 않은 것 같아서 스스로도 금방 후회가 되었다. 그러자 아니나 다를까, 최의 염려대로 그는 그 말을 선뜻 이해할 수가 없었던지 잠시 생각이라도 하는 듯이 먼 산을 바라보며 서 있었다. 그러더니 또 잠시 후에 "모두를 위한다는 것에는 무슨 또 다른 의미 같은 것이 있는 것입니까?" 하고 다시 물어왔다. 그러자 그 질문에 최가 또 이렇게 답을 했고, 그렇게 해서 두 사람의 대화가 잠시 다음과 같이 이어졌다.

"네, 저 하나가 이 세상에서 없어짐으로 해서 모두는 그만큼 편해질 것이란 의미지요."
"근데, 그게 어떻게 해서 모두를 편안케 하는 것일까요?"
"네, 그렇지 않아도 어지러운 세상에 저 같은 사람이 있으면 그것을 더하게 되니, 저의 의지의 실행으로 그것은 조금이라도 줄어들 것이란 의미이며, 그렇게 되는데 저의 결단이 도움이 될 것이란 뜻입니다."

여기까지 들었던 한은 다시 먼 산을 쳐다봤다. 그러더니 또 "그러나 아무리 그렇다고 하더라도 한 개인의 그런 결단으로 이 세상이 혜택을 받는다는 것은 납득할 수 없고, 그렇게 되면 손님의 그런 생각도 무용無用해지게 될 거라 생각되는데, 혹시 그런 것에는 관심이 없는 겁니까?" 하고 다시 물어왔다. 그래서 또 최가 이렇게 답을 했다.

"네, 그 말씀은 제가 하려는 일이 쓸데없는 일이 아니겠느냐는 뜻으로 들리는데요?"

"아뇨, 꼭 그런 의미로 드린 말씀은 아닙니다. 다만 제가 느끼기에 그렇다는 것이지요!"

"네, 그러시겠지요. 그러나 제게는 꼭 제가 해야 할 어떤 일이 있고, 그것을 현실화시키려는 것이 저의 의도이므로, 그래서 설령 선배님의 그런 생각이 옳다고 하더라도 저는 저의 길을 갈 수밖에 없게 되어있으므로, 그래서 그것이 꼭 그렇게 수포水泡의 길만은 아닐 거라고 생각하고 있습니다."

그러자 한은 '혹시 이 자가 미친 것은 아닐까?' 하듯이 잠시 최를 쳐다봤다. 그러나 이어서 또 다른 생각이 났던지 곧 다른 질문을 최에게 또 이렇게 던졌다.

"네, 아무튼 손님께서 그런 생각을 하고 계신다니 저로서는 더 이상 드릴 말씀이 없습니다만, 그러나 그래도 사람들은 지금도 세상 곳곳에서 어떻게든 살아보려고 애를 쓰고 있고, 심한 말로 남의 등까지 쳐가며 사는 사람들도 있는데, 물론 그 깊은 속뜻이야 제가 다 알 수는 없습니다만, 그래도 제게는 아무래도 도피 같이 느껴지는데 그것은 또 어떻게 생각하고 계십니까?"

그것은 또 사실, 김이 제자들에게 최에 대해서 이야기하면서 그 대충적인 것만 알려주었기 때문에 최가 그런 번잡한 일에 말려들고 있었겠지만, 그런데다 또 이 '한'이란 자는 김이 알고 있는 것을 자신도 모두 알아야 속이 시원하겠다는 듯 최를 끝까지 물고 늘어지듯 하고 있었기 때문에 최로서는 곤혹스러울 수밖에 없었던 것이다.

그러나 또 한편으로 생각해 보면, 그런 것도 모두 관심의 일부라고 할 것이어서, 그래서 한의 입장에서는 이제는 서로 통성명까지 했던 처지에 이런저런 이야기라도 나누어 보면서 조금이라도 더 가까워지려는 의도로 그렇게 하고 있었다고 생각해 보면 그것이 그렇게 나쁜 경우만은 아니라고 할 수도 있었던 것이다. 그래서 또 최는 이렇게 답을 했다.

"네, 물론 그렇게 생각하실 수도 있다고 생각합니다. 그러나 도피를 하겠다면 꼭 그 방법이 아니라도 가능하고, 차라리 누구들처럼 산속에서 그럴듯한 움막이라도 지어놓고 숨어 살듯하면서 지내는 것도 괜찮을 듯싶은데, 그래서 굳이 생목숨까지 없애가면서 그렇게 할 필요는 없지 않을까 하고 생각합니다."

아마도 최는 이 말로 자신의 선택이 자신으로서도 어쩔 수 없었던 것이라는 것을 말하고 싶었던 것 같았지만, 그러나 그 말을 들었던 한은 다시 생각하는 표정이 되었다. 하지만 무엇이 잘 풀리지는 않는 것인지 다시 심각해져서는 고개를 돌려버렸다. 그러자 최는 그런 그가 안타까웠다. 그래서 최는 이렇게 생각했다.

'왜 사람들은 있는 그대로 상대방을 보려 들지 않는 것일까?'

'왜 자신의 어리석은 잣대로 꼭 그 상대방을 재려고만 드는 것일까?'

'그렇게 하고 난 후에는 자신에게 복종하게 만들려 하고, 자기 마음 대로 부리려 드는 것일까?'

'과연, 그렇게 하고서도 그들은 집으로 돌아가서 자기 자식들에게 교육이 어떻고, 인성이 어떠하며, 바른 마음가짐이 어떤 것이고, 또 사회성이란 어떠한 것이라고 가르칠 수나 있다는 말일까?'

하지만 물론, 바로 그때 최 앞에서 안 해도 될 고민에 잠겨 있던 그 '한'이 꼭 그 경우에 해당한다는 것은 아니었지만, 그러나 그 역시도 현재는 하나의 궁금증에 목말라하는 한 인간일 뿐이며, 남의 비밀을 캐내려는 이기심에 사로잡힌 존재라고 볼 수 있었기 때문에, 그래서 여느 인간들처럼 자신의 그 잣대의 함정에서 벗어나지 못하는 한 평범한 인간에 지나지 않는다고 보아서 최는 잠시 그런 생각까지 하게 되었던 것이다.

하지만 그들은 우리 모두였다. 그리고 아무도 가해자도 피해자도 아닌 채로, 그리고 무의식중에 당하고 또 당한 만큼 돌려주면서 우리는 살아가고 있는 것이다. 그리고 또 그중에는 오히려 자신의 그런 행동을 자랑하며 교만해하는 것으로 이 세상의 재미란 것을 느끼며 살아가고 있는 사람도 있을 것이며, 그 반대의 경우도 얼마든지 있을 것인데, 그래서 아마도 그때 '최는 잠시 자신의 그런 처지를 잊고서 그런 생각을 했던 것이 아니었겠나?' 하는 생각도 들었으며, 그것은 또 물론 나중에야 어떻게 되든, 그때까지는 아직도 자신 역시 세파에 찌든 하나의 평범한 인간에 지나지 않고 있었다는 점에서, 그래서 그 자신 역시도 아직은 그런 부류에서 벗어나지는 못했던 상태였다는 것을 잠시 망각하고 있었기 때문에 그런 생각도 했을 것으로 생각되기도 했던 것이다.

아무튼, 그때 또 한의 질문이 계속되었다.

"그럼, 그 죽음에 어떤 의미가 있다고 생각하는 것입니까?"

"네, 그것은 제 자신이 꼭 가야 하는 길 같은 것이라고 말씀드릴 수 있겠습니다."

"그러나 살아서도 못 갈 길이 없을 것인데, 꼭 그 방법을 선택했다는 것에는 의문이 있습니다."

"네, 하지만 사람이 꼭 살아서만 무엇을 할 수 있다고 보지는 않습니다."

"그럼, 죽음에도 무슨 가치를 부여하고 계신다는 말씀입니까? 저에게는 그렇게 들리는데요?!"

"네, 그렇다고 생각합니다. 죽음이든 삶이든 따지고 보면 다 그게 그건데, 그래서 사람이 꼭 살아서만 무엇을 할 수 있다는 생각은 잘못된 것이라고 생각하며, 단순히 삶이 싫다고만 해서 죽으려는 것이 아니라면, 그리고 그 죽음이 그 죽을 자의 분명한 의도에 의한 것이라면, 그것은 그 죽을 자의 생각대로의 어떤 충분한 가치를 지닌다고 저는 생각하고 있습니다."

그러자 한은 다시 생각하는 얼굴이 되었다. 그러나 아무래도 이해가 잘 가질 않는 것인지 연신 땅을 내려다보기도 하고, 또 한숨을 흘리면서 먼 곳을 쳐다보기도 하더니, 결국 참지 못하겠다는 듯 이렇게 다시 입을 열었다.

"하여튼, 저로서는 이해가 잘 가질 않습니다. 사람이 산다는 것은 이미 태어났기 때문이기도 하겠지만, 일단 세상에 태어난 이상에는 열심히 살아서 죽기 전에 무엇인가 한 가지 정도는 남겨놓고 가려는 것이 사람이 사는 이치라고 생각하고, 그것을 위해서 사람들은 오늘도 여기저기에서 열심히들 살아가고 있는데, 그래서 너나없이 기를 쓰며 성공을 위하든, 돈을 위하든, 어떤 목적을 가지고 열심히들 살아가고 있는 것이 아닐까요? 그런데 죽음이란 것은 끝이고 더 이상 존재하지 않는다는 말인데, 종교적으로야 하느님이든, 부처님이든, 천당이든, 극락이든, 죽어서 어디로들 간다고 하니 그것을 죽음이라고 하지 않을지도 모르겠습니다만, 그러나 평범한 한 인간이 종교 같은 것에도 의지하지도 않고, 단순히 자신의 목적만을 위해서 죽음을 선택하고, 또 그것을 위해서 준비를 한다니, 저는 그 부분에서 아무래도 이해가 가질 않습니다."

그리고는 최를 뚫어지게 쳐다보았는데, 하지만 그것은 맞는 말이었다. 그리고 최 역시도 그런 함정에 빠져서 그때까지 죽지도 못하고 있었고, 또 죽기로 했던 그 결심이 흔들리고 있다고 생각했던 적이 한두 번이 아니었던 것이다. 그래서 그 역시도 '내가 꼭 죽을 필요까지는 없지 않겠는가? 살아서도 얼마든지 나의 문제를 해결할 수 있지 않겠는가? 차라리 죽을 결심으로 산다면 못 할 일이 무엇이 있겠는가? 그러니 차라리 죽을 생각보다는 열심히 살 생각을 하자!'는 등의 생각으로 그때까지 흔들려 왔던 적이 많이 있었던 것이다. 그렇지만 그 문제는 최에게서 이미 풀렸던 것이지 그의 의지는 확고했고, 그 대답은 또 이러했다.

"네, 당연하신 말씀입니다. 그러나 사람이란 자기만이 가지는 가치관價値觀이란 것이 있기 마련이고, 그것을 추구할 권리 같은 것도 있겠지요. 그러니까 그것은 사는 것도 그 사람의 권리이고, 죽는 것도 그 사람의 권리일 수 있다는 이야긴데, 그리고 그 권리를 행사하겠다는 결정은 자신의 가치관에서 나오는 것이 확실할 것이므로, 그리고 또 그 가치는 자신이 여태껏 살아왔거나, 느꼈거나, 경험했거나 했던 것 가운데서 확립되었던 자기에게 옳다고 판단된 정의正義같은 것이라고 할 수 있을 것이기 때문에, 그래서 독립운동을 하시던 선열先烈들께서 조국祖國을 위해 목숨을 초개草芥같이 버리셨다든지, 자신의 가정家庭을 지키려던 가장家長이 도둑이나 외부의 적과 맞서다 목숨을 잃는다든지, 또는 친구와의 우정 때문에 목숨을 거는 일들도 얼마든지 있는 것입니다. 거기다 어떤 체제가 옳지 못하다고 판단한 선각자先覺者가 다른 사람에게 경고할 목적으로 또는 깨우쳐 줄 목적으로 분신자살을 기도하는 경우 등, 그 자신이 옳다고 본 정의를 위해서 자신의 목숨을 헌신짝처럼 버리고 가는 사람들도 이 세상에는 얼마든지 있는데, 하지만 또 물론, 제가 그렇게 고고한 의미의 죽음을 죽으려 한다는 것은 아니지만, 하여튼 그런 의미로 볼 때 저의 죽음이란 것도 제가 여태 느껴왔던 어떤 것에 대한 저 자신의 정의에 기인 된 가치에 의한 결정이라고 본다면, 아니 봐주실 수 있다면, 그것이 살아서 이름을 남기거나, 부자가 된다거나, 혹은 유명 인사가 되어서 입신양명해야 한다는 선배님이 생각하고 계신 그 '살아서의 가치'와 다를 바가 없을 것이라고 저는 생각한다는 것입니다. 그러니까 꼭 필요하다면 어떤 경우에서라도 살아남아서 그 필요를 위해서 존재해야 되겠지요. 그러나 또 그와 마찬가지로 꼭 죽어서야 그 필요가 성취된다고 한다면 또 꼭 그렇게 죽어서 그 필요를 성취해야 한다는 것이 저의 생각인 것입니다."

최의 말이 끝나자 한은 최를 다시 뚫어지게 쳐다보았다. 그리고 그 눈빛은 마치 '이런 미친놈도 이 세상에 살고 있는가?' 하는 듯도 느껴졌는데, 그러나 그는 금세 그런 눈빛을 거두었다. 겉으로는 차갑고, 이지적이고, 탐구적인 눈빛으로만 이글거리는 사람처럼 보였지만, 그러나 그 내면에는 현명함도 함께 갖추고 있었던지 이내 최를 이해하려는 듯한 태도로 그는 변해갔던 것이다.

하지만 그것은 엄밀히 말하면 최의 입장을 고려했던 태도에서였다기보다는, 자기 내면의 가능성의 폭을 조금이라도 더 넓히려는데 주력 된 태도로 보이기도 했고, 더불어서 '그럴 수도 있겠다'는 깨침 하나를 얻은 듯한 태도로 보이기도 했기 때문에, 그래서 그때 그의 그런 태도에 대해서 또 다른 의미 같은 것을 부여할 필요는 없을 것으로 여겨졌으며, 하지만 전체적으로는 최를 이해하려는 듯한 의지를 보여주었던 것이었다고도 생각은 되었기에, 그래서 그것은 최의 입장에서도 좋은 의미로 받아들여도 좋을 것으로 여겨졌다.

"죄송합니다. 쓸데없는 이야기를 드린 듯해서."
"아닙니다. 저도 덕분에 많은 것을 이해하게 되었습니다."

어쨌든 최는 그가 말없이 가만히 서 있기만 하자 괜한 소리를 했다 싶었던지 인사 겸 송구하다는 표현을 그렇게 했다. 그러자 그는 오히려 자세를 누그러뜨리며 대해왔고, 그것으로 그 두 사람 사이에는 그간의 벽 같은 것도 다 허물어지는 듯했으며, 그때부터는 두 사람 사이에 제법 친근감 같은 것도 스미는 듯도 했던 것이다.

그래서 또 그런 것을 봤을 때도 '인간의 대화란 것이 얼마나 어려운 것이고, 그러나 또 그것이 서로 통하게만 된다면 인간의 고집이란 것이 또 얼마나 우습게도 되는 것인가?' 하는 것을 실감나게 느낄 수 있었던 대목이었다고 할 수 있었는데, 그렇지만 최가 느끼기에 그는 여태껏 그런 부분에 대해서는 별로 관심을 가지지 않고 살아왔던 사람이 분명하다고 생각했다. 그것은 또 그도 그랬을 것이, 그 정도로 편한 삶에 익숙해 있던 사람이라면 그런 것은 아예 생각할 필요조차도 없었을 것이고, 그래서 또 당연하게 '어떻게 하면 남보다 먼저, 멀리, 앞으로만 나아갈 수 있을까?' 하는 것에만 정신이 집중되어 있었다고 할 수 있었기 때문에, 그래서 그런 것이 그들에게서는 거의 인생의 목표가 되어있었을 것이 분명했을 것이므로, 그래서 그런 것은 머리로야 이해하고 있었을지라도 가슴으로는 도저히 접근조차도 못해 봤을 것이 분명할 것이란 생각에서였던 것이다.

아무튼 그때, 두 사람의 대화는 그것으로 끝마칠 수밖에 없었는데, 그것은 또 그렇게 이야기하던 사이에 어느새 저녁 식사 시간이 다 되어있었기 때문이었다.

"식사할 시간이 다 된 것 같은데요?"

그러자 한韓이 먼저 이렇게 말을 하고는 식당 쪽으로 걸음을 옮기기 시작했다. 그러자 최도 가벼운 목례로 그 말에 답을 한 후, 한의 뒤를 따르면서 식당 쪽으로 걸음을 옮기기 시작했다. 그런데 또 그때, 한은 최와 보조를 맞추려는 듯 나름대로 인내심을 가지고 천천히 걸어갔고, 그러자 최는 또 그런 그가 부담이 되었지만, 그러나 그런 성의를 무시할 수도 없어 나름대로 빨리 걸으려 애쓰며 식당으로 향했다. 그리고 잠시 후, 식당 앞에 이르자 한이 최에게 "오늘 이야기 감사했습니다." 하고 정중히 인사를 해와 최를 한 번 더 당황하게 만들었는데, 그래서 최는 그 때문에 제대로 된 인사도 하지 못한 채 머리만 숙이고 말아, 최는 그에게 빚을 진 느낌을 받아야만 했다.

섣부른 시도

저녁을 먹고 잠시 휴식 시간을 가졌던 최는 김의 부름을 받고 다시 이층으로 올라갔다.

"그래, 식사는 많이 했나?"
"네."

김은 최가 나타나자 그를 반갑게 맞이하고는 이렇게 먼저 인사를 했다. 그리고는 탁자에 늘어놓은 것들을 챙기며 "이젠, 최의 이야기가 시작되나?" 하며 가볍게 넘겨짚듯 말문을 열었다. 김은 최가 그렇게 내려간 후 나름대로 최와 대화했던 것들을 정리했던 모양으로, 최는 일부러 그것에서 시선을 돌리고는 있었지만, 그러나 곁눈으로 보이는 것들로도 최는 그런 느낌을 충분히 받을 수가 있었던 것이다.

"네."

그러자 김은 "아, 그래? 그리고 말야, 내가 지금까지 자네 이야기를 들어보았는데도 도무지 감을 잘 잡을 수가 없어? 여전히 오리무중이거든?" 하고 김은 다시 서두르는 아이처럼 도저히 못 참겠다는 듯 또 곧바로 본론으로 들어갔다. 그리고는 또 "혹시, 여기에 무슨 메시지 같은 것이라도 있나?" 하고 마치 무를 썰듯이 단도직입적으로 최에게 물었다.

그것은 또 사실, 김은 최와 몇 차례의 대화에도 불구하고 자신은 아직 그 이야기의 윤곽도 잡지 못하고 있어서, 그래서 답답한 심정에서 그렇게 서둘게 된 듯했지만, 그것은 또 물론 최의 이야기 진행 상태로 보아 대충은 이해할 수 있었지만, 그러나 김은 마치 자신이 안갯속을 헤매는 것과도 같이, 마치 바보라도 된 느낌이라도 들어서 이제라도 최에게 약간의 힌트라도 얻고 싶어 그렇게 물어보게 되었던 것이었다.

그것은 또 물론, 그리고 명색이 작가라는 사람이 며칠 동안이나 그와 같이 이야기를 했으면서도 그 이야기의 감도 아직 잡지 못하고 있었다는 것은 부끄러운 일일 수도 있었고, 그리고 또 현재 최가 자신의 가족 이야기만 계속해서 하고 있고, 핵심으로 다가가고 있지는 않고 있다는 느낌을 김은 받았기 때문에, 그것은 또 물론 최가 일부러 그렇게 하는 것은 아닌 것이 분명했고, 이야기를 풀어나가다 보니 당연하게 밟아야 할 수순手順 같은 것이어서 그렇게 하는 것으로도 여겨지기는 했지만, 하여튼 김은 그 전체를 알 수 없다는 심정에서 그렇게 물어봤던 것이었다.

"네, 있습니다."

그러자 최가 선뜻 이렇게 답을 했다.

"아! 그래? 그럼, 그 대충이라도 이야기를 조금 하고 넘어가기로 하지!"

김은 최가 자신 있게 답을 하자 마치 기다렸다는 듯이 이렇게 말하고는 그때부터는 더욱 신경을 써서 듣겠다는 듯이 눈을 야릇하다 할 정도로 게슴츠레 뜨고는 최의 이야기를 기다렸다. 그러자 최의 답이 또 이렇게 이어졌다.

"네, 제가 현재 너무 저의 집안 내력과 사건들 위주로만 이야기를 진행해서 선생님께서 많은 부족함을 느끼셨나 봅니다. 대단히 죄송합니다."

"아냐, 아냐. 그런 게 아니고, 나는 다만 그 이야기를 듣는데 그 핵심이라고 할 수 있을 것을 미리 조금 알고 듣게 된다면 조금이라도 더 빨리 최의 심정을 이해할 수 있지 않겠는가 해서 한 이야기였지 다른 뜻은 없어. 그러니 만약 지금이라도 그 이야기를 하고 싶지 않다면 오늘은 하던 이야기를 계속해서 하고, 방금 한 이야기는 내일이나 모레나 뭐, 최가 편할 때 이야기해도 돼!" 하고 김은 혹시라도 최가 그것 때문에 불편함이라도 느낄까 해서였던지 자신의 급했던 심정을 부정했다. 그러나 최는 더 이상 미루는 것도 예의는 아니라고 생각하고 곧바로 그에 대한 이야기를 하기 시작했다.

"네, 제가 드리고 싶은 말씀은 바로 '가족의 사랑'이란 것입니다."

"뭐라고, 가족의 사랑?!"

그러자 김은 매우 뜻밖이라는 듯 깜짝 놀라는 표정까지 지으면서 최의 말을 그대로 받아서 했다. 그것은 또 너무 평범한 이야기가 아닌 가? 해서 그렇게 한 듯도 했지만, 그러나 사실 그것은 그렇게 놀랄 일 만은 아니었다. 그것은 또 어쩌면, 그것이 있기 때문에 이 세상은 그 나마도 유지되고 있다고 할 것이었고, 그래서 또 그것이 없는 세상이 란 상상조차도 할 수 없을 것이기 때문이었는데, 그래서 김이 그때 그 렇게 과민한 반응을 보였던 것은 그가 그것을 몰랐기 때문이 아니라, 마치 '무얼까?' 하고 잔뜩 긴장하고 기다리고 있었는데 막상 내보여진 것은 너무나도 보잘것없는 것이었을 때의 그런 실망감 같았던 것으로, 그것은 또 허탈감을 유발한다든지 차라리 배신감마저도 느끼게 할 수 있을 것이었지만, 그래서 김도 잠시 그런 기분에서 그렇게 놀란 표 정을 짓고 말았던 것이었다. 그것은 또 누구라도 그런 때는 그런 심정 이 들 것이란 생각도 있었지만, 어쨌든 그래서였던지 김은 그때 잠시 입을 닫고는 가만히 최만 바라보고 있었던 것이다.

그러나 또 가만히 생각해 봤을 때, 최의 그 말에는 김이 생각하는 그 이상의 무엇이 있는 듯도 느껴졌다. 그래서 김은 자신의 그러했던 행동을 금방 후회하기도 했는데, 하지만 그럼에도 사람의 주관 내지 그에 따르는 태도 같은 것은 그렇게 쉽게 변화하지는 못하는 것이었 다. 그것은 또 아무래도 그렇게 하기까지에는 약간의 시간과 긍정적인 논리 같은 것이 조금은 필요할 수밖에 없기 때문이었는데, 그래서 그때 김도 금방 태도를 바꾸지는 못하고 있었던 모양이었지만, 하지만 그러한 지체와 시기의 놓침은 더 큰 후회만 불러올 뿐, 상황에는 전혀 도움이 되지 않는다는 것을 김도 잘 알고 있었기에 그 속이 타들어 가는 듯했다. 그런데 또 그때 마침 최가 그런 경우에서 벗어날 수 있을 빌미 같은 것을 제공해 주어서 김은 용이하게 그 수렁에서 탈출할 수 가 있었는데, 그때 최가 제공해 주었던 그 경우였다는 것은 김의 그런 태도에 실망이라도 했던 것인지 최가 잠시 씁쓸한 표정을 지었다는 것이 바로 그것이었던 것이다. 그러자 김은 마치 그것이 기회라도 된다 는 듯 서둘러서 자신의 경솔함에 대한 사과를 다음과 같이 했던 것으 로 그 위기를 모면해 나갔다.

"아! 아냐, 아냐. 내가 너무 민감한 반응을 보였나? 나로서는 전혀 생각지도 못했던 말이 나와서 말이지?!"
"아닙니다. 어쩌면 당연하시겠지요."

그러나 김의 현명함으로 그 위기는 무사히 넘겼다고 할 수 있었지 만, 그러나 그렇게 해서 생긴 두 사람 사이의 어색함은 잠시 더 지속되 었는데, 그런데 그것은 생각보다 심각한 경우를 초래할 수도 있는 것 이었고, 그래서 또 어쩌면 그것으로 해서 그 두 사람은 이야기를 중단 하고는 결별까지 해야 하는 경우까지 맞이하게 될지도 몰랐던 것이다. 그런 일은 또 사실 흔한 것으로, 이야기가 비약飛躍되지 않았다는 것 을 말하려는 것이지만, 아무튼 그런 일은 보통 깊은 관계를 이어오지 못한, 또는 갑자기 만나거나 했던 사람들에게서 흔히 일어날 수 있는 일로, 그것은 또 서로 간에 이해의 뿌리가 약하다 보니 조그만 일에도 서로 부딪치게 되는 수가 많고, 그래서 너무도 쉽게 헤어져 버리는 경우 또한 많다는 것을 말하려 한 것이다.

그것은 또 물론, 서로 간에 살아온 환경이 다르다 보니 당연히 마찰이 일어날 소지가 많다는 것으로부터 이미 예견되었던 일이라고도 할 수 있겠지만, 그러나 그렇게 하지 않고 서로가 조금씩 양보해서 그 관계를 잘 이끌어가도 좋을 일을, 때때로 달갑지 않은 자존심이란 것이 불쑥 나타나서 훼방을 놓기 때문에 그것은 그렇게 쉽게 되지가 않고 파국을 맞게 되는 경우 또한 허다하다는 것을 말하려 한 것이다. 그래서 또 그때, 그 두 사람 사이에서도 그것은 여지없이 파고들어서 훼방을 놓기 시작했다는 것이고, 그래서 잠시 소강상태 같은 상황이 그 두 사람 사이에 지속되었다는 것이지만, 그러나 그 안타까운 상황은 결국 최가 해결했다.

그것은 또, 최는 자신이 연하年下의 사람으로, 더욱이 불청객의 입장에 있었으므로 김의 입장을 조금이라도 세워줘야 도리라고 생각해서 그랬는지도 몰랐지만, 어쨌든 최는 자신이 했던 그 말에 대해서 다시 변명을 함으로 해서 그 분위기를 쇄신시켰다고 할 수 있었고, 김은 또 그런 최가 더욱 고맙게만 느껴졌던 것이다. 그래서 이제부터는 더욱 신경을 써서 듣겠다는 듯 자세까지 고쳐 앉았을 정도였다.

"선생님께서 그렇게 크게 실망하시는 것도 무리는 아니라고 생각합니다만, 하지만 제가 그것을 먼저 말씀드리게 된 것은 저의 이야기 중에서 큰 테두리 중의 하나가 그것이라는 것이고, 그 외에도 몇 가지가 더 있습니다. 그러나 이야기가 아직 거기까지는 진행되지는 않은 상태이기 때문에 지금 그것을 다 말씀드리면 선생님께서 어떻게 생각하실지 알 수가 없어 일부러 제가 '가족의 사랑'이라는 것부터 먼저 말씀드리게 된 것인데, 그것은 또 지금까지의 이야기 추세가 그런 식으로 행해져 왔기 때문에, 그래서 제가 생각했을 때는 그것이 현 상황의 주제로 마땅하다고 생각이 되어서 그렇게 먼저 말씀드리게 되었던 것입니다. 그러나 제가 그렇게 하지 않고 선생님의 관심이나 끌 목적으로 제법 거창한 말로 저의 이야기를 포장하려 들었다면, 그것이야말로 선생님을 현혹시키려 드는 일이라고 생각이 되어서 그것부터 먼저 말씀드리게 된 것이었는데, 그에 실망이 크셨다면 용서해 주십시오."

"아, 아냐, 아냐. 용서는 무슨!"

그러자 김은 이야기고 뭐고 그런 상황을 먼저 풀어준 최가 고마웠을 뿐이었다. 그래서 김은 "그래, 하던 이야기를 계속해 보게. 나는 이제부터 가만히 앉아서 듣고만 있을 테니까?!" 하며 짐짓 모른 체 하듯 팔짱까지 끼고는 등받이에 몸을 기댔는데, 그것은 또 '이제부터는 자네가 하는 말이라면 무엇이든지 사심 없이 들어줄 테니, 어디 하고 싶은 이야기를 마음대로 해보라고!' 하는 듯 입까지 굳게 다문 채였던 것이다. 그러자 또 최의 이야기가 다시 이렇게 이어졌다.

"네, 방금 말씀드린 것에 대한 제 생각의 요점이란 것은, 그 가족의 사랑이란 것이 있어야 세상의 모든 일들이 자연스럽게 되어갈 것이란 의미지만, 그러나 그 사랑이 너무 맹목이 된다거나, 자기 위주의 또는 이기적인 것이 되어서는 안 되겠다는 것이 저의 생각인 것입니다. 그것은 또 이미 아시겠지만 사랑이란 것은 나눔이라고 했는데, 그런데 그것이 자기 가족의 일원에게만 해당되는 것이 아니라, 가족과 가족 간에도 해당되어야 한다는 것이며, 넓은 의미로는 모든 국가나 전 인종들에게까지도 그것은 고루 미쳐져야 바람직 할 것이라는 것이 저의 생각인 것입니다. 그러나 그렇게 되지 않고 있는 것이 지금의 현실이며, 또 다들 잘 알고는 있으면서도 실천에는 게으른 것이 그런 것이기 때문에, 그래서 그것은 지금에서 더욱 절실하다는 것이고, 또 좁은 의미로 인간이 자신의 가족을 지키고 사랑하는 행위야 정당하다고 할 수 있겠으나, 그러나 그것이 자신의 가족에게만 해당되고 남이야 어떻게 되든 상관이 없다는 식으로 행해진다면 그것은 일종의 기형적인 사랑으로 되어서 오히려 사회에 해악을 끼치게 되는 행위로 되고 만다는 것 또한 아울러서 말씀드리고 싶은 것입니다. 그리고 또 제가 그렇게 말씀드리게 된 이유는, 벌써 며칠째 저의 가족에 대해서 이야기를 해오고 있는 데서도 느끼셨을 테지만, 저의 가족에게서는 그런 '참사랑'이 부족했다고 생각이 되어서, 저에게서는 그것이 더욱 절실하게 느껴져서 그렇게 말씀을 드리게 된 것도 있는데, 그리고 또 제가 성장하면서도 접했던 여러 경우들에서도 그런 일들은 비일비재하게 일어나고 있었기 때문에, 그래서 그런 것들이 내내 제 가슴속에 응어리로 남아있었던 것이어서 그렇게 말씀드리게 되었다고도 할 수 있는 것입니다. 그러나 무엇보다 저의 가족에게서 일어났던 차마 말 못 할 그런 일들로 인해서 그렇게 말씀드리게 된 것이 그 가장 큰 이유라고 할 수 있겠는데, 그러니까 저는 태어나면서부터 저희 가족에게 무척이나 시달렸던 데다, 자라면서도 그런 일들은 끊이지가 않아서, 그래서 저는 '참사랑'이란 것은 아예 구경조차도 못 해보고 자랐다고 말씀드려도 과언은 아니며, 그래서 가족의 사랑이란 것이 얼마나 중요한 것인가 하는 것을 뼈저리게 느꼈다고 할 수가 있기 때문에 그렇게 먼저 말씀드리게 된 것입니다."

"음, 그런 이유가 있었군. 그럼, 그런 잘못된 사랑으로 인해서 자네가 말한 그 업業이란 것이 생겨나고, 그것이 또 죄 없는 사람들까지 괴롭히게 된다는 뭐, 이런 말인가?"

"네, 그렇다고 생각합니다. 그리고 또 그 업의 생성 원인이야 다양하리라 생각하지만, 아마도 그중에서 제일로 크거나 그 뿌리라고 할 수 있는 것이 바로 가족 집단 내에서의 갈등이라고 저는 생각한다는 것이며, 그것은 또 우리 가족같이 '오염된 피'의 흐름이 이어지던 곳에서는 더욱 창궐하여, 나중에는 도저히 인간으로서는 해결할 수 없을 지경에까지 그것은 가고 말아, 그래서 그것이 한 집안과 그에 걸린 모든 사람들을 파멸로 몰고 가게 된다는 의미인 것입니다."

"그렇지만 말야. 아, 그리고 자네의 입장은 내 충분히 이해를 하겠네. 솔직히 나야 그런 일을 당해보지 않았기 때문에 그 속내를 다 알 수는 없지만, 그래도 어느 정도는 느낄 수가 있어서 하는 말이지만, 아무튼 그것이 자네가 말하고자 하는 그 메시지의 전부는 아닐 것 같고, 그리고 자네도 아까 밝히기는 했지만, 어쨌든 그런 것들이 이유가 되어서 자네가 그 같은 결심을 하게 된 건가 하고 묻고 싶은데 말이야?"

그런데 김이 여기서 또 성급하게 본론으로 들어갔다. 그러나 그것은 벌써 이야기가 되었던 것이고, 또 후회도 했던 것임에도 그렇게 했던 것은, 아마도 '김이 조바심을 내고 있어 그렇게 했던 것은 아닌가?' 하는 생각도 잠시 들었는데, 그것은 또 김은 '이야기가 이쯤에서 윤곽이 드러났다'고 생각해서 그렇게 한 것도 같았지만, 그러나 그 말에 최는 또 반의反意를 표했다.

"꼭 그렇지는 않습니다."

그러자 김은 또다시 의아한 표정을 지었다. 그리고는 자신의 예상이 또 빗나갔다는 듯 최를 멍청히 쳐다보며 이렇게 말을 했다.

"그러면?..."
"네, 물론 조금 전에 말씀드린 것이 제 생각이기는 합니다만, 그리고 또 그것도 저의 그런 결심에 한몫을 했다고 말씀드릴 수도 있겠습니다 만, 그러나 그것이 그 이유의 전부라고 말씀드릴 수는 없습니다."

그러자 여기서 김의 미간이 또 확 찌푸려졌다.

"그럼, 그 이유는?"
"네, 제가 아직 제 자신을 죽이려는 이유를 밝히는 것은 이른 감이 있습니다만, 그러나 선생님께서 그것에 대해서 많은 의문을 느끼고 계 시는 것 같아 미리 말씀을 드리자면 이렇습니다."

그러자 최는 여기서 김에게 그 이유를 밝히는 것은 아직 이르다는 것을 미리 말해놓고, 그러나 어쩔 수 없이 할 수밖에 없게 되었다는 뜻으로 말을 했는데, 그러자 또 김은 이미 그 말에 매료라도 된 듯, 자 신의 결심과는 반대로 그때부터 또 최의 이야기에 집중하기 시작했다.

"사실, 제가 스스로를 비관해서 그런 생각까지 하게 되었던 것은 이미 오래전의 일이었습니다. 그러나 그것만으로는 동기가 충분하지 못하다는 생각을 했고, 더불어서 망설이는 시간도 오래가게 되었던 것입니다. 그것은 또 어쩌면 자신이 없어서 그렇게 하지 않았겠는가 하고 생각하실지도 모르겠습니다만, 물론 그것도 사실이었습니다. 그러나 그보다 그즈음에 저는 한 가지 의문에 접하게 되었는데, 그것이 바로 윤회輪廻였던 것입니다."

"뭐라고? 윤회라고?!"

그러자 또 김이 '마치 이 자리에서 그런 것은 상관이 없지 않는가?' 하듯이 눈을 크게 뜨고는 이렇게 외치듯이 말을 했다.

그것은 또 아마도 김은 그때, 점점 더 꼬여 드는 것 같은 최의 말에 기라도 질려버려서 그런 표정까지 무의식적으로 보인 것 같았지만, 그러나 어쨌든 그런 것은 평소 김의 모습으로서는 개운치 않았던 모습임에는 분명했다.

"네, 저는 당시 저의 가족의 일들과 제가 겪어야 했던 모든 일들을 하나씩 정리하고 있었는데, 그러다가 저는 한 가지 의문에 빠져들게 되었던 것입니다. 그리고 또 그것은 '왜 인간은 그토록 잔인하며, 그렇게까지 하지 않고서는 도저히 살 수 없는 존재인가?' 하는 것이었는데, 그리고 또 그런 유類의 인간들이 겉과 속이 다른 양두구육羊頭狗肉 적인 행위조차도 서슴지 않으면서, 입으로는 정의니, 진리니, 가치니 하는 것들을 마구 떠들어대는 것을 봤을 때, 저는 너무나도 역겨워서 구토의 심정까지 느꼈던 적이 한두 번이 아니었던 것입니다. 그래서 저는 나만이라도 그것에서 벗어나 보자는 생각을 하게 되었고, 그렇게 해서 찾아냈던 결론이 바로 그것이었던 것입니다."

"음, 하지만 그것은 종교에서나 쓰는 말이고, 아직은 현실에서는 벅찬 개념일 수도 있겠는데, 그리고 또 이 이야기에서 그런 것은 아무래도 좀 떨어진 논제가 아닐까 싶은데, 그것은 또 어떻게 설명할 수가 있지?"

김은 이제 좀 전의 그 충격에서 조금은 풀려난 듯, 다시 이성적인 상태로 돌아와 있는 듯 보였다.

"네, 그리고 먼저, 선생님께서는 그것이 종교에서나 쓰는 말이라고 하셨고, 또 현실에서는 '아직'이라고 말씀하신 것에서 저의 견해를 일단 말씀드리면, 저는 그것을 종교적인 입장을 배제하고, 개념적으로만 이해해서 접근할 수 있다고 생각한다는 것이며, 그 이유는 또 그 단어 자체가 가진 의미만으로도 충분하다는 생각에서이고, 그것은 또 그 단어는 이미 이 세상에 널리 숙지되어 있는 것이라고 할 수 있기 때문에 가능해진다고 말씀드리고 싶은 것입니다. 그러나 굳이 표현했을 때 그것을 '단어나 개념의 차용借用' 정도로 말씀드릴 수도 있겠습니다만, 그러나 그것은 지금도 보통 사람들이 한 번쯤은 그 단어를 사용해 봤을 것이란 것에서, 그리고 또 우스갯소리라도 그것에 빗대어서 지금도 사용하고 있다는 데서, 그래서 그 단어는 이제 이미 종교에만 한정되어 있는 것이 아니라고 말씀드릴 수 있기 때문에, 그래서 그것은 현재 많은 사람들에게서 무의식적으로라도 젖어 있는 개념으로 이미 정착되어 있다는 것을 의미한다고 할 수도 있겠으므로, 그래서 은어隱語나 속어俗語처럼 꺼려할 수는 있어도 농담에까지도 섞어 넣어서 쓰고 있는 것이 일반적이라고 할 수 있어서 그렇게 말씀드릴 수가 있겠다는 것입니다. 물론, 그것은 또 우리나라 사람들이 그 종교에 이미 친숙해져 있기 때문에 가능하다고 할 수도 있는 것이겠지만, 아무튼 그것을 다시 한번 말씀드리자면, 그러니까 그것은 교리敎理를 배제한 그 글자가 가지고 있는 순수한 그 자체의 의미에서 그 사고를 출발시키자는 것이 저의 생각인 것이며, 그것의 의미는 끊임없이 이어진다는 것이고, 그것은 또 굴레를 의미하기 때문에, 그래서 흔히 말하는 숙명宿命적인 개념에 접근시킬 수도 있는 것이므로, 그래서 그것으로 이미 그것은 속화俗化된 것이라고 할 수 있기 때문에, 그래서 그런 저의 생각은 더욱 가능해진다고 말씀드릴 수가 있겠다는 것입니다. 그리고 또 그것이 이 이야기와 상관이 있다는 이유는, 아직은 제가 저의 이야기를 다 하지는 못한 상태에 있기 때문에, 그래서 선생님에게는 관계가 없는 것처럼 느껴지실 뿐이라는 것으로, 그리고 물론 이 이야기가 다 끝나게 되면 그것은 자연스럽게 관계를 가지는 것으로 이해하시게 될 것이라고 저는 생각합니다만, 아무튼 그것을 여기서 미리 말씀드리자면, 그러니까 저의 가족이 행했던 그런 모든 업보業報를, 여기서도 앞의 이유와 같습니다만, 즉 업보란 것도 윤회의 일반화된 의미와 같이 해석해도 좋다는 의미인 것입니다. 그것은 또 왜냐면, 그 두 단어는 항상 숙명처럼 붙어 다니는 말이라고 할 수 있기 때문인데, 그러나 그런 저의 생각이 꼭 옳다고 강요드릴 생각은 없으며, 아무튼 그래서 저의 가족에 한정해서 볼 때, 그 업보를 끊을 수 있는 사람은 현재 저뿐이고, 그러나 그것은 윤회에 갇혀 있기 때문에 저로서도 어찌 할 수 없는 것이지만, 하지만 앞의 그런 생각들이 다 가능하다고 보고, 그래서 저는 저를 죽임으로 해서 그 업보의 굴레를 멈추게 하고, 그것으로 저의 그런 의지는 실현될 것이란 것이 저의 생각인 것입니다."

"그럼, 업보란 것도 믿는다는 말이지?"

"네, 이런 게 업보가 아니면, 도대체 무엇이 업보이겠습니까?"

"그렇다면 그것이 자네가 말한 업業과는 어떻게 다른 것인가?"

"네, 그것은 둘 다 같은 개념이라고 할 수도 있겠지만, 그러나 좀 더 구체적으로 말씀드리자면, 업業은 쉽게 말씀드려서 '어떤 행위'라고 말씀드릴 수 있지만, 업보業報는 그 업으로 말미암은 과보果報나 업과業果인 결과結果를 의미한다고 할 수 있겠습니다."

"음, 그러니까 쉽게 말해서 업業은 사람이 살아가는 모습이라고 한다면, 업보業報는 그에 따른 평가 정도로 해석할 수도 있겠군?"

"네, 그렇다고 생각합니다."

"그런데 말이야, 내가 볼 때는 그래봤자 종교의 테두리 안이라 여겨지는데! 그러니까 차라리 그 문제를 종교적인 입장에서 접근하는 것이 더 옳지 않을까? 그래서 오히려 구원救援 같은 것도 얻고 말이지?"

"네, 그러나 그렇게 되면 제가 구원을 얻을 수 있을지는 몰라도, 앞선 그 업보는 해결되지 않을 것이라고 생각하기 때문에, 그래서 저는 앞서 말씀드린 방법을 택하게 된 것이라고 말씀을 드릴 수 있겠습니다."

"그렇군! 그리고 나도 뭐 종교 같은 것에 그리 크게 관심을 가지고 있지는 않기 때문에 그것에 대해서 잘 알지는 못하지만, 그러나 내가 듣기로는 그렇게 하면 그 업보인가 하는 것들도 다 사赦해질 수가 있다고 하던데 말이야?"

"네, 그럴 수 있을지도 모릅니다. 그리고 그렇게 하는 것이 어쩌면 한 인간이 선택할 수 있는 최선의 길이 될지도 모르겠습니다만, 그러나 제가 생각하기에 그것들은 그렇게 용서되어서는 절대로 안 될 것들이란 것입니다. 아니, 그것은 그런 은혜조차도 받을 가치가 없는 것이란 것이 저의 생각인 것입니다."

"흠, 하지만 그것도 모두 사람의 일이 아니겠어? 어차피 우리는 무지無知하게 태어나서 어렵게들 살다가 허무하게 갈 뿐인데, 그래서 그런 것은 그런 과정에서 자연스럽게 생겨나는 파편破片 같은 것으로, 그렇게까지 심각하게 생각할 건 없다고 보는데 말이지?"

"네, 하지만 이 세상에는 용서해 주어도 좋을 것과, 결코 용서해서는 안 될 것들이 분명히 있다고 생각합니다. 그리고 제가 말씀드리려는 것은 그 후자後者인 것입니다."

"흠! 그 정도로..."

그러자 김은 답답한 듯 최를 한번 쳐다보았다. 그런데 그 눈빛이 참으로 안타까웠는데, 그것은 또 이쯤 되면 자신으로서도 어쩔 수가 없다는 듯, 거의 자포자기 하는듯한 심정이 역력해 보였기 때문이었다.

"한번은 제가 우연한 기회에 어느 스님의 설법을 듣게 되었는데, 그때 그 스님께서 말씀하시기를 '업보란 것은 영원히 이어지는 것이고, 그것은 인간으로서는 피할 수 없는 숙명이며, 언젠가는 다시 이어지는 죄 갚음의 빚'이라고 하셨던 것을 들었던 적이 있었습니다."

그때, 최가 다시 이야기를 이어가고 있었다.

"그리고 또 '인간은 죄를 짓고 신은 그것을 용서한다'고는 하지만, 그리고 인간이기에 죄를 지을 수밖에 없고, 신이기에 그것을 용서해 주는 것이 어쩌면 당연하다고 할지도 모르겠습니다만, 그러나 저는 그보다 먼저 인간으로서 그럴 자격이 있든 없든 간에, 그런 은혜를 받기에는 너무도 비열한 것들에 대해서, 그 용서 받음을 가로막는 또는 저지할 수 있는 어떤 시도는 누군가에 의해서 꼭 있어야 한다고 생각하는 것입니다. 그리고 또 그렇게 하는 것이 바로 진정한 뉘우침과, 죄 갚음에의 첫걸음이 될 것이며, 또한 진정한 구원과 용서에 다가서려는 작은 성의라고 보는 것이 저의 입장이므로, 그래서 저의 결단은 그런 생각에서 비롯된 것이며, 그것은 또 꼭 이루어 내야만 하는 '저만의 숙명'으로 되어있다고 말씀드릴 수가 있는 것입니다."

"흠, 그래서 종교를 떠나서 자네의 소신대로 방향을 그렇게 잡았다?"

"네, 그렇습니다."

"그러면 자네의 짐이 너무 무겁지 않겠는가?"

"하지만 그 짐을 내리는 순간이 분명히 올 것이라고 저는 생각하고 있습니다."

그러자 김은 여기서 고개를 끄덕였다. 어쩌면 차라리 그것을 인정해 버리는 것이 더 낫겠다고 생각해서 그랬던 것 같았지만, 그러나 답답함만은 여전히 가시질 않는지 눈매는 여전히 찌푸린 채였다.

"알겠네. 그럼, 여기서 다시 정리를 좀 해볼까?"

"네, 그러니까 제가 드리려는 말씀은 바로 이런 것입니다. 먼저 가족의 사랑, 그것은 이미 말씀드린 대로이지만, 그러나 그것을 바탕으로 해서 이 세계는 모든 업보에서 벗어날 수 있는 희망이 생기게 된다는 것이며, 그리고 그 희망에 대한 접근방법은 '남에게의 우선적인 배려'로부터 시작된다고 말씀드리고 싶은 것입니다. 그리고 여기에서의 '남'에는 전혀 모르는 타인도 될 수 있겠지만, 그러나 자기 외의 사람, 즉 자신의 가족도 포함된다고 말씀드리고 싶고, 그러나 무턱대고 사랑을 베푼다는 것은 오히려 모순적인 상황을 야기 또는 초래할 수도 있는 것이므로, 그래서 그것은 그 배려를 받을만한 가치가 있다고 판단되는 정당한 상대에게만 베풀어져야 한다고 보는 것이 저의 또 다른 생각인 것입니다. 그런 것을 흔히 비인부전非人不傳이라고 한다는 이야기를 들었습니다만, 그러니까 예를 들어서 자신의 자식이나 친지 또는 부모 형제라고 하더라도 그 가치를 상실한 사람으로 판단된 사람이라면 그것은 자제되어야 한다는 것이며, 그것이 감정에 치우쳐서 행해진다거나, 맹목적으로 행해져서는 곤란하다는 것입니다. 하지만 또 물론, 그때는 또 다른 방법, 즉 그에 맞는 방법을 모색해야 할 것이고, 그에 따라서 바람직한 결론도 나올 것이라고 생각은 합니다만, 그러나 어쨌든 그것에 대한 저의 생각은 그렇다는 것이며, 그리고 또 제가 이렇게 말씀드리게 된 데에는 먼저 저의 가족에 대한 실망에서부터 비롯되었다는 것을 다시 한번 밝혀드리는 것입니다. 그리고 또 그동안 제가 살아오면서 경험했던 수많았던 일들에서도 영향을 받았던 것도 사실이었고, 그리고 또 그 외의 많은 느낌들도 한몫을 해서 저는 그런 결론에 이르게 되었다고도 말씀드릴 수 있겠는데, 그리고 또 그런 것들을 토대로 해서 저의 그런 결단은 도출되었으며, 그래서 그것에 대해서 다시 한번 더 정리해 드리자면, 그러니까 먼저 제가 일반화시켜둔 명제들, 즉 일종의 화두話頭라고 생각하셔도 좋겠습니다만, 아무튼 이미 알고 계시는 그 윤회와 업보란 것에서, 저는 업보를 낮은 가치의 것으로 보았고, 그보다 상위의 것을 윤회라고 보았는데, 그 이유는 또 업보는 인간으로서 또는 저 개인으로서 접근이 가능하다고 보았기 때문이며, 그러나 윤회란 것은 인간으로서는 접근이 쉽지 않다고 본 때문인 것입니다. 그리고 또 그것은 제가 미리 말씀드린 것으로 이미 알고 계시리라 생각해서 재차 설명드리지는 않겠습니다만, 그러나 그것에 대해서 약간의 부연만 더 해드리자면, 업보는 그 개념 자체가 어떤 한계성을 지니고 있다고 판단했기 때문에 그렇게 생각했다는 것이며, 그로 인해 그것은 선명성을 가지게 되었고, 그렇게 되면 이제 그것을 해결하지 못할 이유도 없어졌다고 생각했기 때문에 저는 그런 결론을 내리게 되었던 것입니다. 그러나 윤회란 것은 그 접근방법에서부터 그것과 차이가 있었습니다. 물론 선명성도 없고, 더욱이 존재의 확신조차도 없다고 생각했기 때문이었는데, 그러나 그렇게 되면 문제의 제기조차도 위기를 맞게 되어 저의 그런 생각들은 아예 처음부터 무용한 것으로 전락되고 말 것이어서, 그래서 저는 어떻게든 그 문제를 풀어내지 않을 수가 없게 되었고, 그래서 고심을 거듭하게 되었는데, 그런데 그즈음에 저는 그 윤회를 '둘도 없는 하나의 큰 굴레'라고 생각하기 시작했고, 그것으로 이제는 그것도 실체를 갖기 시작했던 것입니다. 그러니까 제가 드리려는 말씀은 그 접근의 문제에서, 그것이 실체화되지 않은 상태로는 그 생각 자체가 무용하다는 것이며, 그것은 또 가시성可視性을 가져야만 접근과 해결의 기틀이 마련된다는 것인데, 그러나 이미 없는 것을 가시화시킨다는 것도 문제고, 또 존재 여부도 확실치 않은 상황에서 그것을 현실화시키려는 의도는 더욱 어리석을 수 있어, 그래서 저의 그런 생각 자체가 이미 한계를 드러낸 꼴이 될 수도 있었던 것이지만, 그러나 윤회는 업보를 바탕으로 해서 형성되된다는 것을 저는 그때 깨달았기 때문에 그런 것도 다 가능했다고 말씀드릴 수가 있겠다는 것입니다. 즉, 이 말은 또한 윤회란 것은 아예 처음부터 존재하지 않았고 또 그 개념 자체도 없었던 것이지만, 그러나 업보가 생겨남으로 해서 그것은 태어나게 되었으며, 그리하여 그것들이 계속 쌓여갔음으로 해서 드디어 형체까지 가지게 되었으며, 그리하여 그때부터는 오히려 그것이 그 업보란 것을 관장해 나가기 시작했다는 것이 저의 생각인 것입니다. 그래서 나중에 그것은 세상 만물의 모든 것을 수용할 만큼 엄청나게 커졌고, 비로소 사람의 눈이나 마음에서 사라지게 되었으며, 그래서 이제는 그것이 없이는 이 세상의 모든 섭리가 제자리를 찾지 못하게 될 만큼 되어 있다는 이야긴데, 그것은 또 왜냐하면, 업보의 관장管掌으로 인해서 인간의 운명이 거의 결정이 되고, 또 그렇게 됨으로 해서 마치 소갈증에 걸린 것처럼 윤회는 더욱더 많은 업보의 빚 갚음에 목말라하게 되어, 그래서 그 요구로 인해서 그 사슬에 걸려든 인간들은 그 한계성 때문에라도 더욱 많은 업보를 저지르게 된다는 것이며, 그래서 마침내 그 빚은 몇 대代를 걸쳐서 갚아도 다 못 갚을 정도로 엄청나져서, 그것으로 인해 이 세상이 끝나는 날까지 인간들은 그것에 시달려야 한다고 저는 생각했기 때문이었던 것입니다. 그래서 그것도 완전한 실체와 가시성을 가지게 되었다는 것이고, 저는 그것을 바탕으로 해서 결단에 힘을 얻기 시작했다는 것이며, 그래서 저의 목적이란 것은 그 윤회의 멈춤에 있고, 그것은 또 업보의 해소에 목적을 둔 것이며, 그런 행위로 해서 저의 결단은 의미를 가질 것이라는 것이 저의 생각인 것입니다."

"흠, 하지만 그것이 그 윤회란 것을 어떻게 멈추게 하고, 또 그 멈춤은 무슨 의미를 가지며, 그 해소와는 또 어떤 관계가 있는 건가? 그리고 또 그 가시성이나 실체 등도 문제가 있다고 생각이 드는데, 그것은 또 극히 주관적인 것이어서 도무지 범인凡人으로서는 이해가 되지 않을 것도 같은데 말이야?"

그러자 여기서 김이 또 의문을 표하며 나섰는데, 그러나 이제는 앞의 그 충격에서 완전히 벗어났던 듯 제법 편안한 표정이었고, 그것으로 김은 이제 최에게 한 발짝 더 다가선 듯한 느낌도 들었다.

"네, 먼저 실체實體나 가시可視의 문제에서, 그것이 비록 저의 주관에서 비롯된 것으로 보이기는 하나, 그러나 그것은 관심의 차이에서 오는 문제라고 말씀드리고 싶습니다. 그러니까 제가 드리려는 말씀은, 그것에 관심을 가지고 접근하려는 사람에게는 어느 순간 그것이 실체로 보이게 되지만, 그러나 그것에 대한 생각 자체도 없는 사람에게는 아예 그 존재조차도 의미가 없을 것이란 것이며, 그래서 이런 이야기 자체가 의미가 없어지게 될 거란 이야기인 것입니다. 그러나 물론 제가 이렇게만 말씀드리면 저에게 너무 무책임하다고 하실지도 모르겠습니다만, 그러나 그런 일은 비단 이 문제에서뿐만이 아니라 세상에 흔히 일어나고 있는 많은 유사한 예들에서도 그와 유사한 상황은 보이고 있기 때문에 그렇게 말씀드린 것이며, 그리고 또 가시화나 실체란 것에서, 그 의미를 꼭 손에 잡히는 것으로만 해석해서는 곤란하다는 것이, 이미 그것은 개념의 문제이기 때문에, 그래서 그런 것은 배제排除시키고 접근하는 것이 이 문제에서는 오히려 요구되는 바람직한 태도라고 말씀드릴 수 있겠으며, 그러면 또 '어떻게 그것으로 윤회가 멈추는

가?' 또는 '멈추게 하는가?' 그리고 '그것은 무슨 의미를 가지는가?' 하
는 문제에서, 저는 그것이 저의 목적을 가진 결단의 개입으로 가능하
다고 말씀드리고 싶으며, 좀 더 구체적으로 말씀드리자면, 이제 실체
를 갖게 된 윤회는 세상의 모든 것을 관장하며 지금도 끊임없이, 그리
고 누구의 간섭도 없이 자연적으로 돌아가고 있는데, 그리고 그것에
인위적인 힘을 가할 수는 없게 되어 있는데, 그러나 그것은 세상이 없
다면 존재할 수 없는 성질을 가진 것이며, 더욱이 식물이나 자연처럼
의지는 있으나 의식이 없는 존재에게는 그 미치는 힘이 미약해서, 그
래서 그것만으로도 그것은 한계성을 가진다고 볼 수 있겠으므로, 그
래서 저는 여기서 '의식적 존재의 사멸'이 그것에 영향을 미칠 수 있을
것이라고 생각하게 되었다는 것입니다. 그러므로 적어도 그 일은 윤회
속에 포함된 그 존재에 해당되는 바퀴만은 멈추게 하는 동기가 될 것
이라고 저는 생각하게 되었다는 것이며, 그것으로 그 존재는 이제 더
이상의 업보를 행하는 일은 없어지게 될 것이므로, 그로써 더 이상 그
것은 윤회에 구속되는 일은 없게 될 것이란 것이 저의 생각인 것입니
다. 그리고 그것으로 앞의 두 문제는 해결된 것으로 생각되는데, 그러
나 또 다른 문제의 제기로 '만약에 윤회가 그것마저 안고 돈다면 어떻
게 할 것인가?' 즉 '사멸된 것도 사멸된 채로 진행시킨다면 어떻게 할
것인가?' 하는 문제가 있을 수도 있겠는데, 그러나 제가 생각하는 그
것의 개념과 실체는 거기까지는 아니어서 논의의 가치가 없다고 생각
되며, 그리고 그 역시 말 그대로 만약의 일이므로 더 이상 이야기를 확
대하는 것은 옳지 못하다는 생각이므로 그것에 대해서는 여기까지만
말씀드리겠습니다. 그리고 또, 그러면 이제는 '해소와의 관계'란 문제
가 남게 되었는데, 그리고 이 문제가 가장 중요한 문제라고 할 수 있겠

는데, 그것은 또 왜냐면 바로 이것 때문에 그 모든 가정假定들은 진행되어 온 것이기 때문인 것입니다. 그리고 그것은 선생님께서도 미리 아시는 것이어서 세세하게 설명을 더 드리지는 않겠습니다만, 아무튼 그해소와의 관계에 대해서 다시 말씀을 드리자면, 저의 목적이 업보의 해소 또는 해결에 있느니 만치, 그 윤회를 멈추게 하는 것은 이미 말씀드린 대로 더 이상의 업보를 쌓지 않겠다는 의지라고 할 수 있겠으며, 그것은 저의 목적적 의도로 행해지는 것이므로 그 멈춤이 곧 해소의 시작이라고 말씀드릴 수 있겠고, 그것으로 저는 저의 목적에 대한 최소한의 성과成果를 기대한다는 것이며, 그리고 그 성과란 것은 저에 관련된 모든 업보를 청산한다는 의미라고 말씀드릴 수가 있으며, 이것은 또 저의 개입적 의지로 인한, 적어도 저에게만 해당되는 윤회의 멈춤으로 이어지고, 그것으로 그 목적은 달성될 것이라고 본다는 것이 저의 생각인 것입니다."

"음, 그러나 그 목적이 그렇게 달성이 되어서 자네가 생각한 대로 그것이 그렇게 다 이루어졌다고 치더라도, 그 업보가 해소된다는 것에는 설명이 좀 부족한 것 같은데, 그것은 또 어떻게 설명할 수가 있나?"

"네, 그래서 저는 여기서 한 가지 생각을 더 하게 되었는데, 그것은 바로 '정화淨化'라고 말씀을 드릴 수 있겠습니다."

"뭐, 정화?"

"네."

"그러나 정화라고 한다면, 그렇게 할 무엇이 있어야 한다고 생각되는데, 그냥 그대로 두어도 정화가 된다는 이야긴가?"

"네, 물론 그렇지는 않겠지요. 그리고 선생님의 말씀대로 저도 무엇이 있어야 한다고 생각하고 있으며, 그것이 바로 '저의 개입적 의지'라고 말씀드리고 싶은 것입니다."

"하지만 그것만으로 그것이 그렇게 된다는 것은 어쩌면 억지가 아닐까?"

"네, 그렇게 생각하신다고 하셔도 저는 거역할 수 없습니다만, 왜냐면 어차피 그것은 여전히 관념 속의 것이기 때문인데, 그러나 그에 대한 저의 생각은 또 이렇습니다. 그러니까 만약에 그것을 그렇게 멈추게 할 수만 있다면, 그리고 저의 생각대로 그것이 그렇게 다 이루어지게 된다면, 그것은 그때부터는 자연적으로 정화에 들어가게 될 것이라는 것이 저의 생각인데, 그것은 또 왜냐면, 그 멈춤이 자연적인 것이 아니라 저의 목적과 의도가 만든 개입에 의한 것이므로, 그래서 저의 의지는 그때부터 오히려 그것에 영향을 주게 되고, 그것으로 그것은 자연스럽게 그렇게 되어갈 것이란 것이 저의 생각이기 때문입니다."

"흠, 여전히 아리송한 면이 있긴 한데, 그러나 자네 생각이 꼭 그렇다면 나로서도 그렇게 이해할 수밖에 없을 것 같군?"

"죄송합니다. 저의 설명이 많이 부족했나 봅니다."

"아니, 그런 것이 아니라, 오히려 내가 자네의 논리를 잘 받아들이지 못하고 있는 것이겠지?"

"아닙니다. 그것을 제가 아직 다 정리하지 못한 상태에서 말씀드렸기 때문에, 선생님께서 이해하시는 데 조금 어려움이 계신 것 같습니다."

"흠!..."

그러나 김은 말은 그렇게 했지만, 여전히 납득이 잘 가질 않는다는 표정이었다. 하지만 또 그의 생각은 백 번 존중해 주겠다는 듯, 연신 고개만 끄덕이고 있었다.

하지만 또 그때, 김은 여전히 착잡한 심정에서는 벗어나지를 못하고 있었다. 그것은 또 아무리 생각해도 이 사람은 자신의 가족에게서 너무도 큰 상처를 받아서, 그것으로 인간의 모든 것에 대해 불신을 가지게 되었고, 지금도 그것에서 여전히 벗어나지 못하고 있다는 생각이 들었기 때문이었는데, 그래서 김은 그런 그가 그 믿을 수 없는 믿음에 집착하고 있다는 것에서 더욱 안타까움을 느끼지 않을 수가 없어 그런 심정이 되어있을 수밖에 없었던 것이다.

그러나 또 한편으로 생각해 보면 그런 그가 이해가 되기도 해서 고개를 끄덕일 수밖에 없었던 것이, 그것은 또 인간이 인간으로 태어나서 옳든 그르든 자신의 믿는 바를 위해서 고집을 부리고, 또 그것을 지키기 위해서 자신의 모든 것을 버릴 수도 있다는 것에, 비록 아랫사람이기는 했지만 존경의 뜻을 표하지 않을 수도 없었기 때문이었다.

'어쩌면, 너무도 깔끔하다고 생각해 볼 수도 있을 것인가?'

김은 이런 생각이 잠시 들기도 했지만, 그러나 보통 사람들이야 "그런 것쯤" 하면서 무시하고 살며, 설령 누군가가 "그러니 자네가 순교殉敎해!"라고 말을 한다면, 그 말을 들은 사람은 칼이라도 들고 와서 "내가 왜?" 하며 부르짖을지도 모를 일이었는데, 그러나 지금 이 사람은 마치 자기가 무슨 거룩한 순교자라도 되는 양, 고고할 것 같은 죽음을, 그러나 보통 사람이 들었을 때는 쓸모도 없을 개죽음 같은 것을 스스럼없이 이야기하면서, 그것도 자신의 가족이 저질렀다고 하는 그 엄청난 업보 꾸러미를 들쳐메고는 죽음의 강으로 뛰어들려 하고 있었 다는 것에 답답함도 금할 수가 없어, 김은 그때 무척이나 혼란스러워 하고 있었던 것이다.

그러자 김은 잠시 '이 사람이 진짜 미친 것은 아닐까?' 하는 생각이 퍼뜩 들었다. 하지만 그 며칠 동안 같이 생활하면서 보았건대, 그는 너 무도 이성적인 사람이었지, 방금 자신이 생각한 그런 사람과는 거리가 먼 사람임에 틀림이 없었다.

그러자 김은 다시 생각에 잠겨 들었다. 객客이 너무 어려운 문제를 들고 온 것이었다. 그래서 김은 어쩌면 이 사람이 가고 나서도 자신은 한동안 이 사람의 영향 때문에 고심의 늪에서 허덕일지도 모른다는 생각을 잠시 했다. 그러자 김은 정신이 번쩍 드는 듯 눈빛을 바로 했다. 자신이 또 서둘렀다는 생각이 들었던 것이다. 그러니까 차라리 그의 의도대로 이야기를 계속하도록 놔두었더라면 자신은 그의 생각에 좀 더 자연스럽게 접근할 수 있었을지도 몰랐는데, 보채듯 서둘렀던 탓에 자신은 오히려 혼란에 빠진 듯했고, 그를 진정으로 이해하기는커녕 오 히려 곡해曲解하게 된 것도 같았으며, 여태껏 해온 이야기들도 그것으 로 인해 모두 다 흐트러지고 말았다는 생각이 들었기 때문이었다.

물론 처음의 의도는 그런 것이 아니었던 것이 분명했지만, 그러나 그것은 이제 와서 후회해도 어쩔 수가 없는 일이 되어 있었던 것이다.

하지만 내일과 다가올 다음의 내일은 또 있을 것이었다. 그것은 또 지금까지의 이야기 추세로 봐서도 예견이 가능했으며, 그 결정은 또 자신이 내릴 수가 있었기에, 김은 그렇게 하는 과정에서 지금의 보상으로 그에게서 또 다른 신선한 느낌도 받을 수 있을 것이라 기대했다. 그래서 김은 최에게 "오늘 이야기는 이것으로 끝을 내자"고 말을 했다. 그러자 최는 그것으로 자신의 이야기가 모두 끝이 났다고 생각했던지 김에게 마지막 인사라도 하려는 듯 몸가짐을 바로 했다.

"아냐, 아냐! 아직 할 이야기가 더 있잖아?"

그러자 김은 서둘러서 그의 행동을 제지하며 웃음까지 활짝 웃어 보였지만, 그러나 최는 오히려 그런 김의 행동에 의아해하는 눈치였다.

그러니까 최는 그때 이제 자신의 생각하는 바가 김에게 다 전달되었으므로 나머지 이야기야 어떻게 되어도 좋다는 생각으로 마음을 정해 그렇게 한 듯도 보였는데, 그러나 김의 그런 뜻밖의 행동에 정신을 잠시 놓쳐 그런 표정을 짓고 있는 듯했고, 김은 또 자신이 그를 그렇게 만들었다는 죄책감이라도 들었던 건지 더욱 활짝 웃어 보이며 최를 격려했던 것이었는데, 아무튼 그렇게 해서 최의 이야기는 또 한 고비를 넘기고 있었던 것이다. 그리고 또 그렇게 해서 최는 다시 아래로 내려갔고, 이층에는 김만 홀로 남게 되었던 것이다.

악몽 惡夢

　　김은 이제 생각을 할 것들이 많아져 있었다. 그리고 그 대충의 골격이라 할 수 있었던 것으로 '사람이 어떻게 살아야만 정말로 올바르게 사는 것일까?' 하는 것과 '최의 생각은 정말로 옳은 것일까?' 또는 '내가 그를 살릴 수 있는 길은 여전히 없는 것일까?' 하는 등의 것들이었지만, 그래서 그 밤도 김은 상념의 깊은 바다에서 즐거운 산책으로 밤을 설칠 것 같았지만, 그러나 그런 마음과 달리 실제로는 그렇지를 못했다. 최를 보내고 난 김은 갑자기 몰려오던 피곤으로 서둘러서 잠자리에 들고 말았기 때문이었다.

　　그것은 또 어쩌면, 최가 내려가자 김은 갑자기 긴장이 풀려서 그렇게 된 것인지도 몰랐지만, 어쨌든 김은 온몸에서 피가 다 빠져나가듯 곧 힘이 빠지는 것을 느꼈고, 이어서 현기증 같은 것도 느끼면서 잠시도 버티기가 힘들었던 것이다. 그래서 결국 그는 침대에 몸을 눕히고 말았는데, 그리고는 그대로 잠 속으로 빠져들어 갔고, 이어서 온갖 악몽으로 시달려야만 했다.

김이 꾸었던 꿈은 주로 단편적이었던 것으로, 잠시 잠깐 끊어지면서 서로 다른 주제들로 진행되었는데, 그러나 전체적으로는 일관성이 있는 듯도 느껴졌고, 그것은 또 자신의 과거에 관한 기억이었으며, 그것은 또 서럽고도 음울한 느낌을 주는 것들이 대부분을 차지하고 있었다.

　김은 꿈속에서 어린 시절로 돌아가 있었다. 나이는 대충 대여섯 살, 또는 열 살 정도로 보였고, 무대는 김이 유년 시절을 보냈던 시골로 여겨졌지만, 그러나 꼭 그런 것만도 아닌 것 같아서 그 장소가 뚜렷하지는 않았다. 그래서 오래된 초가집 같은 것은 과거 김이 살았던 그의 할아버지의 집인 촌가村家와 유사했지만, 그러나 절벽이라든가, 논둑길 같은 것은 생소하거나 김의 기억에는 없는 것으로 여겨져서 김은 마치 자신이 그곳에 버려진 듯한 느낌을 받으며 서러워하기도 했다. 그리고 이어서 그는 어딘지도 모르는 곳으로 뛰어가기도 했는데, 그러나 곧 어느 곳에 서서는 어떻게 할지를 몰라서 두리번거리기도 했다. 그러자 그때마다 어떤 여자 한 명이 한복을 곱게 차려입고는 짙은 화장을 한 얼굴로 나타나서는 자신에게 같이 가자는 듯 손을 내미는 장면도 곧잘 나왔다. 하지만 김이 그 손을 뿌리치고 도망을 가자 어느새 절벽이 나타나서 그의 앞을 가로막았다. 그러자 김은 곧 절망하여 어쩔 줄을 몰라 했는데, 그런데 또 바로 그때, 그의 할아버지가 달려오면서 "안 된다"고 고함을 질러서 김은 그 할아버지의 품에 안겨들어 안정을 찾을 수는 있었지만, 그러나 그랬던 그의 할아버지도 금방 사라

저 버리고, 김은 다시 혼자 남게 되었던 것이다. 그러자 이번에는 좀 전과는 또 다른 여자 한 명과 한 남자가 절벽 건너편에 서서 그에게 어서 오라는 듯 손짓을 했는데, 그러자 그는 그 절벽을 뛰어넘으려 했지만 그만 실족失足해서 한없는 낭떠러지로 떨어져 가는 것이었다....

"아!..."

하지만 그뿐이었다. 그는 어느새 동네 우물가에서 아이들과 놀이에 열중해 있었고, 그래서 마냥 즐거운 듯했는데, 그러나 또 그때 갑자기 어두운 그림자가 자기만을 덮쳐서 그는 앞을 볼 수가 없게 되었다. 그러자 어린 김은 그것에 놀라서 소리를 질렀다. 그러나 그 소리는 입 안에서만 맴돌 뿐이어서 그는 더욱 크게 고함을 지를 수밖에 없었는데, 그런데 또 그때 누군가가 그 어둠을 벗겨주며 자기 앞에 서 있는 것을 그는 볼 수가 있었던 것이다. 그러자 순간 그는 "엄마" 하고 소리를 지르며 그 여자에게 달려들었다. 그러나 그를 안은 것은 그의 할머니였고, 그의 어머니는 보이질 않았다. 그러자 그는 할머니의 손을 뿌리치고 달리기 시작했다. 바로 그때 저 멀리서 그의 어머니인 듯했던 여자가 사라져가고 있는 것을 보았던 때문이었다. 하지만 잠시 후, 그는 그 여자를 붙잡을 수는 있었지만, 그러나 그 여자가 돌아서며 보여준 얼굴은 아주 흉측했던 것이어서 김은 금방 그 여자에게서 떨어지고 말았다. 그때, 그 여자의 얼굴은 심한 화상을 입은 듯 아주 심하게 일그러져 있었고, 그런데다 그 얼굴에서는 마치 불에라도 덴 듯 진액津液과 고름이 마구 흘러내리고 있었으며, 그 상처에는 또 벌레와 작은 곤충들이 잔뜩 달라붙어 그 여자의 살을 파먹고 있었기 때문이었다. 거기다 여자의 턱에서는 피가 계속해서 뚝뚝 떨어지고 있었는데, 그러자 김은 그 여자의 얼굴을 더 이상 똑똑히 볼 수가 없었다. 그래서 고개를 돌리려 했지만, 그러나 자신의 의지대로 고개도 돌려지지가 않았다. 그런데 또 그때였다. 그 여자는 갑자기 그를 보며 미친 듯이 웃어대기 시작했고, 그러자 그 웃는 입으로 오물이 마구 흘러내리기 시작했다. 그 모습에 더욱 놀란 그는 다시 그의 할머니가 있는 곳으로 달아나기 시작했다. 그러나 발이 말을 잘 듣질 않아 잘 움직일 수가 없었는데, 그러자 또 그때, 그 여자의 얼굴은 어느새 바뀌어서 술집 접대부처럼 교태嬌態로운 몸짓을 하며 그를 희롱하려 들고 있었던 것이다...

김은 자리에서 벌떡 일어났다. 그리고는 날이 시퍼렇게 선 칼에 사정없이 베인 듯한 공포를 느끼며 다짜고짜로 침상에서 벗어났다. 그리고는 어둠으로 꽉 찬 이층을 휘저어서 전등의 스위치를 찾으려고 했다. 하지만 그것은 쉽게 손에 닿지를 않았고, 그로 인해 김은 다시 절망해야만 했다.

정말이지 무서움이란 그런 것이었다. 왈칵 달려드는 한기寒氣와 함께 정신을 잃을 정도로의 두려움이 덮쳐드는 것. 하지만 그것은 김이 일찍이 경험해 보지 못했던 기분이었다. 그리고 또 그것은 정말이지 역한 느낌 그대로였는데, 그래서 그것은 그를 어둠 속의 한 광인狂人으로 만들게 하기에 충분했으며, 이어서 눈물을 흘리고 싶을 정도로의 처참한 고독을 맛보게 했다. 하지만 역시 여전한 급선무는 그 어둠을 밝음으로 몰아내는 것이었다. 그래야만 일단 자신의 현 위치도 파악할 수 있는 일이었고, 그에 대한 대책도 뒤따를 것이었기 때문이었다.

'하지만 이런 때 왜 그것이 어디에 있는지 전혀 생각이 나질 않는 것일까?'

김은 그것을 도무지 알 수가 없었다. 아니, 마치 더듬이가 잘려 방향 감각을 잃어버린 곤충처럼 도무지 무엇이 어떻게 된 것인지 그는 파악 조차도 할 수가 없었던 것이다. 그래서 그는 무조건 아무 곳으로나 걸음을 옮기기 시작했다.

그것은 또 마치 무엇을 하고 있지 않으면 미쳐버릴 것 같은 심정을 가진 사람이 억지로라도 무엇을 하기 위해 무엇을 하려 드는 것과 같았던 것이라고 할 수 있었는데, 그러나 시도마다 그에 맞는 결과를 기대할 수는 없는 일. 그래서 김은 그때 무작정 내디뎠던 걸음으로 인해서 오히려 자신의 원래 위치조차도 모르게 되고 말았고, 그래서 김은 오리무중五里霧中을, 그 눈감고도 다닐 수 있었던 이층에서 경험하고 있었던 것이다.

"앗!"

그러다 잠시, 그는 무엇에 걸려 넘어져서는 바닥에 나뒹굴었다. 그러나 그것이 무엇인지 알아차릴 경황도 그에게는 없었으며, 그래서 '이 어둠이 지나고 나면 반드시 주인主人을 넘어뜨린 그것에 그에 맞는 정당한 벌을 주고 말 것이다'라는 생각조차도 할 수가 없었던 것이지만, 그래서 그는 그 순간에 나락奈落이란 것을 느끼고 있었던 것이다.

'아, 이것이 그 말로만 듣던 나락으로 가는 길인가?'

김은 끝없이 떨어져만 가고, 도무지 죽지도 살지도 않고, 계속해서 떨어져 가기만 하는 그 길고도 길었던 순간을 경험하면서 '과연 이 추락의 끝은 있는 것일까?' 하는 한가로운 생각을 하고 있었다. 그리고 또 김은 그 순간에야 그때까지 자신의 살아왔던 모든 기억을 떠올리며, 자신이 잘못했던 일들과 비열했던 일, 비난받아야 마땅했지만 감추고 모르는 척했던 일, 경솔, 우매, 자만 등, 그동안 자신이 저질렀던 모든 잘못들에 대해서 반성하기 시작했고, 그런 것 때문에 자신은 언젠가는 이런 지옥을 경험하게 될 줄 알았다는 듯, 이제는 그 모든 것들을 체념한 채, 그리고 그 마지막을 경건하게 맞이하려는 듯, 기도하는 마음으로 떨어져 갔던 것이다...

'쿵!...'

그러나 그런 김의 기대와는 달리 그 끝은 아직도 나타나지 않았다. 마치 그것은 영원히 떨어져 가기만 하고, 그 끝은 알 수 없는 무간지옥 無間地獄인양, 속이 빠지듯 허함만이 느껴지는 가운데 결과는 끝내 알 수 없는 그런 추락만 그때 김은 경험하고 있었던 것이다...

김은 다시 눈을 떴다. 그리고는 마치 식물인간이라도 된 것처럼 몸은 꼼짝도 않은 채로 눈만 동그랗게 뜨고는 가만히 있었는데, 그러다 잠시 후, 그는 그렇게 누운 채로 눈을 이리저리 굴리기 시작했다. 그러자 그 눈은 비록 좁은 공간에서의 움직임이었을 뿐이었지만, 그러나 그것에 의해 빨려들 듯 보여 온 것들은 그대로 정보情報가 되어서 그의 뇌에 전달되었고, 창의 커튼 사이로 스며들고 있던 흐린 빛에 의지해서 시간이 지나는 만큼 더 많은 그것들을 김의 의식에 보내주고 있었다.

잠시 후, 김은 조금씩 몸을 일으켰다. 머리부터 차례로 손, 허리, 다리, 그리고는 신체의 전부를 일으켜서 침상에서 발을 내리는 것에까지 성공하자, 이제는 의식을 분명히 차린 듯 주위를 둘러보기 시작했다.

'아! 그 모든 것들이 다 꿈이었던가?'

김은 아직도 그것이 믿기지가 않는다는 듯 이런 생각을 하며 '이것도 꿈의 일부분은 아닐까?' 하듯이 자신의 팔과 다리를 움직여서 시험해 보기도 하고, 결국에는 일어서서 거닐어 보기도 하면서 자신을 다시 찾아갔다. 그러다 김은 침상의 어지러움과 베개와 머리맡이 흥건히 젖어 있는 것을 손으로 만져보고서야 자신이 완전히 꿈에서 깨어났다는 것을 확인했으며, 그리고는 믿을 수 없다는 듯 비슷 웃으면서 머리를 잔잔하게 흔들어 대다가 탁자로 가서 앉았다.

그때, 밖은 여전히 어두웠던 것이 아직도 한 새벽이라 생각되었는데, 그러자 김은 담배 하나를 꺼내서 불을 붙여 물고는 밤새 시달렸던 그 악몽들을 떠올려 보고는 몸서리를 쳤다. 그러나 그렇게도 꿈속에서 애타게 찾았던 전등의 스위치는 그대로 둔 채였으며, 자신을 걸려 넘어지게 만들었던 그것에도 관심이 없다는 듯 연신 담배 연기만 깊게 들이키며 생각에 잠기고 있었던 것이다.

"이 나이에 그런 악몽이라니..."

김은 자신의 그런 모습이 한심하다는 듯 이렇게 내뱉듯이 말을 하고는 한숨처럼 담배 연기를 휴, 하고 내뿜고는 창을 쳐다보았다.

"아직도 어둠, 그런데 도대체 왜 그런 꿈이?"

그러자 김은 그 알 수 없는 자신의 신변 변화에 대해서 서서히 이상한 생각이 들기 시작했다. 그리고 또 그것은, 그리고 물론 꼭 그렇다고 할 수는 없었지만, 그러나 어쨌든 최가 그곳으로 오고 나서부터 그런 일이 생긴 듯하다는 것이 그의 생각이었는데, 그러니까 김은 이상하게도 최가 자신의 집으로 오고 나서부터 그 평범하고도 평화롭던 주변들이 하나씩 무너지고 있다는 생각이 자꾸만 들고 있었던 것이다.

그러자 김은 머리를 세차게 흔들었다. 아무리 그런 기분이 든다고 해서 자신의 악몽을 이유로 그 모든 것을 추측하고, 그것을 모두 최의 탓으로 돌린다는 것은 스스로 생각해도 너무도 파렴치했기 때문이었다. 그리고 또 사실, 최가 자신의 집에 와서 그때까지 거슬리게 했던 것이라고는 아무것도 없었으며, 자신과 대화를 하는 행위 외에는 말 그대로 쥐 죽은 듯이 지내고 있었는데, 그리고 또 그는 어디 구석구석 돌아다니면서 무슨 간섭을 하거나 하고 다니는 것도 아니었고, 더욱이 물건들에 손을 댄다거나 해서 성가시게 하는 일은 더더욱 없었던 것이다. 그런데다 또, 그 자신 스스로 제자들이 공부하는 것에 방해가 될까 봐선지 극도로 조심하는 눈치여서, 오히려 김은 그런 그가 고맙기까지 했던 것인데, 그런데 그런 그를 두고 자신의 꿈을 핑계로 그런 생각이나 하다니, 아무래도 그것은 최에게 할 짓이 아니었던 것이다.

그런데다 또, 그가 그곳에서 며칠을 머물고 가든 그것은 오로지 자신의 결정에 의한 것이었고, 그리고 그의 행색이 아무리 초라하게 보인다고 하더라도 그것으로 그를 불순하게 또는 부정하게 보아서는 안 될 일이었으며, 게다가 그의 목적하는 바가 아무리 남들 눈에는 가치 없게 보이는 것이라고 할지라도 그 때문에 그를 배척해서는 더더욱 안 된다는 것이 그때까지 자신이 가지고 있던 그에 대한 태도나 주관 같은 것이었다고 할 수 있었는데, 그런데 그랬던 그가 잠시 심적 갈등에 빠져서 그런 생각까지 하고 있었던 것이다. 그것도 심증조차도 가지 않는 묘한 구실로 해서...

하지만 또 분명했던 사실은, 그리고 또 그것은 우연으로 취급하고 말아야 할 것이었지만, 어쨌든 그런 우연들이 그의 방문과 묘하게도 맞아떨어졌다는 것이었다. 그러나 아무리 그렇다고 해도 그것을 가지고 최에게 다 덮어씌운다는 것은 말도 되질 않았다.

그러나 또 혹시 그럴지도 모른다는 어떤 예외 같은 것도 있을 수는 있었는데, 그러나 그것은 현재로서는 밝힐 수도 없을 뿐만 아니라, 더욱이 상관관계조차도 모호한 판에, 그래서 미리 의심하는 듯한 인상을 가져서는 자신의 그 객관적인 판단에서 멀어지게 되는 일이어서 김은 더욱 조심해야 할 것이었는데, 그런데 여기서 김은 다시 서두르는 감이 있었던 것이다.

그렇지만 또 미리 사태의 추이를 예상해서 그 처방을 준비해 둔다는 것은 어쩌면 현명한 사람으로서 꼭 해야 할 일. 그래서 김의 그런 생각이 또는 염려가 꼭 나빴다고 할 수만도 없었는데, 그러나 여기서 김을 자꾸 어지럽게 만들고 있었던 것은, 그 우연에 대한 원인제공을 표면상으로는 어느 정도 최가 한 것처럼 보이고 있었다는 데 있었다.

그러니까 그가 자신의 집으로 오고 나서부터 제자들이 동요하기 시작했고, 아니 그런 느낌이 있었고, 그래서 결국 제자 하나가 그곳을 떠났으며, 그리고 또 비록 자신이 만든 술자리이긴 했지만, 그것으로 인해 작은 몸부림 같은 것도 그 집에는 있었던 것인데, 그래서 김은 그런 것을 봐서라도 평소 자신이 알던 제자들의 모습은 아니라는 생각이 들었기 때문에, 그래서 지금까지도 김은 그때 있었던 그들의 행동이 잘 납득이 가질 않고 있었던 것이다. 거기다 얼마 전까지만 해도 그런 기운을 전혀 느끼지 못했는데, 그런데 그 며칠 사이에 자꾸 자신의 몸이 좋지 않아 간다는 불안감이 느껴진 것도 그 생각에 한몫을 더해, 김은 자꾸 그런 생각이 들고 있었던 것이다.

그러나 그것은 또 다른 쪽으로 보아서, 그 모든 것은 그가 그 집으로 왔기 때문에 일어났던 것이 아니고, 어떤 현상이든 그 현상이 눈에 보이기까지는 그 현상 나름대로의 어떤 경로로 진행해 왔기 때문에, 그래서 그렇게 때가 만기해서 나타나지듯, 자신이 생각하고 있는 그 우연이라는 것도 최가 오기 전에 이미 형성되어 있었고, 그래서 나름대로 진행되어 오다가 최가 나타났을 즈음에 그것이 완숙되어 나타나졌으며, 그런데 그것이 마침 그의 출현과 일치된 것이라고 볼 수도 있었던 것인데, 그런데도 자신의 심증만을 믿고 그것을 그대로 인정해 버려서 그 모든 것을 그의 탓으로 돌려버리게 된다면, 어쩌면 김은 최가 생각하고 있다는 그 업보나 윤회에의 의지, 나아가서 세속적인 미신적 요소들까지 다 인정하게 되는 꼴이 되고 마는 것이었다. 하지만 그것은 김으로서는 도저히 용납할 수도 없었을 뿐만 아니라, 그런 생각조차도 해본 적이 없었기 때문에, 그래서 스스로 그런 생각을 한 것만으로도 충분히 굴욕屈辱을 느낄 만한 일이 되고 있었던 것이다.

그러나 또 사실, 그리고 또 물론 종교라거나 비록 세속적이라고는 하나 미신 같은 것에 대한 거부감도 자신에게는 없었다. 왜냐하면 그것들은 또 그 나름대로 사회의 정신적인 지주支柱로서의 역할을 다하고 있다고 보고 있었기 때문이었는데, 그래서 좀 더 나아가자면 그런 것이라도 있어야 이 삭막한 세상을 살아가는 힘든 사람들에게 삶의 의욕 같은 것도 어느 정도 북돋아 줄 수 있을 것이라는 생각까지 그는 하고 있었기 때문이었다.

그래서 현재 최와의 대화도 어떻게든 이어가고 있었던 것이지만, 그러나 아무리 그렇다고 해도 스스로 그런 것에 빠지는 것에 대해서는 언제나 경계하고 있었기에, 그래서 아직도 논리적인 판단과 사고로 세상을 바라보려는 생각을 고수하는 데는 변함이 없는 자신이라고 그는 생각해 오고 있었던 것이다.

거기다 또 물론, 좀 냉정하게 느껴질 수도 있겠지만, 어쨌든 그때까지도 그는 최가 무슨 마음에서 그런 결심을 했으며, 어떻게 자신의 삶을 꾸려가든 별로 관심이 없었다고도 할 수 있었다. 그러니까 다만 최도 하나의 현상現象으로만 인식하고는, 그 현상의 이야기를 파악하는 데에만 자신의 생각이 집중되어 있었다고 할 수도 있었던 것이다. 그것은 또 자신의 주관이 아직도 그에게서 뚜렷하지 못하다는 데 그 원인이 있었다고도 할 수 있었지만, 어쨌든 그래서 그것은 아직도 관망하려는 듯한 인상에서 벗어나지 못하고 있다는 변론일 수도 있었던 것이다.

그것은 또 물론, 그때까지 날 수日數가 아직 적어서, 그래서 사람이 사람을 신뢰하기까지는 시간을 조금 필요로 하는 것이어서 그렇다고 볼 수도 있는 것이었고, 그리고 또 현재 그가 하고 있는 그 이야기들 자체가 도무지 구름 잡는 듯한 느낌으로 가고만 있어, 자신이 확실하게 그 이야기에 접근하지 못하고 있었던 탓에 그랬다고 볼 수도 있었던 것이었지만, 어쨌든 그런 자신이 그와 몇 번 이야기했던 것만으로 좀 전의 그런 생각이나 하고, 또 그렇게 해서 그에게 동화同化되는 듯한 인상을 보이게 된다면, 자신은 어쩌면 그를 교주敎主로 모셔야 하는 사이비적인 모순의 실체로 추락하고 만다거나, 적어도 자신이 여태 고수해 왔던 모든 주관에서 탈선하는 결과를 스스로 초래하는 꼴이 되고 마는 것이었다.

여기까지 생각했던 김은 마치 자신이 그런 생각까지 했다는 것이 한심하다는 듯 머리를 잔잔히 흔들다가 자리에서 일어섰다. 그리고는 담배를 다시 하나 꺼내 물고는 창가로 걸어갔다. 그러자 아직도 시간 은 일러서 밖은 그리 밝지 않았고, 부지런한 새만 어디로 가는지 그 모 습은 보여주질 않은 채, 다만 외마디 소리만 지르며 날아가는 듯했다.

"괜한 생각을 한 것이지."

잠시 후, 그는 마치 자신을 스스로 달래듯이 이렇게 말을 했지만, 그 러나 밤새 꾸었던 꿈과 죄에 대한 결론 없는 생각이 그를 여전히 괴롭 히고 있었다. 거기다 산책하기에는 너무도 이른 시간이라 밖으로 나갈 수도 없어 답답함만 느끼고 있었는데, 그렇다고 또 따로 할 일도 없었 던 그는 그렇게 서서 무작정 푸른 어둠만 응시한 채 담배만 열심히 피 우고 있었을 뿐이었다.

그래서 또 아마도, 그는 그렇게 서서 아침이 올 때까지, 그리고 산책 을 할 수 있을 밝음이 생길 때까지 있을 모양이었는데, 그러나 점차로 아침은 그를 향해서 달려오고 있을 것이었고, 그 벗겨진 어둠 뒤로 다 시 세상을 불태워 버릴 듯 폭사할 태양도 힘차게 치솟는 중일 것이어 서, 그래서 김의 그런 불쾌한 마음들도 그것으로 인해 다 녹아 없어질

것이 분명했으며, 그 악몽도 서서히 옅어져 가 나중에는 다 없어질 것
으로 생각되기도 했다.

1권 끝